Höhle der gestohlenen Zeit

Edina Davis

AF210146

EDINA DAVIS

HÖHLE DER GESTOHLENEN ZEIT

WENN LIEBE DAS
SCHICKSAL BESIEGT

IMPRESSUM

1. überarbeitete Auflage
© 2024, Edina Davis
www.edinadavis.com
Mail: edina.davis@outlook.de

ISBN: 978-3-7597-6632-8
Verlag: BoD · Books on Demand GmbH, In de Tarpen 42,
22848 Norderstedt
Druck: Libri Plureos GmbH, Friedensallee 273,
22763 Hamburg

Lektorat: Anne Abdinghoff, www.tintenfeder.de
Buchsatz: Marie Döling, www.writeinpieces.com
Cover- und Umschlaggestaltung:
Florin Sayer-Gabor, www.100covers4you.com (unter Verwendung
einer Grafik von Adobe Stock: wasdok101)

Bibliografische Information der Deutschen Nationalbibliothek: Die
Deutsche Nationalbibliothek verzeichnet diese Publikation in der
Deutschen Nationalbibliografie; detaillierte bibliografische Daten sind
im Internet über www.dnb.de abrufbar.

Für meine geliebte Mutter,
die am 7. August 2021 von uns gegangen ist.

Ich vermisse dich, Mama!

Die Zeit ist sehr langsam für die,
die auf etwas warten;
sehr schnell für die, die Angst haben;
sehr lang für die, die jammern;
sehr kurz für die, die feiern;
aber für die, die lieben, ist die Zeit Ewigkeit.

William Shakespeare

PROLOG

Tränen strömten über ihr Gesicht und behinderten ihre Sicht auf die Straße. Ihr Herz schlug noch immer genauso schnell und unregelmäßig wie vor wenigen Minuten, als sie wie von Sinnen die Flucht ergriffen hatte. Ihre Gedanken kreisten immer wieder um das eine Thema. Wie hatte sie nur so dumm und naiv sein können? Es war alles ihre eigene Schuld!

Blind vor Tränen saß sie auf ihrem Rad und trat wie wild in die Pedale. Da … ein großer, spitzer Stein mitten auf der Fahrbahn! Sie bremste scharf ab. *Oh, Mann, das war knapp!* Der Schreck saß tief in ihren Gliedern, und sekundenlang stand sie wie gelähmt mitten auf der Straße.

Das Beste wäre, ihr Rad irgendwo abzustellen, ein paar Schritte zu laufen und in Ruhe über alles nachzudenken. Auf keinen Fall konnte sie jetzt einfach nach Hause und so tun, als wäre nichts geschehen. Ihr fiel ›ihre‹ kleine Bucht ein, die sie vor einiger Zeit während eines Strandspaziergangs zufällig entdeckt hatte und die seitdem zu ihrem geheimen Zufluchtsort geworden war.

Dort würde sie am ehesten den Kopf wieder frei bekommen.

Sie stieg zurück aufs Rad und bog an der nächsten Ecke rechts auf die Küstenstraße ab. Von Weitem hörte sie schon das Meer rauschen, und die salzige Luft stieg ihr in die Nase. Langsam radelte sie weiter, bis sie einen geeigneten Platz fand, an dem sie ihr Rad abstellen konnte. Sorgfältig schloss sie es ab, nahm ihre Tasche vom Gepäckträger und marschierte tief in Gedanken versunken über den schmalen Feldweg hinunter zum Strand.

Das Meer glitzerte im Schein der Sonne. Keine Menschenseele war weit und breit zu sehen, nur ein paar Möwen kreisten am strahlend blauen Himmel. Diese Abgeschiedenheit war genau das, was sie brauchte. Sie zog ihre Sandalen aus und steckte sie in die Tasche. Mit nackten Füßen stapfte sie dicht am Ufer entlang bis zu der halbhohen Felsenkette, die einige Meter weit ins Meer ragte und hinter der ihr Refugium verborgen lag. Vorsichtig watete sie durch das flache Wasser und umrundete den Felsen, bis sie ihr Ziel erreicht hatte.

Die einsame Bucht war ringsherum von Felsen umgeben und bestand aus einem nur wenige Quadratmeter kleinen weißen Sandstrand.

Eine Weile stand sie nur ruhig da, den Blick in die Ferne gerichtet, und lauschte dem leisen Rauschen des Meeres. Die Wellen plätscherten sanft um ihre Füße, der frische Wind wehte ihr die Haare ins Gesicht.

Tief sog sie die würzige Meeresluft in ihre Lungen und genoss die warmen Sonnenstrahlen auf ihrer Haut. Dann setzte sie sich und spielte mit zitternden Händen im warmen Sand, verzweifelt bemüht, das quälende Gedankenkarussell zu stoppen. Vergeblich! Wieder und wieder spielte sich die unwürdige Szene vor ihren Augen ab. Der Schmerz drohte sie zu überwältigen, und ein leises Wimmern entrang sich ihrer Kehle. Wie sollte es jetzt bloß weitergehen?

Mit einem Mal beschlich sie das sonderbare Gefühl, als stünde jemand hinter ihr. Sie fuhr herum, konnte jedoch niemanden sehen. Stattdessen erblickte sie plötzlich am Fuße der steilen Klippe eine kleine runde Öffnung. *Der Eingang einer Höhle?* Ihr Puls beschleunigte sich. Sie sprang auf, klopfte sich den Sand vom Kleid, schnappte ihre Tasche und hechtete mit weit aufgerissenen Augen und wild pochendem Herzen darauf zu.

Mit zusammengezogenen Brauen stellte sie dann fest, dass es sich tatsächlich um den Zugang zu einer Höhle handelte, der höchstens einen Meter hoch und ungefähr genauso breit war. *Merkwürdig!* Warum war ihr dieser Höhleneingang vorher nie aufgefallen? Nachdenklich runzelte sie die Stirn. Wahrscheinlich deshalb, weil er durch den darüber hängenden Felsen und die dichten Grasbüschel beinahe vollständig verdeckt wurde.

Sollte sie hineinkriechen? Die Sonne stand noch hoch am Himmel. Bestimmt wäre es drinnen nicht stockdunkel, oder? Ihre Handflächen waren feucht, sie wischte sie an ihrem Kleid ab. Ein kurzes Zögern, dann bückte sie sich und schlüpfte ins Innere der Höhle.

Drinnen konnte sie zwar aufrecht stehen, aber der felsige Boden war uneben und rau. Sie nahm ihre Sandalen aus der Tasche, zog sie an und trottete durch den Gang, der anfangs noch ziemlich breit war, dann aber immer schmaler wurde. Und mit einem Mal war es auch dunkel und feuchtkalt. Ein eisiger Schauer rann ihr den Rücken hinunter, und fröstelnd zog sie die Schultern hoch.

Mist! Ich kann gleich nichts mehr sehen. Schnell raus hier!

Sie drehte sich um, doch … Halt! Nur wenige Meter vor ihr schimmerte ein diffuses Licht.

Ihr Nacken kribbelte. Sollte sie nachsehen, was es damit auf sich hatte? Sie atmete ein paarmal tief ein und aus. Dann gab sie sich einen Ruck, schlich vorsichtig auf den Lichtschein zu und stand kurze Zeit später in einem breiten Hohlraum. In dessen Mitte erhob sich ein aus dem rauen Felsboden herauswachsender Stein, der sich deutlich von den grauen Felsen ringsum unterschied. Er schimmerte in einem milchigen Weiß und erinnerte sie an einen Schneequarz. Komisch! Der Stein war ungewöhnlich groß und glatt. Gab es solche Quarze überhaupt?

Plötzlich befiel sie wieder dieses befremdliche Gefühl, nicht allein zu sein. Die feinen Härchen in ihrem Nacken stellten sich auf.

Puh, wie unheimlich! Besser, ich verschwinde.

Doch seltsam … irgendetwas hielt sie von ihrem Vorhaben ab. Der weiße Stein zog sie magisch an. Wie unter Zwang schlich sie auf ihn zu und strich mit der Hand über seine schimmernde Oberfläche. Ihre Gedanken flogen wieder zu dem demütigenden Erlebnis von vorhin. Ein stechender Schmerz bohrte sich durch ihre Eingeweide wie ein scharfes Schwert.

Ach, wäre ich doch weit weg von hier. An einem Ort, wo mich niemand kennt!

Erneut kullerten dicke Tränen über ihr Gesicht und tropften hinunter auf den Stein. Im selben Augenblick durchströmte sie ein warmes Gefühl der Geborgenheit, und schluchzend schüttete sie dem Stein ihr Herz aus, so als wäre er ein lebendiges Wesen aus Fleisch und Blut.

Aber was war das? Entsetzt riss sie ihre Augen weit auf. Ein strahlend helles Licht breitete sich in Sekundenschnelle um sie und den Stein herum aus. Ein eigenartiges, nie gekanntes Gefühl floss wie ein Energiestrahl durch ihren Körper, und ihre Umgebung und sie schienen sich kaum merklich zu bewegen. Doch wenige Sekunden später war dieser beängstigende Augenblick auch schon wieder vorbei.

Ihre Hand lag noch immer auf dem seltsamen Stein. Blitzschnell zog sie sie zurück, so als hätte sie sich verbrannt, und flüchtete wie von Furien gehetzt durch den schmalen Gang nach draußen.

KAPITEL 1

Kitty

P assen Sie doch auf!« Der ältere Mann konnte gerade noch rechtzeitig zur Seite springen.

Kitty bremste so scharf ab, dass das Hinterrad ihres Bikes laut quietschte. Sie sprang ab und drehte sich zu ihm um.

»Sorry, Mister, ich hab Sie nicht gesehen.« Mit wild klopfendem Herzen und heißen Wangen lief sie auf den Mann zu. »Sind Sie verletzt?«

»Nein, bin ich nicht!«, brummte dieser. »Aber das habe ich ja wohl nur meiner eigenen Geistesgegenwart zu verdanken, nicht wahr?«

Kitty stand dem Mann nun direkt gegenüber und stellte überrascht fest, dass er aus der Entfernung älter gewirkt hatte, als er tatsächlich war, was wahrscheinlich an seiner leicht gebeugten Haltung lag. Das dichte, dunkle Haar war nur an den Schläfen leicht ergraut, sein markantes Gesicht bis auf einige Fältchen in den Augenwinkeln erstaunlich glatt. In seinen blauen Augen sah sie jetzt ein erschrecktes Aufblitzen.

Ungeduldig trat sie von einem Fuß auf den anderen. Ein harter Arbeitstag lag hinter ihr, und sie freute sich auf ihre gemütliche Penthouse-Wohnung. Sie war schon fast zu Hause gewesen und dann das!

»Es tut mir so leid, ehrlich. Wird nicht wieder vorkommen.«

»Ist schon gut, junge Dame. Es ist ja zum Glück nichts passiert. Passen Sie in Zukunft einfach besser auf.« Die Stimme des Mannes klang fast zärtlich, und in seinen Augen lag ein liebevoller Ausdruck. »Vor allem sollten Sie nicht auf dem Gehweg radeln.« Jetzt lächelte er sogar.

Kitty hatte mit einem Mal das untrügliche Gefühl, ihm vorher schon mal begegnet zu sein. Diese Augen ... Sie schienen ihr eigenartig vertraut.

»Leben Sie wohl!«, sagte er mit einem vermeintlich wehmütigen Unterton in der Stimme und wandte sich zum Gehen.

»Bitte, warten Sie!« Einer plötzlichen Eingebung folgend, hielt sie den Mann am Arm fest.

»Ja?« Er blieb stehen und blickte sie fragend an.

»Sind wir uns vielleicht schon mal irgendwo begegnet?«, fragte Kitty und konnte nicht verhindern, dass ihre Stimme atemlos klang. Nervös strich sie sich eine Locke hinters Ohr.

Für den Bruchteil einer Sekunde zögerte der Mann. Dann aber löste er sanft seinen Arm aus ihrer Umklammerung und sagte mit fester Stimme: »Nein, junge Dame, ich denke nicht, dass wir uns kennen!« Mit diesen Worten überquerte er die Straße und schritt weiter in Richtung Innenstadt.

Aus einem Impuls heraus beschloss Kitty, ihm zu folgen. Kurz überlegte sie, ob sie ihr Bike hier an der Promenadenstraße in der Nähe des Eastbourne Pier zurücklassen und es später wieder abholen sollte. Gesagt, getan! Sie schloss es ab, lief schnell über die Straße und achtete darauf, einen ausreichenden Abstand zu dem Mann einzuhalten, ohne ihn aus den Augen zu verlieren.

Nach etwa dreißig Metern bog er links in die Terminus Road ein, die Geschäftsstraße in der Innenstadt, in der Kitty wohnte. Sie verzog die Mundwinkel nach unten.

Och Mensch, da hätte ich mein Rad auch vor dem Haus abstellen können.

Kittys Eltern waren vor dreieinhalb Jahren bei einem Autounfall auf eisglatter Fahrbahn tödlich verunglückt. Sie und ihr jüngerer Bruder Joshua hatten damals das Elternhaus nicht halten können. Nach dem Verkauf hatte Kitty ihre hübsche Penthouse-Wohnung im Zentrum von Eastbourne erworben. Josh bewohnte ein eigenes kleines Apartment in der Compton Place Road, eine Straße in der Nähe der Tennisanlage *Devonshire Park,* etwas außerhalb des Zentrums von Eastbourne.

Kitty warf einen Blick zum Himmel. Immer mehr graue Wolken schoben sich vor die Sonne.

Auweia! Hoffentlich fängt's nicht noch an zu plästern.

Während sie dem Fremden unbemerkt folgte, herrschte in ihrem Kopf ein wildes Chaos. Die Farbe und der Ausdruck seiner Augen riefen Erinnerungen in ihr wach, die sie sich lange bemüht hatte zu verdrängen. Und irrte sie sich, oder hatte auch *er* dieses seltsame Gefühl der Vertrautheit zwischen ihnen gespürt? Da war dieser traurige Unterton in seiner Stimme gewesen, das erschreckte Aufflackern in seinen Augen, als sie sich dicht gegenüberstanden. Sie kannte sie, diese tiefblauen Augen.

Ein schmerzliches Gefühl der Sehnsucht durchflutete ihr Herz, und es begann wie wild zu pochen. War es möglich, dass *er …* ?

Nein! Sie durfte sich nicht wieder in diese aussichtslosen Ideen hineinsteigern. Sieben lange Jahre waren nun wirklich mehr als genug!

Aber die verstörenden Gedanken hatten längst Gestalt angenommen und ließen sich nicht mehr verdrängen. Kitty wusste instinktiv, dass diese Begegnung eine schicksalhafte Bedeutung für sie hatte.

Nach etwa drei Minuten Fußweg durch die Terminus Road stieg ihr der verlockende Geruch von Fish & Chips in die Nase. *Mmh, lecker!* Das Wasser lief ihr im Mund zusammen. *Auf dem Rückweg nehm ich mir eine Portion mit,* dachte sie und leckte sich genüsslich über die Lippen.

Ein paar Meter weiter bog der Mann links ab in Richtung Old Town. Vorbei ging es an der Bibliothek und dann nach rechts in die Arlington Road. Wenig später trat er durch ein efeuumranktes Gartentor und verschwand hinter einer Reihe von dichten Koniferen.

Schnell lief Kitty dorthin, spähte vorsichtig um die Ecke und bekam gerade noch mit, dass der Mann durch die Tür ins Haus trat.

Einen kurzen Moment kämpfte sie mit sich, ob sie jetzt gleich nachschauen sollte, welcher Name auf dem Türschild stand. Sie wischte sich mit einem Zipfel ihres Shirts über die schweißnasse Stirn. Ihr Herz klopfte unregelmäßig und schnell.

Nee, das bring ich jetzt nicht. Wer weiß, wie ich reagiere, wenn …

Nein, sie wollte auf keinen Fall voreilig handeln, sondern zuerst eine Nacht über die Sache schlafen. Dann wäre sie besser auf eine mögliche Konfrontation vorbereitet.

Grübelnd und mit weichen Knien machte sie sich auf den Weg zurück zur Terminus Road. Als sie an dem Fish & Chips Shop vorbeikam, sank ihre Laune in den Keller. Es duftete verführerisch.

Sie runzelte die Stirn. Sollte sie ihr Rad bis morgen früh an der Promenadenstraße stehen lassen und etwas früher aus dem Haus gehen?

Was kann denn schon passieren?

Kurz entschlossen betrat sie den Shop, kaufte eine

große Portion Fish & Chips mit Mushy Peas und lief schnell die wenigen Meter nach Hause.

Kittys Magen knurrte laut, als sie ihre Penthouse-Wohnung betrat. Sie schlüpfte aus ihren Sandaletten, hängte Tasche und Schlüssel an die Garderobe, wusch sich gründlich die Hände und lief dann in die Küche. Zuerst schüttete sie sich ein großes Glas Wasser ein und trank es in einem Zuge leer. Dann deckte sie den kleinen Esstisch und aß mit großem Appetit ihren Fisch. Nach dem Essen räumte sie den Tisch ab, schenkte sich ein Glas Rotwein ein und machte es sich im Wohnzimmer auf dem Sofa gemütlich. Sie schaltete den Fernseher ein und versuchte, sich mit den »Gilmore Girls« abzulenken. Vergeblich! Das Gedankenkarussell kreiste unentwegt um das seltsame Zusammentreffen mit diesem Mann.

Warum hatte es in seinen Augen so verdächtig aufgeblitzt, als er ihr gegenüberstand? Sein ganzes Verhalten hatte in ihr den Eindruck erweckt, als hätte auch er das Gefühl gehabt, sie zu kennen.

Nachdenklich legte sie die Stirn in Falten. Sollte sie wirklich morgen Nachmittag nach der Arbeit noch mal hingehen und einen Blick auf das Türschild werfen? *Und was ist, wenn er dort nur jemanden besucht hat?* Beim bloßen Gedanken an diese Möglichkeit durchzuckte es sie gleichzeitig heiß und kalt. Dann würde sie die Wahrheit niemals herausfinden. Andererseits ... zu vermuten, dass *er* es sein könnte, bedeutete, dass sie noch immer auf das Unmögliche hoffte. Hatte sie in den vergangenen sieben Jahren denn nichts gelernt?

Mach dir nichts vor! Es ist eine rein zufällige Ähnlichkeit.

Und doch! Diese Augen ... Nur ein einziges Mal in ihrem Leben hatte sie solche Augen gesehen, damals in Cornwall, als sie mit ihren Eltern und mit Joshua dort Urlaub gemacht hatte. Das war nun sieben Jahre her, und sie hatte *ihn* seitdem nicht wiedergesehen.

Ein wehmütiges Lächeln schlich sich auf Kittys Lippen. Die Erinnerung an den heißen Sommer des Jahres 2003 wurde so lebendig in ihr, als wäre es erst gestern gewesen ...

KAPITEL 2

Kitty

K itty, nun beeil dich doch!« Die Stimme ihrer Mum klang ärgerlich. »Wir müssen jetzt wirklich los. Daddy und Josh warten schon seit einer halben Stunde unten im Auto. Was machst du nur immer so lange?«

Genervt verdrehte Kitty die Augen. »Ja, ja, ich komm ja schon! Hab nur noch schnell ein paar Bücher eingepackt. Vier Wochen sind lang.« Schnell warf sie ihren Rucksack über die Schulter, schnappte sich die bis zum Rand mit Büchern gefüllte Sporttasche und sprintete die Treppe hinunter zum Auto. Bevor sie die Tasche im Kofferraum verstaute, nahm sie vorsorglich ein dickes Buch heraus und klemmte es sich unter den Arm. Dann stieg sie ein und ließ sich mit einem tiefen Seufzer neben ihren Bruder auf den Rücksitz des Bentley fallen.

»Du immer mit deinen blöden Schmökern«, schnaubte ihr jüngerer Bruder verächtlich und knuffte sie unsanft in die Seite. »Wir fahren zum ersten Mal nach Cornwall, Mann! Und da gibt's bestimmt jede Menge Interessanteres als deine langweiligen Bücher.«

»Ach, halt du bloß deinen Mund!«, fauchte Kitty mit einer abfälligen Handbewegung. »Du hast überhaupt keine Ahnung! Du mit deinen idiotischen Computer Games, du bist ja völlig …«

»Jetzt wird ausnahmsweise mal nicht gestritten, Kinder!«, fuhr ihr Dad dazwischen. »Mum und ich arbeiten das ganze Jahr über hart und möchten wenigstens im Urlaub mal unsere Ruhe haben. Ist das klar?«

»Alles klar, Daddy«, erklang die Antwort unisono.

Kitty registrierte aus den Augenwinkeln einen wütenden Blick aus Joshuas rehbraunen Augen. Er steckte sich seine Kopfhörer in die Ohren und rückte demonstrativ von ihr ab.

»Danke!«, spöttelte sie. Sie nahm ihr Buch zur Hand und tauchte ein in die Welt zweier Zeitreisender, die sich auf geheimnisvolle Weise zufällig begegnen und gemeinsam atemberaubende Abenteuer erleben. Sie vergaß Zeit und Raum und zuckte erschreckt zusammen, als Josh ihr seinen Ellenbogen in die Seite stieß.

»Autsch! Was soll das denn, du Nerd?« Ärgerlich schlug sie nach seiner Hand.

Josh wich lachend aus und warf seine blonde Lockenmähne zurück. »Wir sind da, Traumtänzerin. Los, steig aus!«

Verwirrt blickte sie auf und sah, dass ihre Eltern bereits dabei waren, das Gepäck aus dem Kofferraum zu laden.

»Na, wird's bald, ihr beiden Faulpelze? Ihr dürft uns

ruhig helfen!«, scherzte ihr Dad.

Josh sprang aus dem Wagen, während Kitty betont langsam ihr Buch in ihrem Rucksack verstaute. Sie waren doch kürzlich erst losgefahren, und die Geschichte war gerade jetzt mordsmäßig spannend! Sie hätte noch stundenlang weiterlesen können und verspürte nicht die geringste Lust, die unzähligen Gepäckstücke ins Haus zu schleppen. Wie immer, wenn sie beim Lesen gestört wurde, sank ihre Laune in den Keller.

»Katherine Brown! Jetzt gib aber mal Gas. Immer brauchst du eine Extraeinladung!« Ihre Mum pustete sich eine blonde Ponysträhne aus der Stirn.

»Ja, ja«, knurrte Kitty und stieg mit grimmiger Miene aus dem Auto. »Bleib mal locker, Mum!«

Doch die ignorierte die flapsige Bemerkung und gab ihr einen liebevollen Klaps auf den Po. »Hopp, hopp, junge Lady.«

Eine halbe Stunde später waren sämtliche Gepäckstücke im Haus verstaut. Alle saßen fröhlich plaudernd auf der riesigen Terrasse am Esstisch unter einer Markise. Links und rechts standen Pflanzenkübel mit herrlich duftenden, farbenprächtigen Blumen. Der Küstenwind trug den salzigen Geruch des Meeres zu ihnen hinauf.

Kitty war begeistert von dem luxuriösen Ferienhaus, das ihre Eltern für traumhaft lange vier Wochen gemietet hatten. »Wow«, lobte sie und blickte hinunter aufs tiefblaue Meer. »Das Haus ist ein Traum. Und erst mein Zimmer! Ein eigenes Bad und Meerblick, der helle Wahnsinn! Das habt ihr ja mal richtig toll gemacht.«

Ihr Dad lachte. »Da sind wir aber heilfroh, den Geschmack der jungen Lady endlich mal getroffen zu haben. Was sagst du, Liv?«

»Das streichen wir rot im Kalender an.« Die Augen ihrer Mum blitzten belustigt.

Kitty musste nun selbst lachen. Sie liebte ihre Eltern und war mächtig stolz auf sie. Ihre Mum hatte mit ihren siebenunddreißig Jahren eine Figur wie ein junges Mädchen und ein hübsches Gesicht mit großen, olivgrünen Augen. Das naturblonde Haar, das sie Kitty und Joshua vererbt hatte, fiel in weichen Locken bis weit über ihre Schultern.

Auch ihr Dad konnte sich sehen lassen. Er war groß, schlank, hatte dunkelbraunes Haar und ausdrucksvolle braune Augen, in denen jetzt der Schalk blitzte.

»Ja, ja, macht euch ruhig über mich lustig.« Kitty grinste schelmisch und warf ihnen eine Kusshand zu.

»Und mich fragt natürlich keiner, ob ich zufrieden bin«, knurrte Josh. »Wieder mal typisch.«

»Na, wie gefällt es dir denn, mein Junge?« Die Mutter wuschelte ihm durchs Haar. »Natürlich wollen wir das auch wissen, nicht wahr, Matt?«

»Aber sicher.« Er knuffte Josh in die Seite. »Na los, wie findest du's?«

»Es ist der absolute Hammer.« Josh hob die Daumen.

Alle lachten.

»Was machen wir morgen als Erstes?«, fragte Kitty. »Ich würde gerne zum Strand gehen und …«

»… lesen«, feixte Josh.

Kitty verpasste ihm unterm Tisch einen heftigen Fußtritt. Natürlich freute sie sich darauf, faul am Strand zu liegen und nach Herzenslust zu lesen. Wer wusste schon, wann es wieder einen solchen Bilderbuchsommer geben würde wie in diesem Jahr. Aber hin und wieder würde sie sich auch eine erfrischende Abkühlung im Meer gönnen.

»… und schwimmen«, betonte sie und warf ihm einen bitterbösen Blick zu.

»Also, ich kann's natürlich kaum erwarten, euch endlich meine wunderschöne Heimat zu zeigen.« Mum griff nach der Teekanne und schenkte jedem nach. »Es ist nämlich schon lange her, seit euer Dad und ich das letzte Mal hier waren.«

Dad nickte. »Und eure Mum ist natürlich die perfekte Reiseführerin, Kinder. Für den Strand habt ihr später noch genügend Zeit.« Er goss ein wenig Milch in seinen Tee, gab einen Löffel Erdbeermarmelade und einen dicken Klecks Clotted Cream auf seinen noch warmen Scone.

»Und deshalb«, fuhr Mum fort, »haben wir für die erste Woche einige Besichtigungstouren geplant.« Sie tupfte sich mit der Serviette den Mund ab und nahm einen Schluck Tee.

»Cool.« Kitty wischte sich mit dem Handrücken einen Klecks Marmelade vom Kinn. »Ich bin schon so gespannt darauf, deine Heimat kennenzulernen, Mum. Am liebsten würde ich zuerst den Ausflug nach Tintagel machen.«

Sie brannte darauf, die auf einem hundert Meter hohen Felsen stehende Burgruine zu besuchen, wo der Legende nach vor über 1500 Jahren König Artus geboren worden war. Sie würde auf seinen Spuren wandeln und von oben auf die tobende Meeresbrandung hinabschauen. Schon jetzt begann sie, auf den Flügeln der Fantasie davonzufliegen. Vor ihrem geistigen Auge entstanden wildromantische und abenteuerliche Bilder, die sich miteinander zu einer spannenden Geschichte verknüpften.

»Ach nee. Das ist doch öde«, schmollte Josh. »Ich würde viel lieber zuerst zu den Schmugglerhöhlen zum Klettern. Bitte, Mum.«

»Mum und ich hatten geplant, am ersten Tag die Lost Gardens of Heligan zu besichtigen«, schlug ihr Dad vor. »Die wurden erst vor ungefähr sechs Jahren neu entdeckt.«

»Ja, und da ich so lange nicht hier war, würde es mich natürlich freuen, wenn ihr damit einverstanden wärt.« Ihre Mum blickte in die Runde. »Am zweiten Tag machen wir dann die Klettertour und am dritten besuchen wir die alte Burgruine. Wäre das okay für euch beide?«

Kitty und Josh nickten.

»Den Blick auf die Bedruthan-Steps wollt ihr euch aber bestimmt auch nicht entgehen lassen, oder?« Ihr Dad zwinkerte ihnen zu. »Dorthin geht dann unser vierter Trip. Alles klar?«

»Okay, Dad«, ertönte es unisono.

»So, Leute, ich bin dann mal auf meinem Zimmer.« Kitty sprang vom Tisch auf. »Ich hab noch einiges auszupacken.«

In Wahrheit juckte es ihr in den Fingern, einige ihrer Ideen über die Burgruine auf ihr kleines Diktiergerät zu sprechen, das sie sich im vergangenen Jahr eigens für diesen Zweck gekauft hatte. Schnell lief sie die Wendeltreppe hoch zu ihrem Zimmer und kramte das Gerät aus ihrer Tasche. Dann warf sie sich aufs Bett und legte los. Ach, wie sie es liebte, in fiktive Welten zu reisen und sich eigene kleine Geschichten auszudenken.

Eines Tages werde ich Schriftstellerin sein wie Mum.

»Bestimme deinen Traum, und dein Traum wird deine Zukunft bestimmen«, hatte ihre Mum einmal gesagt, und auch Kitty glaubte ganz fest daran.

So, fertig! Sie packte das Gerät zurück in die Tasche. Dann öffnete sie weit das Fenster, und der salzige Geruch des Meeres strömte in ihre Nase. Dankbarkeit durchflutete ihr Herz.

Das Leben ist wundervoll!

Ein verträumtes Lächeln schlich sich auf ihr Gesicht. Ja, die Zukunft lag verheißungsvoll vor ihr.

KAPITEL 3

CORNWALL, AUGUST 2003

Kitty

Ihre Eltern hatten nicht zu viel versprochen. Die Küstenlandschaft von Cornwall war atemberaubend und unvergleichlich schön. Nirgendwo waren die Strände so weiß und das Meer so blau. Es gab wundervolle, kleine Buchten, blaue Lagunen und hohe, grün bewachsene Klippen.

Die gemeinsamen Ausflüge mit ihrer Familie gefielen Kitty richtig gut. Sie wünschte sich nicht nur einmal, dass diese wunderbare Zeit niemals enden möge.

»Hoffentlich habt ihr nichts dagegen, wenn Mum und ich mal alleine was unternehmen?«, fragte ihr Dad eines Morgens beim Frühstück.

»Nee, macht ihr mal ruhig euer Ding«, meinte Josh, der sich bereits mit drei gleichaltrigen Jungs angefreundet hatte.

Auch Kitty war es nur recht. »Klar doch, kein Problem, Daddy. Ihr müsst ja auch mal an euch denken.« Sie schenkte ihren Eltern ein strahlendes Lächeln.

»Tu bloß nicht so großzügig«, feixte Josh. »Du denkst

doch nur daran, faul mit deinen Schmökern herumzuliegen.«

»Ach du, shut up«, bluffte Kitty und schlug nach ihm.

Natürlich hatte Josh mit seiner Bemerkung voll ins Schwarze getroffen. Sie war nämlich zurzeit die Heldin in einem spannenden Fantasy-Roman und erlebte halsbrecherische Abenteuer mit einem starken, gut aussehenden Ritter, der ihr selbstverständlich zu Füßen lag.

»Und lasst das ständige Streiten, ihr zwei«, ermahnte ihre Mum. »Ihr seid doch keine Kleinkinder mehr.« Sie schüttelte den Kopf.

»Aye, aye.« Josh tippte mit der Hand gegen seine Schläfe.

»Okay«, murmelte Kitty. »Ich geh jetzt zum Strand. Tschüssi.« Sie warf ihren Eltern eine Kusshand zu, griff nach ihrer Strandtasche und preschte zur Tür hinaus.

∞

Kitty lag mit geschlossenen Augen auf ihrem Badetuch. Das Meer rauschte, die Möwen kreischten. Die warmen Sonnenstrahlen wärmten ihre Haut, und eine leichte Brise strich sanft über ihren Körper. Sie genoss das Gefühl, losgelöst zu sein vom Lärm der Stadt und der Hektik der Menschen, die wie elektrisch angetrieben unermüdlich umhereilten.

Der mutige Ritter kniete gerade vor ihr nieder und hielt um ihre Hand an, als die laute Stimme ihres

Bruders sie plötzlich aus diesem besonders schönen Tagtraum riss.

»Hey, Traumtänzerin! Mach doch mal die Augen auf!« Josh rüttelte an ihrer Schulter. »Ich will dir jemanden vorstellen.«

Kitty öffnete einen Spaltbreit ihre Augen und blinzelte verwirrt.

»Das ist Andrew Parker«, sagte ihr Bruder und klopfte einem der vier Jungen, die bei ihm waren, auf die Schulter. »Wir haben ihn eine halbe Meile von hier aufgelesen. Er war völlig durch den Wind und hat uns unterwegs erzählt, dass er mit seinen Freunden in einer Höhle war und von einer Sekunde auf die andere ganz allein dort drinnen stand. Total schräg!«

Kitty setzte sich auf. »Na und? Was hab ich damit am Hut?« Sie kannte weder diesen Andrew noch die drei anderen Jungs.

»Nun sieh ihn dir doch erst mal an! Er ist genau dein Typ, große Schwester!«, feixte Josh. »Vielleicht kannst *du* ihm ja helfen.« Er wandte sich wieder Andrew zu, der bis jetzt nur still dagestanden und mit gerunzelter Stirn die Szene beobachtet hatte. »Bei meiner Schwester bist du bestens aufgehoben, Andy«, meinte er augenzwinkernd und grinste verschmitzt. »Kommt, Jungs, wir verziehen uns«, rief er dann den anderen zu, und lachend liefen die vier Jungen davon.

Kitty wusste nicht, wie ihr geschah. Verdattert blickte sie Josh und seinen Freunden hinterher, bevor sie sich dem fremden Jungen zuwandte. »Sorry, mein kleiner Bruder ist echt peinlich. Aber was ist hier eigentlich los?« Die Sonne schien ihr geradewegs ins Gesicht, und sie hielt schützend eine Hand vor ihre Augen.

»Das weiß ich eben auch nicht«, erklang eine leise, wohlklingende Stimme. »Es war so, wie dein Bruder gesagt hat. Ich war mit meinen Freunden in der Höhle, und urplötzlich stand ich von einer Sekunde auf die andere allein da.« Er zuckte mit den Schultern. »Sie waren einfach verschwunden, vor meinen Augen. Aber lass dich nicht weiter stören. Ich bin sowieso auf dem Weg nach Hause. Tschüss dann.« Er wandte sich zum Gehen.

»Warte mal. Von welcher Höhle redest du eigentlich?«, fragte Kitty erstaunt. »Ich hab hier in der Nähe noch keine gesehen.«

»Sie liegt etwa eine halbe Meile von hier, in einer kleinen Bucht.« Der Junge deutete zurück in die Richtung, aus der er vorhin mit Josh und dessen Freunden gekommen war.

»Und was wolltet ihr dort?«, fragte Kitty mit hochgezogenen Augenbrauen.

»Na, ein bisschen herumstöbern, was sonst? Pure Neugier. Wir haben uns unterhalten, und dann waren sie plötzlich nicht mehr da. Ich kann mir das nicht erklären.« Er strich sich mit geschlossenen Augen über die Stirn, so als könne er damit das Geschehene auslöschen.

Kitty stand auf. »Die sind bestimmt abgehauen.« Sie stockte und musterte ihn unverhohlen. Er sah super aus, trug aber total altmodische Klamotten. »Warum läufst du eigentlich am Strand in Straßenklamotten herum? Und dazu noch …«

»Ja?« Er hob fragend die Brauen.

Bis Halloween ist's noch eine ganze Weile hin!

Schon lag ihr die spöttische Bemerkung auf den Lippen. Sie schluckte sie aber noch rechtzeitig hinunter. »Es ist nur, dass deine Sachen … na ja, die sind halt unmodern.«

»Was meinst du?« Das Gesicht des Jungen verdüsterte sich. »Die Sachen hab ich erst kürzlich neu gekauft! Mannomann, ich muss schon sagen, ihr scheint hier alle völlig verrückt zu sein.« Er drehte sich um und wollte gehen.

»Warte mal!« rief Kitty und hielt ihn am Arm fest. »Ich hab das doch nicht böse gemeint!«

Er warf ihr einen ernsten Blick aus seinen tiefblauen Augen zu. »Was willst du eigentlich von mir? Wenn's dir nur darum geht, dich über mich lustig zu machen, dann sollten wir beide nicht weiter unsere Zeit verschwenden. Ich komme auf jeden Fall bestens ohne dich klar! Und jetzt muss ich zu meinen Freunden. Mach's gut.« Wieder machte er Anstalten zu gehen.

»Nun sei doch nicht gleich eingeschnappt!« Sie schenkte ihm ihr schönstes Lächeln. Der Junge gefiel ihr. Er war groß, hatte eine sportliche Figur und welliges dunkelbraunes Haar. Und diese Augen ... der Wahnsinn! Nie zuvor hatte sie ein solch intensives Blau gesehen. *Ein echter Hingucker.*

Kitty war neugierig geworden. Wo kam er her? Warum benahm er sich so komisch? Und dann dieses schräge Outfit ... dazu noch am Strand! Sie wollte unbedingt das Geheimnis um ihn lüften.

KAPITEL 4

Kitty

I ch bin nicht eingeschnappt!« Andrew verschränkte die Arme vor der Brust. »Ich mag es nur nicht, wenn jemand versucht, meine Zeit zu verschwenden. Verrätst du mir deinen Namen?« Sein Blick wanderte von ihrem Gesicht über ihren Körper.

Heiß stieg das Blut in Kittys Wangen. Sie hatte in ihrem knappen Bikini das Gefühl, als wäre sie nackt. »Oh, entschuldige«, krächzte sie und räusperte sich verlegen. »Ich bin Katherine Brown … Kitty.« Ihre Finger nestelten fahrig an den Trägern ihres Bikinitops herum.

»Okay, Kitty. Meinen Namen kennst du ja.« Er grinste. »Aber jetzt muss ich wirklich los. Meine Kumpels und ich wohnen in derselben Ecke, und ich muss da unbedingt vorbei.« Er hob die Augenbrauen. »Oder hast du eine bessere Idee?« In seinen Augen lag Belustigung.

Kitty schluckte ihren aufsteigenden Ärger hinunter. »Ja, vielleicht habe ich die«, erwiderte sie schärfer als beabsichtigt. »Ich glaube nämlich nicht, dass du deine Freunde zu Hause antreffen wirst.«

»Ach, und warum nicht?« Er zog die Augenbrauen in die Höhe. »Na, ich bin ganz Ohr.«

»Überleg mal selbst. Du hast deine Freunde zuletzt in der Höhle gesehen. Dann waren sie auf einmal nicht mehr da, und du bist hinausgerannt.«

»Ja, und?« Er nagte an seiner Unterlippe.

»Können die beiden etwa fliegen?« Sie zwinkerte ihm zu.

Andy grinste schief. »Nee, ich glaub nicht.«

»Na also. Gehen wir mal davon aus, sie wollten dir einen Streich spielen und sind blitzschnell hinter einen Felsvorsprung geschlüpft. Dann wären sie …«

»Ach, und da verschwinden sie von einer Sekunde auf die andere direkt vor meinen Augen?« Er tippte mit dem Zeigefinger an seine Stirn.

Kitty schnaubte. »Jetzt hör mir mal zu, Andrew. Ich versuche nur, logisch an die Sache heranzugehen, um herauszufinden, was geschehen sein könnte, verstehst du?«

»Alles klar. Aber ich bin Andy, okay? Andrew nennen mich nur meine Eltern, wenn sie sauer auf mich sind.«

»Kein Problem. Dann denk noch mal genau nach, Andy. Kannst du es hundertprozentig ausschließen, dass deine Freunde sich versteckt haben?«

Andy zuckte mit den Achseln. »Ich hab echt keine Ahnung, was da wirklich gelaufen ist und warum. Aber so verrückt sich das auch anhört, sie haben sich buchstäblich vor meinen Augen in Luft aufgelöst.« Er blickte sich kurz um. »Außerdem sieht hier auch alles irgendwie anders aus. Ich meine, es ist immer noch derselbe Strand und trotzdem ...« Er kratzte sich am Kinn. »Die Atmosphäre und die Leute ... alles wirkt irgendwie verändert.« Er schüttelte den Kopf. »Ich bin doch nicht bescheuert.«

Kitty wurde warm ums Herz. Mit einem Mal empfand sie Mitleid mit Andy, denn er schien tatsächlich an seinem Verstand zu zweifeln. Aber war er wirklich verrückt, oder ... ein absurder Verdacht keimte in ihr auf. War es möglich, dass er ...

Ach was! Das gibt's nur in Büchern und Filmen.

»Was hältst du davon, wenn wir uns mal zusammen in dieser ominösen Höhle umsehen? Wahrscheinlich sind deine Freunde entweder noch dort oder zumindest irgendwo in der Nähe.«

Andy zögerte kurz. »Mmh, vielleicht hast du recht. Aber ich hab keine Lust, wieder deinem Bruder und den anderen Typen übern Weg zu laufen!«

»Ach, kümmere dich bloß nicht um Josh. Der ist doch noch ein Baby! Hast du vorhin selbst erlebt.« Kitty winkte verächtlich ab. »In zwei Monaten wird er fünfzehn!«

»Na ja, viel älter siehst du aber auch nicht aus«, spöttelte Andy.

»Wie bitte?« Kitty funkelte ihn an. »Ich bin siebzehn! Jetzt erzähl mir bloß nicht, dass du schon zwanzig bist.«

»Ist ja gut, reg dich ab!« Er lachte. »Ich bin achtzehn.«

»Cool!« Sie strahlte ihn an. »Und nun lass uns die Höhle inspizieren. Ich bin schon extrem gespannt, ob wir deine Freunde finden oder irgendwas anderes, das uns weiterhilft.«

Habe ich wirklich »uns« gesagt?

Schnell warf sie sich ihr Strandtuch um die Hüften. »Und los geht's!«

Schweigend schlenderten sie dicht am Meeresufer entlang. Die Sonne brannte heiß vom Himmel, und Andy wischte sich einige Male mit dem Handrücken über die Stirn.

Von Josh und den anderen Jungs war weit und breit nichts zu sehen, und Kitty atmete erleichtert auf.

Minuten später standen sie vor einer Kette halbhoher Felsen, die ein paar Meter ins Meer hineinragten.

»Nun, wo ist denn deine Höhle?«, rief Kitty. Irritiert drehte sie sich einmal um die eigene Achse. »Hier geht's nirgendwo weiter. Ich sehe nur Meer, Sand und die nackten Felsen.«

»Ja, hier müssen wir entweder rüberklettern oder ein paar Meter durchs Wasser waten«, meinte Andy und zeigte aufs Meer. »Die Bucht ist an drei Seiten von Klippen umgeben.« Er machte eine ausladende Handbewegung.

»Okay, dann auf durchs kühle Nass.«

Andy entledigte sich seiner Sandalen und krempelte die Hosenbeine hoch. Dann wateten sie um die Felsen herum und landeten in einer kleinen Bucht.

Kitty warf einen Blick auf ihre Armbanduhr. »Wir haben noch reichlich Zeit, bis die Flut kommt. Also können wir uns in aller Ruhe umsehen.« Ihre Augen schweiften suchend umher. »Nur sehe ich die Höhle noch immer nicht.«

»Gleich hier, sieh doch.« Andy steuerte auf den Fuß der hohen, steilen Klippen gegenüber dem Meeresufer zu.

Kitty folgte ihm mit hochgezogenen Augenbrauen. Erst im allerletzten Augenblick wurde ihr bewusst, dass sie vor dem Eingang einer Höhle standen. Sie riss die Augen auf. »O Mann, die hätte ich nie und nimmer gefunden.«

»Ich auch nicht. War purer Zufall. Du musst dich bücken, um hineinzukommen.« Er kroch als Erster durch das schmale Loch. »Komm«, rief er ihr dann zu.

Kitty fröstelte, als sie vom warmen Sonnenlicht in die Höhle kam. *Puh!* Wie kühl und feucht es hier war. Ein eiskalter Schauer rann ihr den Rücken hinunter.

Ach was, stell dich nicht so an! Das ist eine ganz normale Höhle. Von denen gibt's hier viele.

Sie durfte jetzt bloß keine Angst zeigen. Sonst hielte Andy sie womöglich für ein Baby. Mutig lief sie hinter ihm her. Der Gang wurde immer schmaler, und sie kamen nur langsam voran. »Meine Güte, wie weit ist das denn noch?«, stöhnte sie.

Andy drehte sich zu ihr um. »Wir sind gleich da. Siehst du da vorne den schwachen Lichtschein?«

Kitty atmete auf. Ja, einige Meter weiter vorn schimmerte ein kaum wahrnehmbares Licht. »Okay. Wurde aber auch Zeit.«

Nach ein paar Schritten wurde der Gang wieder etwas breiter und mündete schließlich in einem breiten Hohlraum. In der Mitte erhob sich aus dem Felsboden ein großer Stein, der sich auffällig von dem grauen Gestein ringsum unterschied. Er schimmerte milchig weiß wie ein Schneequarz, seine Struktur war fein und glatt.

Kitty riss die Augen weit auf und starrte ihn entgeistert an. *Was für ein ungewöhnlicher Stein.*

Andy stellte sich dicht davor. »Sieh mal, Kitty. Hier habe ich gestanden und meine Freunde dort drüben.« Er deutete auf eine schmale Felsspalte, durch die ein wenig Tageslicht schimmerte. »Ich strich mit meiner Hand über diesen Stein, ungefähr so …« Demonstrativ fuhr er mit seiner rechten Hand über die Oberfläche. »… und dann stand ich von einer Sekunde auf die andere alleine hier. Meine Hand lag noch immer auf dem Stein, aber von Robbie und Toby keine Spur. Ich habe nach ihnen gerufen, nichts!« Wieder runzelte er die Stirn. »Komisch«, murmelte er kaum hörbar wie zu sich selbst, »dass ich das vergessen hatte.«

Kitty horchte auf. »Was hast du vergessen?«

»Kurz bevor Toby und Robbie verschwanden, waren der Stein und ich von einem weißen Lichtkreis umgeben.«

»Das ist echt krass.« Kitty kam näher, legte ihre Hand

neben die seine auf den seltsamen Stein und strich über die Oberfläche. »Und du bist hundertprozentig sicher, dass du dich nicht getäuscht hast?« Sie zog eine Augenbraue hoch.

»Tausendprozentig!« Fest blickte er ihr in die Augen.

Oh, wow ... diese Augen! Tief und blau wie das Meer.

Sie hüstelte verlegen. »Okay. Und was hast du dann getan?«

»Ich bin auf dem schnellsten Weg nach draußen und wenig später deinem Bruder und seinen Kumpels über den Weg gelaufen. Den Rest kennst du.«

Kopfschüttelnd blickte er Kitty an. »Wie ist das alles bloß möglich?«

KAPITEL 5

Kitty

D as ist wirklich merkwürdig«, flüsterte Kitty. Die Härchen an ihren Armen richteten sich auf.

»Warum flüsterst du?«, fragte Andy.

Ja, warum flüsterte sie? Sie hätte es nicht mit Bestimmtheit beschreiben können. Sie hatte nur das unerklärliche Gefühl, als würden sie beobachtet, obwohl niemand außer ihnen hier war. Ein eiskalter Schauer jagte ihr über den Rücken.

»Ich weiß es nicht, aber findest du nicht auch, dass es hier total unheimlich ist, so als ob wir …«

»… nicht allein wären?«, beendete Andy ihre Frage, und Kitty las in seinen Augen, dass er das Gleiche empfand wie sie.

»Bitte, Andy, ich möchte jetzt lieber gehen«, wagte sie nun, ihrer Furcht nachzugeben. »Wir denken dann draußen darüber nach, wie wir der Sache auf den Grund gehen können, okay?«

»Du hast recht, lass uns gehen.« Er nahm einfach ihre Hand und zog sie mit sich. Draußen in der hellen Sonne wich augenblicklich die Beklemmung.

Sie sahen sich an und lachten.

»Und jetzt schnell zurück zu meinen Sachen«, sagte Kitty. »Sofern in der Zwischenzeit niemand was davon gebrauchen konnte«, fügte sie nach kurzem Zögern hinzu und grinste.

Sie verließen die Bucht auf demselben Weg, den sie gekommen waren. Der Wasserpegel war inzwischen etwas angestiegen, aber noch immer niedrig genug, um hindurchzuwaten.

Auf der anderen Seite der Felsen nahm Andy wieder ihre Hand, und sie schlenderten am Ufer entlang zurück zu dem Platz, an dem Kittys Sachen lagen. Dort standen sie sich sekundenlang unschlüssig gegenüber.

»Hast du Lust, dass wir noch was zusammen machen?«, fragte Andy.

Kitty zögerte. Sollte sie es jetzt wagen, über ihren Verdacht zu sprechen?

Nein, vergiss es! Bestimmt gibt es eine ganz vernünftige Erklärung für alles.

»Wenn nicht, ist es auch okay. Ich bin dann mal weg. Mach's gut.« Andys Stimme klang enttäuscht, und er machte Anstalten zu gehen. Offensichtlich hatte er ihr kurzes Zögern missverstanden.

»Bitte, bleib!« Kitty hielt ihn am Arm zurück. »Klar hab ich Lust! Ich mag gern noch mit dir zusammen sein. Es ist nur schade, dass du kein Schwimmzeug bei dir hast.«

»Kein Problem, ich habe Shorts drunter. Die sind total praktisch, wenn meine Freunde und ich uns an den Klippen herumtreiben und Lust auf eine Abkühlung haben.« Damit schlüpfte er aus Hemd, Hose und Sandalen.

Beim Anblick der bunten, weiten Shorts hätte Kitty fast laut gelacht, verkniff es sich aber im letzten Moment. Auf keinen Fall wollte sie einen erneuten Streit vom Zaun brechen. Sie fühlte sich nämlich auf eine ihr bisher fremde Weise zu dem Jungen hingezogen. Verstohlen musterte sie ihn von der Seite.

Josh hat recht. Andy ist genau mein Typ.

Der fein geschwungene Mund mit der etwas volleren Unterlippe gab seinem Gesicht etwas Sinnliches. Das lockige Haar trug er im Nacken länger. Besonders aber faszinierten sie seine Augen mit den dichten, fast schwarzen Wimpern. Wenn er sie ansah, hatte sie das Gefühl, er könne bis auf den Grund ihres Herzens blicken. Eine eigenartige Vertrautheit war zwischen ihnen, die sie sich rational nicht erklären konnte. Ob er wohl ähnlich empfand wie sie?

Sie verbrachten einen schönen Nachmittag miteinander, schwammen, tobten herum und bespritzten sich übermütig. Später lagen sie dicht nebeneinander auf Kittys Badetuch und genossen die letzten Sonnenstrahlen.

»Nun muss ich aber gehen.« Andy warf einen kurzen Blick zum Himmel, an dem die Sonne schon bald den Horizont erreichen würde. »Ich will unbedingt noch kurz bei Toby und Robbie vorbeischauen. Bestimmt sind sie jetzt zu Hause und können mir verraten, was da heute in der Höhle gelaufen ist.« Er zwinkerte Kitty fröhlich zu, stand auf und schlüpfte in seine Sachen.

Kitty verzog skeptisch ihren Mund. Ihr Verdacht hatte sich in den letzten Stunden erhärtet. Schon öffnete sie ihren Mund, um ihn auszusprechen, schloss ihn aber im letzten Moment wieder. Falls es sich wirklich so verhalten sollte, wie sie vermutete, würde er bald unweigerlich selbst darauf stoßen.

»Ich bring dich noch nach Hause, und morgen nach dem Frühstück hol ich dich ab«, unterbrach Andy ihre Gedanken. »Was meinst du?« Er zog Kitty vom Badetuch hoch und strich ihr behutsam eine vorwitzige Locke aus der Stirn. Dabei blickte er ihr tief in die Augen.

O mein Gott, diese Augen …

Kitty bekam weiche Knie. Nie zuvor hatte ein Junge eine solch starke Anziehungskraft auf sie ausgeübt. Gleichzeitig spürte sie dieses vertraute Band zwischen ihnen, so als würden sie sich schon ewig kennen.

»Coole Idee!« Sie strahlte ihn an. »Wir frühstücken meistens gegen neun. Wenn du magst, kannst du mich um zehn Uhr abholen.«

»Na klar. Kein Problem«, kam die prompte Antwort. »Ich freu mich drauf.«

Schweigend legten sie die kurze Strecke zum Ferienhaus von Kittys Eltern zurück.

»Also dann bis morgen um zehn.« Andys Augen strahlten. »Ich werde pünktlich sein.«

»Bis morgen, Andy. Komm gut nach Hause.« Kitty konnte sich nicht von seinem Blick losreißen.

»Aber sicher. Ich hab's ja nicht weit.« Er grinste. Blitzschnell drückte er ihr einen Kuss auf den Mund, winkte ihr noch einmal zu und lief dann schnell davon.

Kitty strich versonnen mit dem Finger über ihre Lippen. Sie stellte sich vor, wie es gewesen wäre, wenn Andy sie richtig geküsst hätte, und heiß schoss ihr das Blut in die Wangen.

Nachdenklich blickte sie ihm nach. Was würde geschehen?

Gleich steht er wieder hier auf der Matte, weil er merkt, dass … Ach was! Schluss jetzt mit dem Unsinn.

Wahrscheinlich hatte sie zu viele Fantasy-Romane gelesen und den Blick für die Realität verloren.

Aber warum sonst lief ein so cooler Typ wie Andy in diesen altmodischen Klamotten herum? Und wie ließ sich die Sache mit seinen Freunden in der Höhle erklären?

KAPITEL 6

CORNWALL, AUGUST 2003

Kitty

Huch, was war das? Kitty wachte auf, weil sie ein klirrendes Geräusch gehört hatte. Erschreckt fuhr sie hoch, saß stocksteif auf der Bettkante und wagte kaum zu atmen.

Da, wieder! Klirr ... jemand warf kleine Steine an die Scheibe ... klirr ... und wieder ... klirr. Sie sprang aus dem Bett ans Fenster, öffnete es und blickte nach unten. Draußen war es stockdunkel.

»Kitty, ich bin's!«, hörte sie jetzt eine Stimme leise rufen. Es war Andy. »Kannst du runterkommen? Bitte!«

»Warte, ich komme sofort.« Schnell streifte Kitty ihr Nachthemd ab, warf sich ein Strandkleid über den Kopf und schlüpfte in ihre Flip-Flops. Dann schlich sie aus ihrem Zimmer und die Treppe hinunter. Leise öffnete sie die Haustür und stieß beinahe mit Andy zusammen. Unwillkürlich wich sie einen Schritt zurück.

»O Mann, du hast mich fast zu Tode erschreckt. Was machst du hier mitten in der Nacht?« Fröstelnd zog sie die Schultern hoch. »Puh, ist das kalt.«

»Nicht so laut!«, flüsterte Andy. »Du weckst noch deine Leute auf!«

»Na, das musst *du* gerade sagen!«, spottete Kitty. »Was ist denn bloß los?« Sie flüsterte jetzt auch. »Hast du kein Zuhause?«

»Da hast du den Nagel auf den Kopf getroffen!«

»Wie bitte?« Sie zog die Augenbrauen in die Höhe. »Heute Nachmittag hast du behauptet, dass du hier ganz in der Nähe wohnst.«

»Das stimmt ja auch. Zumindest hab ich das bis heute Nachmittag noch gedacht. Komm, lass uns ein Stück gehen. Dann erzähl ich dir ganz genau, was passiert ist.«

»Nee du, das ist mir echt zu kalt.« Kitty klapperte leise mit den Zähnen. »Weißt du was?«, schlug sie vor, »du kommst jetzt einfach mit ins Haus. Wir schleichen uns rauf in mein Zimmer, und du berichtest mir alles von Anfang an. Aber sei bloß leise auf der Treppe. Meine Eltern haben einen leichten Schlaf.«

»Aber klar doch. Ich werde mucksmäuschenstill sein«, versprach er.

Auf leisen Sohlen schlichen sie sich in Kittys Zimmer. Schnell räumte sie ein paar Sachen vom Stuhl. »Setz dich und erzähl!«, sagte sie, warf sich auf ihr Bett und blickte ihn erwartungsvoll an.

Andy hockte sich auf die vordere Kante des Stuhls und wippte mit den Füßen.

»Schieß schon los!« Kitty beugte sich mit glühenden Wangen zu ihm. »Ich bin gespannt wie ein Flitzebogen.«

Andy holte einige Male tief Luft, bevor er ausführlich schilderte, was ihm widerfahren war, nachdem sie sich am Nachmittag voneinander verabschiedet hatten.

KAPITEL 7

Andy

M it eiligen Schritten lief Andy den Feldweg hoch zur Straße. Er war keineswegs so fröhlich und unbeschwert, wie er sich Kitty gegenüber gegeben hatte.

Sein Elternhaus lag außerhalb des Zentrums von Thorpestone, in dem ruhigen kleinen Vorort Farnville. Schon auf dem kurzen Weg durch die Stadt fielen ihm Veränderungen auf, die ihn zutiefst erschreckten. Was ihm unten am Strand schon komisch vorgekommen war, wurde hier noch viel deutlicher.

Das gibt's doch nicht! Was ist hier bloß los, Mann?

Die Atmosphäre des Ortes war eine völlig andere als noch am Vormittag. Alles war lauter und geschäftiger, der Verkehr auf der Straße viel dichter. Und nicht nur die Autos, Häuser und Geschäfte sahen anders aus, sondern auch die Menschen, die ihm unterwegs begegneten. Er verstand jetzt, was Kitty an seinem Outfit so merkwürdig gefunden hatte. Ihm fielen auch die Blicke der Leute auf, die ihn mehr oder weniger unverhohlen musterten. Es war der reinste Spießrutenlauf, und Andy war froh, als er endlich den ruhigeren Teil des Ortes erreichte.

Was ging hier eigentlich ab? Er runzelte die Stirn. Nach allem, was er gerade eben erlebt hatte, glaubte er nicht mehr, dass Robbie und Toby hinter einer Felsspalte gehockt, ihn beobachtet und sich später halb totgelacht hatten. Nein, hier ging etwas anderes, etwas Merkwürdiges vor sich. Aber er würde es schon noch herausfinden.

Das einzig Positive an der Sache war, dass er Kitty getroffen hatte, das zierliche Mädchen mit den langen blonden Locken und den grünbraunen Augen, die im hellen Sonnenlicht smaragdgrün funkelten.

Kitty war so erfrischend anders als alle Mädchen, die er kannte. Sie löste ein völlig neues Gefühl in ihm aus. Ein Gefühl, das vertraut und erregend zugleich war.

Ihm wurde warm ums Herz, als er sich ihr hübsches Gesicht mit der kleinen Stupsnase ins Gedächtnis rief. Die niedlichen Grübchen in ihren Wangen, wenn sie lachte. Er dachte an den flüchtigen Kuss, den er ihr beim Abschied auf den Mund gedrückt hatte. Noch immer konnte er ihre vollen, weichen Lippen auf den seinen spüren. Er stellte sich vor, wie es wäre, wenn er sie richtig küssen würde, und ein heißes Gefühl des Verlangens durchströmte seinen Körper.

Natürlich hatte er sich auch vorher schon mal für das eine oder andere Mädchen interessiert. Mit Lucy Spencer war er sogar weiter gegangen. Beim Gedanken an das dunkelhaarige Mädchen mit den ernsten dunklen Augen verfinsterten sich seine Gesichtszüge. Er musste das so schnell wie möglich in Ordnung bringen, erst recht jetzt, da er Kitty kennengelernt hatte. Er konnte es kaum erwarten, sie wiederzusehen und freute sich wahnsinnig auf das morgige Treffen mit ihr. Sie hatten einen tollen Tag zusammen verbracht, und morgen würde es bestimmt noch schöner werden.

Andy beschleunigte seine Schritte, als er von Weitem sein Elternhaus erblickte. Täuschte er sich, oder hatte sich auch hier alles verändert? Nein, denn es war offensichtlich, dass die Straße, der Fußgängerweg und die Vorgärten anders aussahen. Aber den ungewöhnlichsten Anblick boten die wenigen parkenden Autos.

Future World, fuhr es ihm siedend heiß durch den Kopf. Schweiß bildete sich auf seiner Stirn, und das letzte Stück rannte er.

Das Haus hatte zweifellos Ähnlichkeit mit seinem Elternhaus. Es war dieselbe Straße und dieselbe Hausnummer. Trotzdem sah alles völlig fremd aus, sogar die Bepflanzung im Vorgarten und der Zaun. Das war nicht sein Zuhause, das er heute Morgen erst verlassen hatte.

Andy öffnete das Gartentor, lief durch den Vorgarten zur Haustür und warf einen Blick auf das Namensschild. A. & J. HICKSON stand dort in großen Lettern. Ein dicker Kloß bildete sich in seinem Hals. *Was um alles in der Welt stimmt hier nicht?*

Er räusperte sich ein paarmal, dann schellte er. Eine

Zeitlang blieb es mucksmäuschenstill, bevor er leise Schritte hörte. Die Tür wurde einen Spaltbreit geöffnet, und eine Frau Mitte bis Ende zwanzig blickte ihn mit zusammengezogenen Augenbrauen an.

»Ja, bitte?« Ihre Stimme klang unfreundlich. Offensichtlich hatte er sie bei einer wichtigen Tätigkeit gestört.

»Guten Tag, ich bin Andrew Parker, Ma'am«, stotterte Andy verlegen. »Äh ...«

»Ja?«

»Ich weiß nicht, wie ich anfangen soll.« Er nestelte an den Knöpfen seines Shirts herum. »Also, eigentlich wollte ich sagen, dass ich hier wohne.«

Die junge Frau starrte ihn sekundenlang mit offenem Mund an. Ihre Stimme bekam einen misstrauischen Unterton. »Sie müssen sich in der Hausnummer geirrt haben. Ich bin Joanna Hickson und wohne hier mit meinem Mann. Sehen Sie!« Sie deutete auf das Namensschild an der Tür.

»Ja, das habe ich gesehen, Ma'am.« Andy atmete tief durch. »Es mag sich verrückt anhören, aber heute Morgen haben meine Eltern und ich noch hier gewohnt«, stammelte er.

»Wie bitte?« Die Frau starrte ihn jetzt an, als hätte er den Verstand verloren. »Das soll wohl ein Scherz sein!? Mein Mann Adam und ich leben bereits seit vier Jahren in diesem Haus.« In ihren Augen flackerte es. »Er müsste übrigens jeden Moment hier sein.«

»Entschuldigung«, murmelte Andy und wandte sich zum Gehen.

»Schon okay«, gab sie zurück und schloss schnell die Tür.

Andy versuchte mühsam, seine Fassung zu bewahren. Zitternd wischte er die feuchten Handflächen an seiner Hose ab und stapfte mit eingezogenen Schultern auf das Nachbarhaus zu, in dem sein Freund Robbie mit seinen Eltern und seinem kleinen Bruder Albert wohnte. Obwohl auch hier ein fremder Name an der Tür stand, legte er entschlossen seinen Finger auf die Klingel. Schließlich musste er wissen, was hier los war.

Die Tür wurde aufgerissen. Ein grobschlächtiger Mann um die fünfzig musterte ihn mit zusammengekniffenen Augen von oben bis unten. Andy wich erschrocken einige Schritte zurück, stolperte und konnte gerade eben einen Sturz verhindern.

»Was hast *du* denn hier zu suchen?«, schnauzte der stämmige Mann ihn an. »Mach dich vom Acker! Hier gibt es nichts zu holen.«

»Ich hatte auch nicht vor, Sie zu bestehlen!«, sagte Andy mit fester Stimme. »Ich wollte nur zu meinem Freund Robbie … Robert Forster.«

»Hier gibt's keinen Robert Forster, Mann! Kannst du nicht lesen?«, brüllte der Mann und tippte mit dem Finger auf sein Türschild. »Und jetzt verschwinde endlich, oder ich mach dir Beine, verstanden!?«

Bevor Andy seinen Mund öffnen konnte, wurde ihm

die Tür vor der Nase zugeknallt. Einen Augenblick lang stand er wie angewurzelt da. Dann schlich er mit gesenktem Kopf durch den Vorgarten zurück zur Straße. Ihm schwante, dass er auch im Haus der Familie Johnson weder seinen besten Freund Toby noch dessen Eltern antreffen würde. Dennoch musste er sich mit eigenen Augen davon überzeugen.

Zwei Minuten später stand er vor dem Haus und war nahe daran, den Verstand zu verlieren. Die Fassade hatte nicht nur einen andersfarbigen Anstrich, sondern es waren auch andere Fenster eingebaut worden. Und bevor er auf das Namensschild schaute, war ihm klar, dass ein fremder Name darauf stehen würde. Und genau so war es auch.

Die letzte vage Hoffnung, dass sich vielleicht doch noch alles aufklären könnte, zerplatzte wie eine Seifenblase. Mit grausamer Gewissheit wurde ihm klar, dass er kein Zuhause mehr hatte.

Mit hängenden Schultern und wackligen Knien schleppte er sich zurück zur Straße. Er sank auf den Bordstein und vergrub seinen Kopf in den verschränkten Armen.

Lieber Gott, bitte hilf mir! Was soll ich nur tun?

Er betete, dies alles möge ein Albtraum sein, ein fürchterlicher Albtraum. Ja, er betete inbrünstig, dass er gleich aufwachen und friedlich in seinem Bett liegen würde. Minute um Minute verstrich, ohne dass er sich rührte.

Natürlich war ihm längst klar, dass dies kein Albtraum war, sondern brutale Realität. Eine Realität, die er sich nicht erklären konnte. Tränen brannten in seinen Augen. Krampfhaft versuchte er, sie zurückzuhalten. Vergeblich!

Wie sollte es jetzt bloß weitergehen? Fröstelnd zog er die Schultern hoch. Es wurde langsam kühler, und schon bald würde die Sonne untergehen. Dann wäre es innerhalb kürzester Zeit stockdunkel.

Die einzige Alternative, die ihm einfiel, war Kitty. Beim Gedanken an sie atmete er erleichtert auf. Ein warmes, sehnsüchtiges Gefühl durchflutete sein Herz. Energisch wischte er die Tränen fort und stand auf.

Unwillkürlich musste er wieder an Lucy denken. Wie hatte er es nur so weit kommen lassen können? Sicher, sie war ein nettes Mädchen, und er mochte sie. Aber verliebt in sie war er zu keinem Zeitpunkt gewesen. *Du hast sie benutzt, gib's ruhig zu,* flüsterte es in seinem Kopf. Beschämt gestand Andy sich ein, dass er Lucys aufrichtige Gefühle für ihn ausgenutzt hatte. Das war gemein von ihm gewesen, und er bereute es im Nachhinein. Wie auch immer, er hatte sich die Situation selbst zuzuschreiben und wollte sie so bald wie möglich mit Anstand klären.

Allerdings hatte er jetzt erst einmal ein ganz anderes Problem. Er musste zu Kitty, um ihr von seinen skurrilen Erlebnissen zu erzählen. Vielleicht fiel *ihr* ja etwas Plausibles ein.

Auf dem Weg zurück zum Ferienhaus der Browns flog ein abstruser Gedanke durch seinen Kopf. War es vielleicht möglich, dass …

Ach, Blödsinn! Vergiss es! Das ist ja nun völlig absurd! Sowas gibt's nur in Filmen.

Auf halbem Weg blieb er abrupt stehen. Konnte er einfach so mir nichts dir nichts bei Kitty auftauchen? Schließlich wohnte sie nicht allein in dem Ferienhaus. Höchstwahrscheinlich saß die gesamte Familie gerade beim Abendbrot zusammen. Kittys Eltern kannten ihn nicht, und womöglich käme ihr Dad auf die Idee, dass er irgendetwas Schlechtes im Schilde führte.

Nein, er musste warten, bis alle zu Bett gegangen waren. Außerdem würde er herausfinden müssen, hinter welchem der Fenster Kitty schlief. Er würde auf jeden Fall warten, bis alles im Haus still war. Nur ihr allein konnte er anvertrauen, was ihm widerfahren war. Bestimmt würde sie ihm glauben und versuchen, ihm zu helfen.

KAPITEL 8

Kitty

Kitty hatte Andy aufmerksam und mit ständig wachsender Erregung zugehört. Die Geschichte, die er ihr soeben erzählt hatte, stimmte haargenau mit ihrer eigenen Vermutung überein. Und dennoch wollte sie es nicht wahrhaben. Sie verstand es zwar selbst nicht, aber die Realistin in ihr sträubte sich vehement dagegen, an das Unmögliche zu glauben.

»Und du bist absolut sicher, dass du in der richtigen Straße warst?«, fragte sie mit hochgezogenen Brauen, zog ihr Kissen auf den Schoß und zupfte nervös daran.

»Klar war ich in der richtigen Straße. Ich bin doch nicht blöd!« Andy tippte mit dem Zeigefinger gegen seine Stirn.

»Da bin ich mir gar nicht so sicher! Ich meine, dass du in der richtigen Straße warst«, fügte sie schnell hinzu. »Immerhin hast du mir gerade erzählt, dass du nicht mehr genau weißt, wo du wohnst.« Im gleichen Moment wurde ihr bewusst, dass Andy es *so* nicht ausgedrückt hatte.

»Das stimmt doch gar nicht! Hast du mir überhaupt zugehört?« Andys Stimme zitterte. »Ich habe gesagt, dass das Haus, in dem ich bis heute Morgen mit meinen Eltern gewohnt habe, nun völlig anders aussieht und fremde Leute dort wohnen. Das ist etwas völlig anderes!« Seine Augen sprühten Blitze.

»Ja, natürlich. Tut mir leid«, entschuldigte Kitty sich schnell. »Aber wie soll das möglich sein? Ein anderes Haus mit fremden Menschen. Deine Eltern können sich schließlich nicht in Luft aufgelöst haben!«

Können sie wohl! Genau wie Robbie und Toby. So sag's ihm doch endlich!

»Das haben sie aber anscheinend.« Andys Schultern sanken nach unten. »Genau wie Robbie und Toby.«

Kitty zuckte zusammen. Er sprach beinahe wortwörtlich ihre Gedanken aus.

In seinen Augen lag ein todtrauriger Ausdruck. »Aber wenn du mir nicht glaubst, ist es wohl besser, dass ich gehe. Tut mir leid, Kitty. Ich dachte, du würdest versuchen, mir zu helfen. Immerhin hast du heute schon einiges miterlebt und weißt, dass die beiden auch verschwunden sind.« Er drehte sich zur Tür.

Kitty hielt ihn am Arm zurück. »Warte einen Moment!« Ihr war zwar immer noch mulmig zumute, aber sie konnte ihren Verdacht nicht mehr länger verdrängen. Schließlich war das, was Andy erlebt und ihr soeben berichtet hatte, eigenartig genug!

»Weißt du, Andy, ich hab da so eine crazy Idee.«

Nervös wickelte sie sich eine Locke auf den Finger. »Hoffentlich hältst du mich nicht für total ausgeflippt.«

»Na, dann sag's doch einfach.«

»Nun ja, ich habe eigentlich von Anfang an überlegt, ob es vielleicht so etwas wie … also, wie denkst du über Zeitreisen?« So, jetzt war es endlich heraus. Kitty blickte hinunter auf ihre Füße, um die Reaktion in seinem Gesicht nicht lesen zu müssen.

»Du meinst, es könnte so etwas wie Zeitschleifen geben und ich wäre zufällig in eine hineingeraten!? Um ehrlich zu sein, hab ich daran auch schon gedacht.« Andy nickte und legte die Stirn in Falten. »Ich hatte aber Angst, dass du mich für komplett bescheuert halten könntest.«

Kitty war überrascht. Damit hatte sie nicht gerechnet. »Wow! Dann hatten wir beide die gleiche Idee und uns nur nicht getraut, darüber zu reden. Echt krass!«

Andy nickte. Ein Lächeln schlich sich auf sein Gesicht. »Dann können wir jetzt gemeinsam versuchen, das Rätsel zu lösen.«

»Und genau das werden wir auch tun, aber erst ab morgen. Jetzt müssen wir uns erst mal darum kümmern, wo du schläfst. Hier in meinem Zimmer geht das natürlich nicht.« Sie zwinkerte ihm lächelnd zu. »Hör mal zu! Unser Ferienhaus ist unterkellert. Du könntest also in einem der Kellerräume schlafen.« Sie ging auf die Knie und zog eine Luftmatratze unter dem Bett hervor. Voll in ihrem Element, öffnete sie ihren Schrank.

»Voilà ... Wolldecken habe ich auch genug. Du siehst, das Glück ist auf unserer Seite. Wir müssen nur aufpassen, dass wir das ganze Zeug möglichst leise nach unten schleppen. Na, was sagst du?«

Andy strahlte übers ganze Gesicht. »Das ist eine coole Idee. Danke, Kitty! Ich war sicher, dass du mir helfen würdest.«

»Aber klar! Morgen machen wir uns dann daran, dem Geheimnis auf die Spur zu kommen. Falls unsere Vermutung zutreffen sollte, finden wir bestimmt einen Weg, dich in deine Zeit zurückzuschicken.« Sie zögerte kurz. Ihr fiel plötzlich ein, dass sie beide bisher einen wichtigen Punkt außer Acht gelassen hatten. »Aus welchem Jahr kommst du eigentlich?«

»Als ich gestern Morgen mit Toby und Robbie losgezogen bin, war's 1976.«

Kittys Augen weiteten sich. »Ach du Schreck!«, platzte sie heraus.

O Mann, dann ist er 1958 geboren und wäre jetzt fünfundvierzig! Fünf Jahre älter als Dad!

Über Andys Gesicht fiel ein Schatten. Seine Stimme zitterte, als er leise fragte: »Und jetzt ... wo bin ich hier gelandet ... ich meine, in welchem Jahr?«

Kitty schluckte und wich seinem Blick aus. Fast unhörbar murmelte sie: »In 2003.« Zögernd hob sie den Kopf und blickte geradewegs in Andys Augen, die sie fassungslos anstarrten.

»Das darf doch wohl nicht wahr sein!« Seine Stimme

bebte. »Wie ist das möglich?« Er wühlte mit den Händen durch seine dunklen Locken. »Meine Güte, Kitty, du musst mir helfen, hörst du? Ich muss zurück. Meine Eltern, meine Freunde, die Uni. In zwei Monaten beginnt mein Studium.« Verzweiflung schwang in seiner Stimme.

»Du kannst dich voll auf mich verlassen«, versprach Kitty. »Wir werden einen Weg finden, dich zurückzubringen, ganz bestimmt!« Sie blickte ihm tief in die Augen. »Eigentlich schade«, fügte sie hinzu.

»Finde ich auch«, flüsterte Andy.

KAPITEL 9

Kitty

Am nächsten Morgen konnte Kitty es kaum erwarten, hinunter ins Kellergewölbe zu gehen.

Endlich waren alle mit dem Frühstück fertig. Sie schnappte sich flink ein Brötchen, schnitt ein Stück Cheddar ab und wickelte beides in eine Serviette. »Proviant«, sagte sie grinsend, flitzte hoch in ihr Zimmer und packte ihre Strandtasche. Dann schlich sie hinunter in den Keller. Leise öffnete sie die Tür zu dem Kellerraum, in dem Andy übernachtet hatte. Die Decken lagen ordentlich zusammengefaltet auf der Luftmatratze, aber von Andy keine Spur!

»Andy«, rief sie leise ins Kellergewölbe hinein, bekam jedoch keine Antwort. Sie runzelte die Stirn. Sie hatten letzte Nacht ausdrücklich vereinbart, dass er am nächsten Morgen hier unten auf sie warten sollte. Mit zusammengezogenen Brauen trottete sie wieder nach oben. War er nun doch schon allein zur Höhle gegangen? Nein, das konnte sie sich nicht vorstellen. Warum wäre er dann mitten in der Nacht zu ihr gekommen, um sie um Rat zu fragen? Sicher wartete er unten am Strand auf sie.

»Du bist ja noch hier«, ertönte die Stimme ihrer Mutter mitten in ihre Gedanken hinein. Sie kam gerade aus der Küche und bewegte sich in Richtung Treppe.

Kitty zuckte zusammen. »Ja … ich brauch … mir ist gerade eingefallen, dass ich noch was zu trinken mitnehmen wollte«, stammelte sie.

»Gut, dann mach das. Der Kühlschrank ist voll. Daddy und ich fahren heute nach St Ives. Es könnte später werden«, rief sie Kitty munter zu und sprang wie ein junges Reh die Stufen hinauf.

Kitty nahm zwei kleine Flaschen Cola Light aus dem Kühlschrank, verstaute sie in ihrer Tasche, verließ eilig das Haus und stapfte mit Riesenschritten den schmalen Feldweg hinunter.

Es war ein wunderschöner Morgen. Die Sonne strahlte von einem wolkenlosen Himmel, ein leichter Wind spielte in ihrem Haar. Tief sog sie den vertrauten, salzigen Geruch des Meeres in ihre Nase.

Schon von Weitem sah sie Andy. Er winkte ihr mit beiden Armen zu. Erleichtert atmete sie auf und rannte ihm entgegen. »Mensch, Andy, warum hast du nicht auf mich gewartet?«, rief sie, als sie ihn fast erreicht hatte. »Ich dachte schon, dass du …«

»Jetzt halt mal kurz die Luft an!«, schnitt Andy ihr das Wort ab und grinste spitzbübisch. »Du hast mich doch jetzt gefunden. Ich hatte keine Lust, zufällig von deinen Eltern oder deinem Bruder überrascht zu werden. Darum bin ich gleich nach dem Aufwachen losgezogen.«

»Okay, okay, hast ja recht«, lenkte Kitty ein. »War bestimmt besser so.« Sie zögerte kurz. »Für den Fall, dass wir es heute nicht schaffen, dich zurück in deine Zeit zu befördern, müssten wir uns sowieso überlegen, ob der Keller als Schlafplatz für dich weiterhin sicher wäre. Duschen könntest du bei mir, wenn niemand im Haus ist, und eine unbenutzte Zahnbürste hätte ich auch für dich. Aber ...« sie betrachtete ihn von oben bis unten, »... du bräuchtest dringend andere Klamotten.« Sie zwinkerte ihm zu. »Hast du bestimmt inzwischen gecheckt, oder?«

»Und ob!« Er nickte und grinste.

»Dacht ich's mir doch.« Wieder musterte sie ihn, den Zeigefinger auf der Nasenspitze. »Du und mein Dad könntet in etwa die gleiche Größe haben. Aber das mit den Klamotten hat noch Zeit. Vielleicht schaffen wir's ja heute.« Sie öffnete ihre Strandtasche und holte das Brötchen, den Cheddar und eine kleine Flasche Cola Light daraus hervor. »Du musst mittlerweile am Verhungern sein, oder?«

»Das kannst du wohl laut sagen!« Andy wickelte die Serviette auf und leckte sich über die Lippen. »Mmh, Cheddar, danke.«

»Gerne.« Kitty breitete ihr Strandtuch auf dem Sand aus. »Dann setz dich und lass es dir schmecken.« Mit großen Augen beobachtete sie, wie Andy Brötchen und Käse mit wenigen Bissen verschlang und mit der Cola nachspülte.

»So, und jetzt schauen wir uns noch mal in deiner Höhle um.« Sie sprang auf und stopfte die leere Flasche und die Serviette in ihre Tasche.

Andy stand seufzend auf, faltete das Badetuch zusammen und reichte es Kitty. »Ehrlich gesagt hab ich tierische Angst davor, dass wie gestern auch heute nichts passiert.«

»Was hast du zu verlieren, wenn wir es versuchen? Außerdem hast du gar keine andere Wahl, oder?«

Andy schüttelte den Kopf. »Nein, die hab ich wohl nicht. Da hast du recht.«

»Also, dann sehen wir uns jetzt diesen komischen Stein mal etwas genauer an. Nun komm schon!«, drängte Kitty.

»Na gut, auf in den Kampf.« Seine Stimme klang resigniert.

»Nur Mut, wir schaffen das!«, versuchte sie ihn aufzumuntern. »Vielleicht kommt es nur auf den richtigen Moment an. Es ist doch möglich, dass dieses Zeittor, oder was auch immer es sein mag, sich nur zu bestimmten Zeiten öffnet.«

»Das hat was für sich.« Andys Miene hellte sich auf.

Kitty nahm seine Hand, und sie marschierten schweigend los in Richtung Bucht. Dort angekommen, blieben sie beide wie auf ein geheimes Kommando hin stehen.

Kittys Herz klopfte wie wild. Was würde gleich in der Höhle geschehen? Ein seltsam wehmütiges Gefühl ergriff Besitz von ihr. Es war nicht nur die gespenstische Atmosphäre dort drinnen, sondern …

Vielleicht ist er gleich fort, und ich werde ihn niemals wiedersehen, flog es ihr durch den Sinn.

Als sie zu ihm aufblickte, erkannte sie in seinen Augen die gleiche Furcht.

Kapitel 10

Kitty

Ich mag dich«, stieß Kitty wie aus heiterem Himmel hervor. »Bitte, geh noch nicht!« Sofort wurde ihr das Unmögliche ihrer Bitte bewusst. »Sorry. Das war dumm von mir. Natürlich musst du gehen.«

»Ich mag dich auch, Kitty, sehr sogar.« In seinem Blick lag tiefe Zuneigung. »Aber selbst, wenn ich es wollte, könnte ich ja nicht für immer hierbleiben.«

»Das weiß ich doch. Vergiss, was ich gesagt habe.« Sie machte einen Schritt auf den Höhleneingang zu.

»Warte.« Andy hielt sie am Arm zurück, nahm ihr Gesicht in beide Hände und blickte sie zärtlich an. »Ich weiß, was du fühlst, Kitty, denn ich fühle es auch. Von Anfang an hat uns beide etwas ganz Besonderes verbunden.« Dann zog er sie mit sanfter Gewalt hinunter in den Sand und küsste sie.

In Kittys Bauch flatterten Tausende von Schmetterlingen. Gewaltsam verscheuchte sie die leise Stimme der Vernunft, die sie davor warnte, sich in diesen süßen Jungen zu verlieben. Überwältigt von den starken

Gefühlen, die er und sein leidenschaftlicher Kuss in ihr auslösten, verdrängte sie jeden Gedanken, der diesen wundervollen Augenblick hätte zerstören können. Stürmisch erwiderte sie seinen Kuss und drückte sich fest an ihn.

Aber du kennst ihn kaum, meldete sich die Stimme ihres Verstandes jetzt lauter, und dieses Mal gelang es Kitty nicht, sie zum Schweigen zu bringen. *Er lebt in einer anderen Zeit, gehört nicht hierher. Das ist verrückt!* Sie riss sich von ihm los und sprang auf.

»Was ist los? Was hab ich falsch gemacht?« Andy schien nach Fassung zu ringen. »Ich dachte, dass du … ich hab dich doch nur geküsst.«

»Du hast nichts falsch gemacht«, fiel Kitty ihm ins Wort. »Aber wir leben in verschiedenen Welten. Was soll denn aus uns werden, wenn wir uns ineinander verlieben?«

»Das weiß ich auch nicht.« Andys Stimme klang gepresst. »Du hast ja recht mit dem, was du sagst.« Die Adern an seinen Schläfen schwollen an. »Aber ich hätte da eine Idee. Vielleicht könnte ich …«

»Ach bitte, lass uns versuchen, dieses Zeitportal zu finden«, schnitt Kitty ihm das Wort ab. »Wenn du zurück in deiner Zeit bist, werden wir uns sowieso nicht wiedersehen, und alles ist wieder so, wie es war, bevor wir uns getroffen haben. Also, was soll's?« Sie zuckte mit den Schultern und bemühte sich, ihrer Stimme einen gleichmütigen Klang zu geben.

Andys Miene verdüsterte sich, in seine Augen trat ein wehmütiger Ausdruck. »In Ordnung, wenn du es *so* siehst!« Er drehte sich um, eilte voraus zum Eingang der Höhle und kroch durch die Öffnung.

Kitty folgte ihm mit zitternden Knien. Ihr Herz lag schwer wie ein riesiger Felsbrocken in ihrer Brust. *Gleich ist er für immer fort, und ich werde ihn niemals im Leben wiedersehen.* Der Gedanke schoss wie ein brennender Pfeil durch ihren Kopf.

Kaum waren sie in der Höhle, überfiel sie wieder die gleiche seltsame Beklemmung wie am Tag zuvor. Täuschte sie sich, oder war es heute viel dunkler hier drinnen als gestern? Ein modriger Geruch stieg ihr in die Nase, angeekelt verzog sie den Mund. Es kostete sie große Überwindung weiterzugehen, und die Furcht vor dem bevorstehenden Abschied wuchs. Kurz bevor sie den Hohlraum erreichten, blieb sie stehen.

Andy drehte sich zu ihr um. In seinen Augen lag ein todtrauriger Ausdruck. »Mach's gut, Kitty«, flüsterte er und schlich mit hängenden Schultern weiter.

»Nein, Andy, bitte warte!« Kittys Herzschlag erhöhte sich, ihre Knie wurden weich. Sie streckte beide Hände nach ihm aus.

»Ja?« Er blieb stehen, drehte sich erneut zu ihr um. »Ich dachte, du wolltest einen schnellen Abschied. Und wahrscheinlich wäre es wirklich leichter für uns beide, wenn wir ...«

»Nein.« Kitty schüttelte den Kopf. »Alles wäre nur

leichter, wenn du hierbleiben könntest.« Sie konnte die aufsteigenden Tränen nicht zurückdrängen, sie kullerten über ihre Wangen. »Das ist nicht möglich, ich weiß. Aber dann möchte ich dir wenigstens aufrichtig ›Lebewohl‹ sagen, dich ein letztes Mal umarmen, bevor du zurückgehst und wir uns niemals wiedersehen.« Sie streckte beide Hände nach ihm aus.

Andy, der sie die ganze Zeit über unverwandt angesehen hatte, stürzte nun zu ihr und nahm sie fest in seine Arme. »Bitte, bitte weine nicht.« Er küsste sie sanft auf die Stirn und wischte behutsam die Tränen von ihren Wangen. »Weißt du was? Ich hatte vorhin schon die Idee, aber du hast mich unterbrochen.« Er grinste. »Ich hatte nämlich überlegt, dass ich vielleicht noch ein paar Tage länger hierbleiben könnte.«

Kittys Kopf ruckte hoch. »Bist du sicher? Ich meine, was ist mit deinen Eltern? Die machen sich bestimmt schon Sorgen, meinst du nicht?«

»Na ja, bis jetzt denken sie noch, dass ich bei den Johnsons bin. Vorgestern Abend hatte ich Zoff mit meinem Dad. Deshalb wollte ich ein paar Tage bei Toby bleiben, und meine Mum hatte nichts dagegen. Bis zum Beginn meines Studiums habe ich ohnehin frei.« Er sah Kitty fragend an. »Also, was meinst du?«

»Und was ist, wenn Toby zu dir nach Hause geht, um nachzusehen, wo du geblieben bist?«, fragte Kitty zögerlich. »Schließlich hat auch er dich vor seinen Augen verschwinden sehen.«

Andy legte die Stirn in Falten. »Nein, das glaube ich eigentlich nicht. Wie ich Toby kenne, wird er erst mal ein paar Tage abwarten.«

»Wirklich?« Kitty strahlte übers ganze Gesicht. Sie drückte ihm einen Kuss auf den Mund, nahm seine Hand und zog ihn mit sich. »Dann nichts wie raus an die frische Luft.«

KAPITEL 11

Kitty

S ie verließen die Höhle und setzten sich dicht ans Ufer in den warmen Sand.

»Hier sind wir wenigstens ungestört.« Kitty zog ihre Sandalen aus und tauchte die Füße ins Wasser. »Ich vermute, dass sich nur alle Jubeljahre mal jemand hierher verirrt.«

»Ja, weil ringsherum alles von Felsen umgeben ist. Die Bucht ist winzig klein, und die Klippen hängen weit darüber und verdecken sie. Wer oben auf den Klippen steht, sieht nur das Meer. Ist doch toll!«

»Ja, super! Dann ist das jetzt unser geheimer Platz.« Kitty schlang die Arme um ihre angewinkelten Beine, legte das Kinn auf die Knie und ließ ihren Blick träumerisch über das türkisfarbene Meer schweifen. »So, und nun erzähl mir was von dir.« Ihr Blick wanderte zurück zu ihm. »Was machst du so?«

»Na ja, ich habe kürzlich mein Abitur gemacht und freue mich jetzt riesig auf mein Medizinstudium.« Andys blaue Augen strahlten mit der Sonne um die

Wette. »Nächsten Monat geht's schon los. Weißt du, für mich gibt's nichts Größeres, als Arzt zu werden und kranken Menschen zu helfen. Und was hast du für Pläne?«

»Ich mach ja erst nächstes Jahr mein Abi. Dann studiere ich wahrscheinlich Germanistik, Anglistik und Literaturwissenschaft, oder vielleicht Publizistik? Da hab ich mich noch nicht hundertprozentig festgelegt. Auf jeden Fall möchte ich nach meinem Studium in einem Verlag arbeiten.«

»Find ich toll«, meinte Andy. »Dann willst du Journalistin werden?« In seinen Augen zeigte sich ernsthaftes Interesse.

»Mmh … mal sehen, ich hab ja noch massig Zeit. Journalistin oder Lektorin … da hab ich mich noch nicht endgültig entschieden.« Kitty wickelte eine Haarsträhne um ihren Finger und schürzte die Lippen. »Das Wichtigste aber ist, dass ich eines Tages ein eigenes Buch schreiben werde. Ich mach mein Hobby zum Beruf, genau wie meine Mum. Sie ist nämlich eine tolle Schriftstellerin, weißt du.«

»Cool! Und ich werde dein größter Fan sein, versprochen.« Andy hob drei Finger hoch.

Kitty lachte, nahm eine Handvoll Sand und ließ ihn über ihre Beine rieseln. »Du hast doch bestimmt auch Hobbys?«

»Klar, ich bin in der Cricket-Mannschaft. Hat mir bisher auch immer Spaß gemacht. Aber noch lieber spiele ich Gitarre und singe.« Andys Augen strahlten. »Meine Freunde und ich machen oft bei Robbie im Keller Musik.« Er strich sich eine vorwitzige Haarsträhne aus der Stirn. »Robbie spielt Schlagzeug und Toby Keyboard. Wir sind auf der Suche nach einem Bassgitarristen. Unser großes Vorbild sind die Rolling Stones.«

Kitty zog eine Braue hoch. »Klingt eher so, als ob du Musiker werden willst statt Arzt.«

»Nein, nein.« Andy schüttelte den Kopf. »Die Musik ist wirklich nur ein Hobby. Was hältst du übrigens von den Stones? Sind die nicht absolute Spitze?«

»Nicht schlecht.« Kitty grinste und zwinkerte ihm zu. »Aber ich mag lieber die Oldies aus den 80ern.«

»Oldies? Aus den 80ern? Ach so, na klar.« Andy schlug sich mit der flachen Hand vor die Stirn.

Kitty lachte, kramte in ihrer Strandtasche und zog ihren Ipod heraus. »Hör mal hier rein.« Sie drückte auf die Play-Taste und »Whenever Wherever« von Shakira erklang. »Na, was sagst du zu dem Song?« Sie bewegte ihren Oberkörper rhythmisch im Takt der Musik. »Ist zwar auch schon zwei Jahre alt, aber ich finde den megacool.«

Andy hörte eine Weile schweigend zu. »Toller Sound. Echt dufte«, sagte er dann und hob beide Daumen hoch. »Kaum zu glauben, dass ich hier mit dem Mädchen meiner Träume sitze und Musik aus der Zukunft höre.«

Kitty strahlte. »Und der Text passt irgendwie zu uns, denkst du nicht auch?«

In Andys Augen glomm ein Funke auf. Er zog sie ganz nah zu sich heran und strich ihre Haare nach hinten. »O ja«, flüsterte er dicht an ihrem Ohr. Dann küsste er sie leidenschaftlich. Seine Hand strich zart ihren Rücken hinunter zur Hüfte.

Ein Schwarm von Schmetterlingen flatterte in Kittys Bauch herum. Ihr Herz schlug Purzelbäume. Trotzdem machte sie sich von ihm los und rückte ein Stück zur Seite.

Andy atmete hörbar aus und wischte mit dem Handrücken über seine Stirn. »Lass uns eine Runde schwimmen.« Er grinste verschmitzt und stand auf. »Ich könnte eine Abkühlung vertragen.«

»Ich komm mit«, rief Kitty und sprang ebenfalls auf.

Andy hob sie kurzerhand hoch und auf seine Schultern und stapfte mit ihr so weit ins Wasser hinein, bis der Boden unter seinen Füßen versank. Sie schwammen weit aufs Meer hinaus und ließen sich dann Hand in Hand von den sanft schaukelnden Wellen langsam zurück ans Ufer tragen.

»Es kommt mir vor, als würden wir uns schon ewig kennen«, sagte Kitty später, nachdem sie die Bucht verlassen hatten und am Strand entlangschlenderten. »Geht's dir auch so?« Sie blickte von der Seite zu ihm hoch.

Andy blieb stehen und legte beide Arme um sie. Sein Blick versank in ihrem. »Ja, Kitty, mir geht's ganz genauso.« Ein Hauch von Wehmut klang in seiner Stimme.

Kitty seufzte abgrundtief und verdrängte erfolgreich die Gedanken an den Tag, an dem sie Abschied voneinander nehmen mussten.

Zwei Tage später fand sie in einem der Stahlschränke eine Toolbox, in der auch ein Schlüsselbund lag.

»Sieh mal, Andy, die vielen Schlüssel. Vielleicht passt einer davon zu deinem Kellerraum.«

»Das wäre super!« Andy hielt einen Daumen hoch.

Kitty probierte einige Schlüssel aus, bis sie endlich den passenden gefunden hatte. »Bingo!« Sie hielt ihn hoch wie eine Trophäe.

Lachend fielen sie sich in die Arme.

»Gefahr gebannt.« Andy blies sich eine Haarsträhne aus der Stirn. »Jetzt kann ich wenigstens ruhig schlafen«, scherzte er.

»Nimm dich aber trotzdem vor Josh in Acht«, mahnte Kitty. »Der zieht mich sowieso damit auf, dass ich so viel Zeit mit dir verbringe. Er ist daran gewöhnt, dass ich in den Ferien immer allein bin und lese. Wenn er checkt, was wirklich los ist, rennt er schnurstracks zu unseren Eltern und steckt ihnen alles brühwarm.«

»Kein Problem, Sweetie, ich pass schon auf.« Andy zwinkerte ihr grinsend zu.

»Und vergiss nicht, jede Nacht und jeden Morgen nach dem Aufstehen abzuschließen.« Kitty hob den rechten Zeigefinger hoch wie eine strenge Mutter, die ihr Kind ermahnt. »Nur für den Fall, dass einer von meinen Leuten doch mal auf die Idee kommen sollte, sich hier unten umzusehen.«

»Aye, aye, Käpt'n.« Andy schlug die rechte Fußspitze gegen die linke und tippte mit der rechten Hand seitlich an seine Stirn. »Außerdem verspreche ich hoch und heilig, mich von niemandem unter deiner Dusche erwischen zu lassen.« Er grinste.

Kitty drohte ihm mit dem Finger und lachte. »Mach dich bloß nicht lustig über mich, du!«

»Das würde ich niemals wagen.« Andy schüttelte den Kopf. Seine Miene war todernst.

»Weißt du, meine Eltern sind total happy, dass sich ihre introvertierte Tochter endlich einmal nicht von früh bis spät in ihren Schmökern vergräbt. ›Wir sind ja so froh, dass du endlich mal Kontakt zu Gleichaltrigen suchst, mein Kind. Dieser Andrew scheint ein wirklich netter Junge zu sein.‹« Kitty imitierte Mimik, Gestik und Stimme ihrer Mum nahezu authentisch und war sich dessen bewusst, dass sie aussah wie deren jüngere Ausgabe.

Andy hielt sich den Bauch vor Lachen.

Kitty grinste. Wie würden ihre Eltern wohl reagieren, wenn sie wüssten, dass ihre Tochter diesen »netten Jungen« nachts in ihrem Ferienhaus beherbergte?

KAPITEL 12

Kitty

Erstaunlich, wie viel sich hier verändert hat«, sagte Andy, als sie durch den Ort spazierten. Er schüttelte den Kopf.

»Und das, obwohl es erst siebenundzwanzig Jahre her ist.« Kitty knuffte ihn liebevoll in die Seite und grinste.

Andy zog eine Grimasse. »Mensch, das hatte ich glatt vergessen.«

»Du Scherzkeks.«

Sie lachten.

»Meine Eltern haben uns ja schon viel gezeigt. Aber mit dir seh ich immer wieder was Neues. Außerdem macht's viel mehr Spaß.«

Ein breites Grinsen stahl sich auf Andys Gesicht. »Ist doch sonnenklar! Schließlich bin ich der weltbeste Reiseführer«, scherzte er. »Und heute führe ich dich zu meinem geheimen Platz. Du wirst Bauklötze staunen.« Er zwinkerte ihr zu.

»Ich kann's kaum erwarten. Aber lass uns zuerst noch was zu essen kaufen. Ich hab einen Bärenhunger.« Wie zur Bestätigung knurrte Kittys Magen laut.

Sie sahen sich an und lachten.

»Was hältst du von einem Krabbensandwich?«, fragte Kitty und hakte sich bei ihm ein.

»Mmh, lecker!« Andy fuhr sich mit der Zunge über die Lippen. »Aber es ist mir total peinlich, dass *du* immer alles bezahlen musst. Dabei würde ich dich so gern einladen«, fügte er dann leise hinzu und ließ den Kopf hängen.

»Du kannst doch nichts dafür, Andy. Also mach dir nichts draus.«

Minuten später saßen sie mit ihren Sandwiches auf einer Bank.

»Ich bin echt gespannt, was du mir gleich zeigst.« Kitty schob sich den letzten Bissen ihres Sandwiches in den Mund. »Fertig!« Sie wischte sich mit der Serviette über die Lippen, sprang auf und warf sie in den Abfalleimer.

Andy tat es ihr nach und nahm dann ihre Hand.

Sie verließen den Ort und wanderten hinauf zu den Klippen. Nach einigen Minuten Fußweg ganz hoch oben blieb Andy stehen. Unter ihnen rauschte das Meer, und der frische Wind trug seinen salzigen Geruch zu ihnen hinauf. Am strahlend blauen Himmel flogen ein paar kreischende Möwen.

»Hier müssen wir runter.« Andy hielt Kittys Hand fest umklammert. »Es ist etwas holprig.«

Sie kletterten einen grün bewachsenen Abhang hinab.

Unten angekommen, riss Kitty ihre Augen weit auf. *Wie wundervoll! Eine blaue Lagune.*

Das Meer war glasklar und schimmerte im hellen Licht der Sonne türkisblau. Abertausende von funkelnden Sternen tanzten wie silberfarbene Elfen auf den Wellen.

»Na, was sagst du?«, fragte Andy. »Hab ich zu viel versprochen?«

Kitty fiel ihm um den Hals. »Nein, eher zu wenig. Es ist traumhaft schön«, jauchzte sie.

»Ja, das schönste Fleckchen auf Gottes Erden.« Er breitete die Arme weit aus.

»O ja«, pflichtete Kitty ihm bei. »Es ist einzigartig. Am liebsten würde ich für immer hierbleiben.« Sie hob den Kopf und blickte ihm tief in die Augen. »Mit dir!«

Andy nahm sie in die Arme. »Das wünsche ich mir auch«, flüsterte er ihr ins Ohr. Dann zog er sie hinunter in den schneeweißen, warmen Sand, beugte sich über sie und umfasste mit beiden Händen ihr Gesicht. »Du bist so wunderschön«, raunte er. Seine Augen glänzten beinahe schwarz. Dann küsste er sie, und ein wohliger Schauer rann über Kittys Haut. Sie schloss ihre Augen, kuschelte sich fest an ihn und wünschte sich, die Zeit möge stillstehen.

»Fühlst du es auch?«, fragte sie leise.

»Ja.«

Nur dieses eine Wort. Aber Kitty spürte, dass Andy in seinem Herzen das Gleiche empfand wie sie. Diese tiefe, innere Verbundenheit.

Eine, die keiner Worte bedurfte.

$$\infty$$

Die gemeinsamen Tage vergingen viel zu schnell. Eines Morgens – sie saßen auf einer großen Wolldecke in »ihrer« kleinen Bucht – fiel Kitty auf, dass Andy ungewöhnlich still und geistesabwesend war.

Als sie ihn darauf ansprach, sagte er mit tonloser Stimme, ohne sie dabei anzusehen: »Ich muss zurück!« Er seufzte und stützte seinen Kopf in beide Hände.

Obwohl sie mit diesem Moment hätte rechnen müssen, fuhr ein schmerzhafter Stich durch ihr Herz. Sie sprang auf. »Und was wird dann aus uns?«

Andy saß noch immer mit gesenktem Kopf da, wühlte mit beiden Händen in seinem Haar herum und schwieg.

»Nun sag endlich was, um Himmels willen!«

Andy zuckte hilflos mit den Schultern. »Darüber zerbreche ich mir auch seit Tagen den Kopf.«

Kitty drehte sich um, rannte die wenigen Schritte zum Meer, warf sich in die Wellen und schwamm mit kräftigen Zügen weit hinaus. Ein Wirrwarr an Gefühlen tobte in ihr. Was war nur los mit ihr? Sie hatten schließlich beide gewusst, dass der Tag der Trennung unweigerlich näherrückte. In zwei Wochen würde auch sie mit ihrer Familie zurück nach Eastbourne fahren.

Und Andy, ganz davon abgesehen, dass er hier in Cornwall lebte, musste zurück in seine Zeit, zurück ins Jahr 1976.

Das hast du doch von Anfang an gewusst, rief sie sich gewaltsam zur Vernunft. Ruckartig machte sie eine Kehrtwendung und schwamm langsam zum Ufer zurück. Sie durfte es Andy jetzt nicht noch schwerer machen, als es ohnehin auch für ihn war. Sie flog auf ihn zu, umschlang ihn mit beiden Armen und rief: »Ach Andy, ich weiß doch, dass du zurück nach Hause musst.«

Andy drückte sie fest an sich. »Ich würde so gern bei dir bleiben. Aber was würde dann aus meinen Eltern, meinen Freunden und meinem Studium?« Er schüttelte den Kopf. »Nein! Ich *muss* es einfach noch mal versuchen, heute noch. Hilfst du mir?«

»Natürlich helfe ich dir. Ich lass dich auf gar keinen Fall im Stich.«

»Danke, Sweetie Pie.« Mit beiden Händen umfasste er ihr Gesicht und küsste sie auf Stirn, Wangen und Mund. »Ich wusste, dass du mich verstehst.« Dann zog er sie runter in den Sand und küsste sie, während seine Hände sanft streichelnd über ihren Rücken glitten.

Kittys Herz schlug wie wild gegen ihre Rippen. In nur wenigen Minuten würde sie Andy verlieren, kaum dass sie sich gefunden und ineinander verliebt hatten. Sie presste sich fest an ihn und erwiderte seinen Kuss voller Zärtlichkeit und Leidenschaft, verzweifelt bemüht, den quälenden Abschiedsschmerz zu verdrängen und den wundervollen Augenblick der gegenseitigen Nähe zu genießen.

Eine gefühlte Ewigkeit dauerte dieser Augenblick, in dem sie sich küssten und streichelten – dann mit geschlossenen Augen dicht beieinander lagen und sich an den Händen hielten.

Irgendwann öffneten sie beide wie auf ein geheimes Zeichen hin gleichzeitig die Augen, blickten sich in stillem Einvernehmen an und standen langsam auf.

Andy nahm schweigend Kittys Hand und zog sie mit sich. Nacheinander krochen sie durch das schmale Loch in die Höhle und durchquerten langsam den Gang.

Kitty zitterte, als sie den Stein erreicht hatten. Krampfhaft versuchte sie, die Tränen zurückzuhalten. Sie merkte, dass Andy versuchte, seine Hand aus der ihren zu befreien, und ließ sie abrupt los. *Ich muss jetzt stark sein, ganz stark!*

»Du kannst mit mir kommen, Kitty. Komm doch einfach mit!« Er nahm sie bei den Schultern und sah sie beschwörend an.

Kitty schüttelte den Kopf. »Auch ich habe Eltern«, flüsterte sie. In ihren Augen glitzerten Tränen.

»Natürlich.« Andy nahm ihr Gesicht in beide Hände und hauchte einen sanften Kuss auf ihre bebenden Lippen. »Ich verspreche, dass ich zu dir zurückkommen werde, Kitty. Hörst du? Ich komme zurück!« Mit diesen Worten lief er schnell zu dem Stein und legte seine

Hand auf die glänzende Oberfläche.

Kitty presste die rechte Hand auf ihr heftig pochendes Herz und schloss die Augen. Als sie sie nach einigen Sekunden wieder öffnete, blickte sie geradewegs in Andys aufgewühltes Gesicht. Dicke Tränen strömten über seine Wangen.

»Was soll ich tun?« Aus seiner Stimme klang tiefe Verzweiflung. »Was soll denn aus mir werden, aus meinen Eltern, meinen Freunden, aus meinem ganzen Leben?« Er sank zu Boden und umklammerte seinen Kopf mit beiden Händen.

Kitty blickte auf den weinenden Jungen hinab, hin- und hergerissen zwischen Erleichterung und Mitgefühl. *Er kann nicht weg. Jetzt muss er bei mir bleiben,* jubelte ihr Herz. Gleichzeitig schämte sie sich für dieses selbstsüchtige Gefühl, und ihre Empathie gewann die Oberhand. Sie stürzte zu ihm und nahm ihn zärtlich in die Arme. »Wir versuchen es weiter, Andy, immer wieder, so lange, bis es klappt«, tröstete sie ihn. »Vielleicht müssen wir es nur zu völlig unterschiedlichen Tageszeiten versuchen. Ja, das wird's sein, was meinst du?« Sanft streichelte sie ihm übers Haar.

»Es wird nicht klappen!«, stieß Andy hervor. Er schlug Kittys Hand weg und sprang auf.

»Ich bin gefangen!« Es klang wie ein Schrei. »Gefangen in der Zeit!«

KAPITEL 13

Andy

V on nun an marschierten Andy und Kitty jeden Tag
zu völlig unterschiedlichen Zeiten zur Höhle.
Doch jeglicher Versuch, ihn zurück ins Jahr 1976 zu
katapultieren, scheiterte.

Eine weitere Woche verging, und Andys Furcht vor
der Trennung überwog immer mehr die, nicht mehr
zurück nach Hause zu können. Inzwischen konnte er
sich sogar vorstellen, alles hinter sich zu lassen, in der
Zukunft zu bleiben und sein Leben mit Kitty zu verbringen.

Sie saßen in einem Eiscafé und löffelten eine Riesen-
portion Schokoladeneis mit Sahne.

»Ich versuche es jetzt noch ein einziges Mal. Wenn's
klappt, erzähl ich meinen Leuten, was passiert ist. Dann
brauchen sie sich keine Sorgen mehr zu machen.
Danach erkläre ich Toby und Robbie die ganze Story,
sage ›Tschüss‹ und komm zu dir zurück.« Andy schob
den leeren Eisbecher beiseite. »Na, was denkst du?«

»Und du glaubst wirklich, die nehmen dir das alles so

mir nichts dir nichts ab, ja?« Kitty zog ihre Augenbrauen in die Höhe. »Wenn du mich fragst, halten die dich für total durchgeknallt.« Sie wedelte vielsagend mit der Hand vor ihrem Gesicht herum.

»Ach was.« Andy winkte ab. »Darüber mach ich mir Gedanken, wenn's so weit ist.«

Kitty kratzte den Rest ihrer Eiscreme aus dem Becher und schob ihn dann ebenfalls zur Seite. »Aber bist du dir auch hundertprozentig sicher, dass du das wirklich willst? Ich meine, würdest du wirklich sämtliche Brücken hinter dir abbrechen?«

»Na klar. Ich will mit dir zusammen sein, und zwar für immer.« Verliebt blickte er in ihre schönen grünbraunen Augen. »Studieren kann ich auch hier. Ich such mir einen Job und miete ein kleines, möbliertes Apartment in Eastbourne, ganz in deiner Nähe. Na, ist das was?«

Kitty knetete ihre Finger. »Und wenn es kein Zurück mehr gäbe? Sofern es dir überhaupt gelingt, in deine eigene Zeit zurückzukehren.« Sie senkte den Kopf. »Es könnte doch ein ganz bestimmtes Erfordernis geben, das den Zeitsprung überhaupt erst möglich macht, ein Code-Wort zum Beispiel. Hast du daran schon mal gedacht?«

Andy nickte. »Dieser Gedanke ging mir kürzlich auch schon durch den Kopf.« Eine steile Falte bildete sich über seiner Nasenwurzel. Im nächsten Moment hellte sich sein Gesicht auf. »Ich glaub, ich hab da eine super

Idee«, verkündete er dann eifrig.

Kittys Kopf ruckte hoch. »Na, dann lass mal hören.«

»Nun, bisher haben wir in der Höhle nicht viel miteinander gesprochen. Richtig?«

Sie nickte zustimmend.

»Genau, und das ist vielleicht der springende Punkt. Meine Freunde und ich haben die ganze Zeit über alles Mögliche geredet. Sollte es also tatsächlich ein Schlüsselwort geben, dann könnte es zufällig dabei gewesen sein, und ich wäre deshalb überhaupt erst hier gelandet. Verstehst du?«

Wieder nickte Kitty. »Das ergibt Sinn.«

»Also, dann pass auf. Sobald meine Hand den Stein berührt, quatschen wir, was das Zeug hält, und nehmen alles mit deinem Diktiergerät auf. Falls unsere Vermutung zutreffen sollte, könnte das entscheidende Wort dabei sein. Ich bräuchte später das Band nur abzuspielen und wäre ruckzuck wieder hier.« Andy schlug im Eifer des Gefechts mit der flachen Hand so hart auf die Tischkante, dass die leeren Eisbecher bedenklich ins Wanken gerieten. »Na, was meinst du?«

Kitty räusperte sich. »Okay … ja, vielleicht könnte es so funktionieren.« Sie strich sich eine blonde Locke hinters Ohr.

Er griff über den Tisch nach ihren Händen. »Jetzt lach doch mal. Glaub mir, wir schaffen das. Und danach kann uns nichts mehr trennen.«

Kitty lächelte. »Zu schön, um wahr zu sein.«

Verliebt betrachtete Andy ihr Gesicht. *Wie hübsch sie ist. Und diese süßen Grübchen, wenn sie lächelt.*

»Es *ist* wahr, Kitty.« Er beugte sich vor und sah ihr ganz tief in die Augen. »Wir zwei gehören für immer zusammen.«

KAPITEL 14

CORNWALL, AUGUST 2003

Kitty

Obwohl sie sich Andy gegenüber nichts anmerken ließ, sah Kitty dem Vorhaben mit gemischten Gefühlen entgegen. Zum einen zweifelte sie an dem Erfolg der geplanten Aktion, zum anderen befürchtete sie, dass sie gelingen könnte. Um Andy nicht zu enttäuschen, behielt sie aber sowohl ihre Zweifel als auch ihre Besorgnis lieber für sich.

Kurze Zeit später stapften sie, bewaffnet mit Kittys kleinem Diktiergerät, am Strand entlang in Richtung Höhle.

Als sie die Bucht erreicht hatten, klammerten sie sich in wilder Verzweiflung so fest aneinander, als wollten sie für immer miteinander verschmelzen. Dann ließen sie sich in den warmen Sand gleiten und küssten sich voller Leidenschaft und Hingabe.

»Ich liebe dich, Kitty«, flüsterte Andy dicht an ihrem Ohr. Seine warmen Lippen berührten ganz zart ihre Ohrmuschel.

Kitty erschauerte, als sie seinen heißen Atem spürte.

»Ich liebe dich auch.« Fest schmiegte sie sich in seine Arme. Die erste große Liebe durchflutete Herz und Sinne, ließ sie Raum und Zeit vergessen. Die Welt um sie herum versank im einzigartigen Zauber dieses einen Augenblicks, in dem nur das Hier und Jetzt zählte.

∞

Mit geschlossenen Augen lag Kitty in Andys Armen, den Kopf auf seiner Brust, und lauschte glücklich lächelnd dem Pochen seines Herzens.

Die Sonne neigte sich langsam gen Westen, als sie sich voneinander lösten. Sie blickten sich tief in die Augen, standen auf und trotteten die wenigen Schritte zum Höhleneingang.

Andy schob die herunterhängenden Grasbüschel beiseite, und nacheinander krochen sie durch die enge Öffnung. Schweigend schlichen sie dicht hintereinander durch den schmalen Gang zum Höhlenraum. Dort angekommen, fielen sie sich in die Arme. Noch ein letzter zärtlicher Kuss, dann riss Andy sich los, eilte zu dem Stein und schaltete das Gerät ein. »So, dann schieß mal los«, rief er Kitty zu. »Wir reden jetzt über Gott und die Welt und hoffen, dass das richtige Wort dabei ist. Sofern es eins gibt, versteht sich. Denk dran, Sweetie, wenn ich vor deinen Augen verschwinde, hat es geklappt! Und dann ist es ein Kinderspiel für mich, zu dir zurückzukommen.« Er lächelte und zwinkerte ihr zu.

Kitty zitterte am ganzen Körper, während sie beobachtete, wie Andy beinahe zärtlich über die glatte Oberfläche des Steins strich. »Und was ist, wenn es wider Erwarten ganz anders abläuft, als wir uns das jetzt vorstellen?«, wagte sie nun doch, ihre Bedenken anzumelden. Eine dunkle Vorahnung umklammerte ihr Herz wie eine eiserne Klaue. Würde sie Andy für immer verlieren? »Ich liebe dich, Andy, und ich will dich nicht verlieren.« Ihre Knie wurden weich.

»Du wirst mich nicht verlieren, Sweetie Pie. Ich liebe dich auch wie verrückt, das weißt du doch. Denk an unseren Song. Wir sind dazu bestimmt, zusammen zu sein, hörst du? Vergiss das nicht.« Andy warf ihr eine Kusshand zu.

»Ich hab aber ein saukomisches Gefühl im Bauch. Bitte, versprich mir, dass du zurückkommst.« Kitty hob beschwörend ihre Hände. »Versprich mir, dass wir uns wiedersehen. Bitte, bitte, Andy.« Ihre Lippen bebten.

»Aber klar sehen wir uns wieder. Ich verspreche dir hoch und heilig, dass ich zu dir zurückkomme. Das Schicksal hat uns füreinander bestimmt, Kitty. Vertrau mir!«

»Andy, nein!!« Kitty starrte auf den weißen Stein, der von einer Sekunde auf die andere von einem gleißend hellen Licht umstrahlt wurde, und Andy war mittendrin. Ihre Augen weiteten sich vor Entsetzen.

Seine letzten Worte hallten noch wie ein Echo durch ihren Kopf, als er schon längst verschwunden war.

Kapitel 15

Kitty

D ie Erinnerung an Andy trieb auch jetzt wieder Tränen in Kittys Augen. Die glückliche Zeit mit ihm, ihre tiefe Liebe und innere Verbundenheit, all das war wieder gegenwärtig. Die sieben langen Jahre schienen wie ausgelöscht zu sein, ihre Gefühle neu entflammt.

Ach Andy, was ist nur geschehen? Warum bist du nicht zu mir zurückgekommen? Du hattest es mir so fest versprochen.

Hatten sie sich damals beide einer Illusion hingegeben, als sie daran glaubten, dass nichts und niemand sie jemals voneinander trennen könnte?

Trotzig schob Kitty das Kinn vor.

Nein! Unsere Liebe war keine Illusion. Sie war etwas Besonderes. Etwas Einzigartiges!

Ja, es war eine Liebe, die mit Worten nicht beschreibbar war. Eine unsichtbare Macht, die sie auf den ersten Blick zueinander hingezogen und wie durch ein magisches Band unauflöslich miteinander verbunden hatte.

Der Abspann von »Gilmore Girls« lief jetzt über den Bildschirm. Kitty schaltete den Fernseher aus und gab sich weiter ihren düsteren Erinnerungen hin.

Jahrelang hatte sie jeden Tag, jeden Abend und jede Nacht auf ein Lebenszeichen von Andy gehofft. Unzählige Male hatte sie sich gefragt, ob sie sich in ihm und seinen Gefühlen für sie getäuscht haben könnte, oder ob etwas Unvorhergesehenes ihn daran gehindert hatte, zu ihr zurückzukehren. Im Laufe der Zeit aber hatte sie sich damit abgefunden, dass sie ihn niemals wiedersehen würde. Und der Schmerz über den Verlust ihrer großen Liebe war nach und nach erträglicher geworden. Nicht zuletzt deshalb, weil ein guter Freund ihr dabei geholfen hatte.

Ein Lächeln huschte über Kittys Gesicht.

Ja, Danny. Er hatte damals mit seinen Worten den Nagel auf den Kopf getroffen.

»Wach endlich auf!«, hörte sie wie aus weiter Ferne seine Stimme sagen. »Vergiss diesen Andrew und fang endlich wieder an zu leben. Du allein hast dein Schicksal in der Hand. Bitte, hör auf mich.«

Irgendwann hatte sie sich Dannys Worte zu Herzen genommen, sie aufgeschrieben, und beinahe wie von selbst war ein Song daraus entstanden.

Kitty wurde warm ums Herz. Danny hatte ihr damals wirklich geholfen, und sie war ihm unendlich dankbar dafür.

Leise sang sie die betreffende Strophe.

You said, »Girl, hear what I'm saying.
You have your fate in your hands.
Now stop grieving, forget him.
Stand up and take your new chance.«

In den letzten zwei Jahren hatte sie nur noch höchst selten mit einer leisen Wehmut an Andy gedacht ... bis heute. Denn nun war plötzlich alles wieder gegenwärtig.

Bei diesem Mann mit den ausdrucksstarken blauen Augen könnte es sich durchaus um *ihren* Andy handeln. Denn sofern er in seiner eigenen Zeit weitergelebt hätte, wäre er heute ungefähr im gleichen Alter wie dieser Mann. Abgesehen von den Fältchen um die Augen und dem etwas bitteren Zug um den Mund sah er ihm zum Verwechseln ähnlich.

Ein dunkler Schatten fiel über Kittys Gesicht. Wollte sie wirklich alles wieder aufleben lassen? Sich der Gefahr aussetzen, eine weitere Enttäuschung verkraften zu müssen?

Nachdenklich runzelte sie die Stirn. Offensichtlich war die Begegnung purer Zufall gewesen. Warum sonst war er buchstäblich vor ihr geflohen, als sie ihn gefragt hatte, ob sie sich kannten? Diese überstürzte Flucht sprach dafür, dass er - wenn *er* es wirklich war - sie nicht sehen, geschweige denn, mit ihr sprechen wollte.

Vergiss diese unselige Begegnung, wehrte sich ihr Verstand gegen die erneut aufkeimenden Gefühle. *Vergiss diesen Mann!*

Doch der Gedanke an ihn ließ Kitty nicht mehr los. Ihr Herz hatte sich längst entschieden. Morgen Nachmittag würde sie zu dem Haus in der Arlington Road gehen und einen Blick auf das Türschild werfen. Sie musste Gewissheit haben. Ansonsten hätte sie keine ruhige Minute mehr.

Am nächsten Nachmittag radelte Kitty zu dem Haus, in dem der Mann vermutlich wohnte. Sie stellte ihr Rad schräg gegenüber an einen Baum, schloss es ab und überquerte die Straße. Dann schlenderte sie zögernd auf die Gartenpforte zu.

Erneut kamen Zweifel an ihrem Vorhaben in ihr auf. Wollte sie es wirklich wissen? Noch konnte sie ihren Plan aufgeben und verschwinden.

Plötzlich hatte sie ein flaues Gefühl in der Magengegend, blieb stehen und starrte auf das Grundstück. Sie atmete ein paarmal tief ein und aus, bis die Übelkeit langsam nachließ. Dann fasste sie sich schließlich ein Herz, öffnete leise die Gartenpforte und schlüpfte hindurch. Mit flinken Schritten näherte sie sich der Haustür und schloss dann fest ihre Augen. Sekundenlang war sie wie paralysiert, traute sich nicht, sie wieder zu öffnen.

Würde *sein* Name auf dem Türschild stehen? Ihre Gefühle waren zwiespältig. Einerseits wäre sie zutiefst erleichtert, einen anderen Namen auf dem Schild zu sehen. Andererseits wünschte sie sich mit jeder Faser ihres Herzens, dass es *sein* Name wäre.

Lieber Gott, bitte hilf mir. Mach, dass alles gut wird!

Am ganzen Leibe zitternd, öffnete Kitty langsam ihre Augen, blickte auf das Türschild und erstarrte.

ANDREW PARKER stand dort in goldenen Lettern. Ihr Herz fing wie wild zu rasen an, Schweißperlen bildeten sich auf ihrer Stirn.

O Andy, es ist wahr ... du bist es wirklich!

Ja, er war es. Der hübsche achtzehnjährige Junge, in den sie sich vor sieben Jahren Hals über Kopf verliebt hatte, war jetzt ein Mann von zweiundfünfzig Jahren!

Und ich bin vierundzwanzig!!

Zitternd wischte sie sich mit der Hand den Schweiß von der Stirn, hetzte zurück zur Straße, schwang sich auf ihr Bike und trat so kräftig in die Pedale, als wäre der Teufel persönlich hinter ihr her.

Zu Hause angekommen, konnte sie die Tränen nicht länger zurückhalten, warf sich aufs Bett und weinte bitterlich um ihre verlorene Liebe. So lange hatte sie auf Andys Rückkehr gewartet, gehofft und gelitten, während *er* in seiner Zeit geblieben war und sein Leben ohne sie weitergelebt hatte.

Sie weinte, weil er erst jetzt, nach sieben langen Jahren, plötzlich wieder auftauchte, zum Greifen nah und doch unerreichbar.

War es unter diesen Umständen nicht viel vernünftiger, alles zu vergessen und ihr Leben weiterzuleben, als wäre nichts geschehen?

Nein! Vernunft hin oder her ... Sie *musste* ihn sehen

und ihn fragen, warum er sein Versprechen nicht gehalten hatte. Warum er sie einfach hatte vergessen können. Ob er sie wirklich geliebt oder nur mit ihr gespielt hatte.

Auf einmal drang Andys zärtliche Stimme an ihr Ohr, die Worte, die er ihr damals in der Höhle zugerufen hatte, und ihr Herz flüsterte ihr zu, dass seine Gefühle für sie aufrichtig gewesen waren. Energisch wischte sie die Tränen von ihren Wangen.

O ja, er hat mich geliebt und wollte zu mir zurück-kommen.

Aber was war dann geschehen? Was hatte ihn letztlich an seinem Vorhaben gehindert? Es musste einen triftigen Grund dafür gegeben haben.

Sie musste ihn sehen! Gleich morgen nach der Arbeit würde sie zu ihm gehen und ihm all die Fragen stellen, die ihr auf der Seele brannten.

KAPITEL 16

Kitty

Der nächste Tag wurde für Kitty zur Qual, weil die Zeit bis zum Nachmittag ihr endlos lang vorkam. Beinahe alle fünf Minuten warf sie einen Blick auf die Uhr, deren Zeiger sich quälend langsam fortbewegten.

Endlich war es so weit, dass sie sich auf ihr Rad schwingen konnte. Unterwegs überfiel sie eine unerklärliche Furcht. Wie würde Andy auf ihren Besuch reagieren? Vermutlich wollte er nach so langer Zeit nicht mit unbequemen Fragen konfrontiert werden. Ihr Herz lag plötzlich schwer wie ein Klumpen Blei in ihrer Brust. Noch konnte sie umkehren und die ganze Geschichte hinter sich lassen.

Nein, ganz gleich, wie er reagieren würde, ob sie willkommen war oder nicht, sie musste das jetzt durchziehen! Es würde ihr sonst für den Rest ihres Lebens keine Ruhe mehr lassen.

Als sie das Haus von Weitem erblickte, sprang sie vom Rad, schloss es an einem Zaun fest und lief die letzten paar Meter zu Fuß weiter.

Endlich stand sie vor der Haustür. Ihr Herz schlug schnell und unregelmäßig, als sie den Finger auf die Türklingel legte. *Jetzt oder nie!!*

Entschlossen drückte sie auf den Klingelknopf. Drinnen ertönte ein heller Glockenklang, und kurz darauf näherten sich Schritte. Dann wurde die Tür geöffnet, und Kitty starrte den jungen Mann an wie einen Geist.

»Ja, bitte?«, fragte dieser. »Was kann ich für Sie tun?«

Kitty bemühte sich um Haltung. Das war doch nicht möglich! War Andy plötzlich wieder jung? »Andy?« stammelte sie verwirrt. »Bist *du* es?«

Der junge Mann grinste schelmisch. »Nein, nein, Andy ist mein Dad. Ich bin Luke Parker, sein Sohn.«

»Sein Sohn?«, fragte sie verstört. *Natürlich ist das nicht Andy, du Schaf!*

»Korrekt! Und mit wem habe *ich* das Vergnügen?«

In Kitty tobte ein Sturm. *Andy hat einen Sohn, einen Sohn, der aussieht wie er. Er hat einen Sohn, einen Sohn ...,* echote ein höhnisches Wispern durch ihren Kopf. Sie holte tief Luft. »Ich würde gern mit Andy ... äh ... mit Ihrem Vater sprechen. Ist er zu Hause?« Ihre Stimme klang fremd in ihren eigenen Ohren.

»Darf ich fragen, in welcher Beziehung Sie zu meinem Vater stehen?«, fragte Luke Parker und runzelte die Stirn. Er schien misstrauisch geworden zu sein.

»Das ist eine lange Geschichte, die nicht mal eben zwischen Tür und Angel erzählt werden kann. Außerdem befürchte ich, dass Sie mir ohnehin nicht glauben würden. Warum fragen Sie Ihren Vater nicht, ob er mich sehen möchte? Mein Name ist Katherine Brown … Kitty.«

Jetzt war es an dem jungen Mann, Kitty entgeistert anzustarren. »Sie sind … Kitty?«, stieß er mit heiserer Stimme hervor. »Ich hätte Sie jetzt nicht …«

»Ja, ich bin Kitty Brown und würde gern mit Ihrem Vater sprechen«, unterbrach Kitty ihn. Sie hatte ihre Fassung zurückgewonnen und setzte ein selbstbewusstes Lächeln auf. »Wären Sie jetzt bitte so gütig, mich bei ihm anzumelden?«

»Warten Sie!«, sagte Luke kurz angebunden und schloss die Tür. Eine Minute später kam er zurück. »Bitte, treten Sie ein.« Er führte sie in einen gemütlich eingerichteten Wohnraum und wies auf einen großen Ohrensessel. »Nehmen Sie Platz. Mein Dad kommt gleich zu Ihnen.« Mit diesen Worten zog er sich zurück.

Mit einem flauen Gefühl in der Magengegend und schweißnasser Stirn saß Kitty völlig verkrampft in dem riesigen Sessel, mit dem Rücken zur Tür. Ihre Blicke schweiften durch den großen Wohnraum. Das Interieur bestand durchweg aus Möbeln im viktorianischen Stil. Vor ihr, in der Mitte des Zimmers, stand ein achteckiger Tisch, dahinter ein großes helles Sofa, über dem ein in Öl gemaltes Landschaftsbild hing. An der Wand rechts neben ihr stand ein Highboard, und weiter hinten befand sich ein Fenster und eine Terrassentür. An der gegenüberliegenden Wand links von ihr stand eine zierliche Kommode, darauf eine Vase mit frischen, bunten Blumen. In der Mitte ein riesengroßer weißer Kamin, auf dem ein Kerzenhalter und mehrere Fotos standen, weiter hinten ein Teetischchen und zwei Stühle.

Kitty zuckte zusammen, als sie plötzlich einen Luftzug im Rücken spürte. »Guten Tag, Kitty«, hörte sie dann eine leise, vertraute Stimme hinter sich sagen. Sie schnellte herum.

»Andy! Oh, Andy, du bist es wirklich!« Er sah müde und erschöpft aus und wirkte älter als bei ihrer Begegnung vor zwei Tagen. Doch an seinen ausdrucksvollen Augen und dem sinnlichen Mund mit der etwas volleren Unterlippe erkannte sie den hübschen achtzehnjährigen Jungen von damals wieder. Alles schien zum Greifen nah, ihr Kennenlernen, die gemeinsamen Erlebnisse, ihre Liebe, die zärtlichen Momente, die Enttäuschung. Am liebsten hätte sie ihn sofort mit der Frage konfrontiert, die ihr auf der Seele brannte. Zu groß war die Anspannung der letzten Tage gewesen.

Warum bist du damals nicht zurückgekommen? Du hattest es mir fest versprochen.

Schon öffnete sie den Mund, um es laut auszusprechen, konnte sich aber gerade noch rechtzeitig bremsen, indem sie sich heftig auf die Unterlippe biss.

Andy setzte sich ihr gegenüber auf die wuchtige Couch. Mit einem wehmütigen Ausdruck in den Augen blickte er sie an.

»Wie geht es dir?« Seine Stimme zitterte, und um seine Mundwinkel zuckte es.

Die Übelkeit in Kittys Magen verstärkte sich. Sie hüstelte, um den Kloß in ihrem Hals loszuwerden. »Warum hast du mich vergessen?«, fragte sie kaum hörbar. Ihre Lippen bebten.

»Ich habe dich nicht vergessen, Kitty«, kam es leise zurück. »In all den Jahren ist nicht ein Tag vergangen, an dem ich nicht an dich gedacht habe, nicht ein einziger Tag, an dem ich mich nicht nach dir gesehnt habe.«

»Aber du hast doch geheiratet!«, stieß Kitty mit brüchiger Stimme hervor. Eifersucht brannte wie ein loderndes Buschfeuer in ihrem Herzen. Sie konnte sich nicht länger zurückhalten. »Du hast eine andere geheiratet und sogar einen Sohn mit ihr! Obwohl du gesagt hast, dass du *mich* liebst und wir beide füreinander bestimmt wären. Warum hast du das getan, Andy, warum nur?« Sie stand kurz davor, in Tränen auszubrechen, beherrschte sich aber.

Andy beugte sich zu ihr vor. »Bitte, beruhige dich«, sagte er, und seine Stimme klang sanft und liebevoll. »Der Grund für all das liegt in meiner Vergangenheit, in der Zeit, bevor wir beide uns begegnet sind.« Er strich sich eine Haarsträhne aus der Stirn. »Aber lass uns zuerst eine Tasse Tee zusammen trinken. Dann werde ich dir alles von Anfang an erzählen. Bitte!«

Kitty presste hart die Lippen zusammen und nickte.

Nervös wippte sie mit den Füßen auf und ab.

Wie auf Kommando öffnete sich die Tür, und Luke kam mit einem Tablett herein. Er stellte ein Kännchen Tee, zwei Tassen, eine Schale mit Gebäck, Milch und Zucker auf den Tisch und legte Löffel und Servietten dazu.

»Vielen Dank«, hauchte Kitty mit einem verkrampften Lächeln auf den Lippen.

Auch Andy bedankte sich bei seinem Sohn.

»Kein Problem.« Luke nickte beiden freundlich zu und verließ eilig das Zimmer.

Andy nahm die Teekanne vom Tablett und füllte zuerst Kittys Tasse und dann seine eigene.

Kittys Hand zitterte leicht, als sie Milch in ihren Tee goss. Was würde sie gleich erfahren? Ihr Herz pochte schnell und unregelmäßig gegen ihre Rippen. Das Schweigen zerrte an ihren Nerven, es wurde langsam unerträglich.

Nachdem Andy einen Schluck Tee getrunken hatte, suchte er Kittys Blick. »Es ist eine lange Geschichte, und du müsstest mich schon mehrmals besuchen kommen, um wirklich alles zu erfahren und es auch verstehen zu können. Was denkst du, könntest du dir die Zeit nehmen?«

In seinen Augen sah sie ein stummes Flehen. Schweigend nickte sie, und er begann zu erzählen …

KAPITEL 17

CORNWALL

Andy

Während er Kitty seine letzten Worte zurief, war Andy plötzlich inmitten des Steins von einem strahlend weißen Licht umgeben. Er sah noch das blanke Entsetzen in ihrem Gesicht, bevor sie vor seinen Augen verschwand.

Es hat wirklich und wahrhaftig geklappt, war sein erster Gedanke. Sie hatten offensichtlich den richtigen Einfall gehabt – es gab ein Schlüsselwort.

Andy runzelte nachdenklich die Stirn.

»Das Schicksal hat uns füreinander bestimmt«, hatte er Kitty zugerufen. Und hatte Toby nicht zuletzt von diesem Film gesprochen – von dieser Dokumentation über das mysteriöse Verschwinden eines jungen Mädchens? *Natürlich!* Robbie hatte ihn daraufhin nach dem Titel gefragt, und Toby hatte anscheinend genau in dem Moment geantwortet, als Andy den Stein berührte, denn unmittelbar danach hatte er allein in der Höhle gestanden. »Das schwere Schicksal einer Mutter – Was geschah im Sommer 1957?«, hörte er Toby sagen.

Dieser Dokumentarfilm handelte von einem jungen Mädchen, das an einem Sommertag des Jahres 1957 auf dem Weg nach Hause spurlos verschwand. Es gab hier und da Gerüchte, die junge Frau habe sich vor ihrem rätselhaften Verschwinden hinter dem Rücken ihrer verwitweten Mutter einige Male mit einem Mann getroffen. Dieser konnte jedoch nicht ermittelt werden, da ihn angeblich niemand je zu Gesicht bekommen hatte. Anscheinend stützten sich die Aussagen sämtlicher Zeugen allein auf Hörensagen. Die Aufrufe von Polizei und Presse an den mysteriösen Fremden, sich als Zeuge zu melden, blieben ebenfalls erfolglos. Hinter vorgehaltener Hand wurde gemunkelt, dass dieser Mann – sofern er überhaupt existierte – zu Recht befürchtete, mit dem Verschwinden des Mädchens in Verbindung gebracht zu werden und sich deshalb lieber aus der Schusslinie heraushalten wollte.

Die Mutter des Mädchens hatte ein paar Wochen später im Zimmer ihrer Tochter einige zerknüllte Zettel mit dem mehrfach korrigierten Entwurf eines melancholischen Gedichts gefunden. Die Zeilen handelten vom hoffnungsvollen Warten auf eine gemeinsame Zukunft zweier Liebender. Wie die Mutter damals bestätigt hatte, handelte es sich dabei eindeutig um die Handschrift ihrer Tochter.

Neunzehn Jahre später war das unaufgeklärte Verschwinden des jungen Mädchens wieder in aller Munde. Nicht nur in der Dokumentation wurden abenteuerliche

Vermutungen als Tatsache hingestellt. Andy und seine Freunde hatten auch in der Zeitung mehrfach die wildesten Spekulationen darüber gelesen. Der Auslöser für das wiedererwachte Interesse an dem Fall war offensichtlich der Tod der Mutter gewesen, die kurze Zeit zuvor im Alter von erst einundsechzig Jahren an den Folgen eines Schlaganfalls verstorben war.

Grübelnd rieb sich Andy das Kinn. Seltsam ... das Fahrrad der jungen Frau war hier in der Nähe gefunden worden. Obwohl sie dem Bericht zufolge einige Kilometer entfernt gewohnt hatte, hatte das Rad oben an der Küstenstraße gestanden, neben dem Feldweg, der hinunter zum Strand führte. War die junge Frau wirklich einem Verbrechen zum Opfer gefallen, wie allgemein vermutet wurde?

Oder ... Ein wahnwitziger Gedanke zuckte durch Andys Kopf. War es möglich, dass auch sie zufällig die Höhle entdeckt hatte, in der Zukunft gelandet und geblieben war? Waren dieses Mädchen und sein Schicksal möglicherweise der Schlüssel zum Geheimnis der Höhle und des weißen Steins?

Nun ja, dieses Rätsel würde er nicht lösen können, aber zumindest deutete das Lösungswort auf eine Verbindung hin. Und für ihn war es jetzt ein Kinderspiel, zwischen den Zeiten hin- und herzupendeln. Er würde seinen Eltern und den Freunden berichten, was er erlebt hatte, und dann so bald wie möglich zu Kitty zurückkehren. Im Augenblick erschien ihm alles absolut unkompliziert. Er begann, Pläne zu schmieden und war viel zu euphorisch, um daran zu denken, dass seine Geschichte angezweifelt werden könnte. Ebenso wenig kam ihm die Idee, dass er früher oder später eine endgültige Entscheidung würde treffen *müssen.*

Bevor ihm aber sein Denkfehler bewusst wurde, verspürte er plötzlich ein eigentümliches Gefühl in seinen Knochen. Es war ein Empfinden, als würde sich sein Körper auf eine seltsame Art und Weise langsam, aber unaufhaltsam verändern. Das Gefühl brach aus seinem tiefsten Inneren mit voller Wucht hervor und war so gewaltig und furchteinflößend, dass es ihn bis ins Mark erschütterte. Irgendetwas Unheimliches geschah mit ihm. Voller Schreck starrte er auf seine Hände, die sich plötzlich wie von Zauberhand zu bewegen schienen. Sein Hosenbund wurde enger, das Shirt spannte am Bauch. Was um Himmels willen ging hier nur vor sich?

Eisige Kälte kroch sein Rückgrat hinauf, als er einen Blick auf den Stein warf und voller Entsetzen erkannte, dass dieser zwar nicht mehr von dem hellen Licht umstrahlt wurde, dafür aber um ein Vielfaches gewachsen war. *Ich muss hier raus!*

Panisch kämpfte Andy sich durch den engen Gang der Höhle. Es schien ewig lange zu dauern, bis er endlich den Ausgang erreichte. Erleichtert schlüpfte er durch die runde Öffnung nach draußen, blieb kurz stehen und atmete tief die frische, salzige Luft in seine Lungen. Dann stieg er über die Felsen auf die andere

Seite und stapfte am Ufer entlang in Richtung Feldweg.

Es war windstill, die See war ruhig. Einer plötzlichen Eingebung folgend, blieb er stehen, neigte sich übers Wasser und blickte hinab.

O nein ... Seine Augen weiteten sich. Das war doch nicht möglich! Die Härchen an seinen Armen stellten sich auf ...

Ich muss nach Hause, muss in einen Spiegel schauen.

Aber seine Knie waren weich wie Pudding, und er war nicht fähig, sich auch nur einen Millimeter fortzubewegen.

Nach einer Zeit, die ihm vorkam wie eine halbe Ewigkeit, löste sich endlich seine Anspannung. Als wäre der Leibhaftige hinter ihm her, rannte er den Feldweg hoch zur Straße, und ... er glaubte, seinen Augen nicht zu trauen. Irgendetwas stimmte schon wieder nicht. Wo um alles in der Welt war er denn jetzt gelandet? Er raufte sich die Haare.

Wo auch immer er dieses Mal gelandet war; es konnte nicht das Jahr 1976 sein.

Zehn Minuten später stand Andy vor der Haustür seines Elternhauses. Obwohl es mittlerweile ziemlich dunkel war, brannte drinnen kein Licht, und auf sein Klingeln hin blieb alles ruhig. Verzweifelt rannte er nach hinten zur Terrasse, um nachzusehen, ob im Wohnzimmer Licht brannte. Aber auch hier war alles dunkel.

Langsam schritt er näher, bis er dicht vor der großen

Fensterscheibe stand. Er zögerte. Was würde er im Glas sehen? Zitternd hob er seinen Kopf, blickte in die Scheibe und erstarrte.

Die Person, die ihn erschrocken anstarrte, war zweifellos er, Andrew Parker, aber ... *Nein, das darf nicht wahr sein!*

Kalter Schweiß brach ihm aus allen Poren. Was er im Glas sah, war das Gesicht eines erwachsenen Mannes.

KAPITEL 18

EASTBOURNE, JUNI 2010

Kitty

Kitty saß schweigend im Sessel und starrte Andy völlig entgeistert an.

»Du glaubst mir nicht, stimmt's?«, fragte er mit traurig klingender Stimme. »Aber wie kannst du auch, wenn ich es damals selbst kaum glauben konnte? Trotzdem ist es die volle Wahrheit.«

Endlich löste sich Kitty aus ihrer Erstarrung. »Doch, Andy, ich glaube dir«, flüsterte sie. Eine Träne löste sich aus ihrem linken Augenwinkel und rann langsam über ihre Wange bis in ihren Mund hinein. »Du hättest damals bei mir bleiben sollen. Dann wäre alles anders gekommen!« Ihre Finger krallten sich in die Sessellehne.

»Ja, ich hätte bei dir bleiben sollen. Das wurde mir aber erst klar, als es zu spät war. Schließlich konnten wir beide nicht wissen, was geschehen würde.« Er hob die Schultern und seufzte schwer.

»Du hast erwähnt, der Stein wäre nach deinem Zeitsprung größer gewesen als vorher.«

»Ja, ich hatte zumindest den Eindruck.«

»Und du hast dich nicht getäuscht«, bestätigte Kitty aufgeregt. »Mir ist das damals auch aufgefallen. Bitte, erzähl doch weiter. Ich möchte alles wissen, was dir von dem Tag an zugestoßen ist.«

»Bitte lass uns das auf morgen verschieben«, bat Andy leise. »Das Erzählen hat mich mehr angestrengt, als ich gedacht hätte.«

»Warum?«, fragte Kitty mit weit aufgerissenen Augen. »Bist du krank?«

»Nun, ich habe ein gesundheitliches Problem, aber ...« Andy hob beschwichtigend die Hände. »Ich habe eine gute Ärztin und bin medizinisch bestens versorgt. Luke kümmert sich um vieles, und einmal in der Woche kommt eine nette, ältere Dame aus der Nachbarschaft und macht sauber. Ich bin also nicht völlig auf mich allein gestellt.«

»Und was fehlt dir?« Kittys Stimme zitterte vor unterdrückter Erregung. »Bitte, Andy, ich muss das wissen.«

Mit einer müden Geste strich Andy sich über Stirn und Augen. »Mach dir jetzt bitte keine Sorgen um mich, Kitty«, bat er mit fester Stimme. »Du wirst nach und nach alles erfahren, das verspreche ich dir. Wenn es also in deinen Zeitplan passt, könntest du morgen und auch in den darauffolgenden Tagen gern wiederkommen.«

»Wird sich dein Sohn denn nicht wundern, wenn ich Tag für Tag hier aufschlage?«, fragte Kitty mit hochgezogenen Brauen.

»Nein, nein, sei unbesorgt. Luke wird nichts dagegen

haben«, versicherte Andy und erhob sich. »Ich bring dich jetzt zur Tür, und wir sehen uns morgen, okay?«

»Aber klar.« Kitty sprang auf, huschte zu ihm und drückte ihm einen schnellen Kuss auf die Wange. »Tschüss, bis morgen, Andy. Ich finde schon den Weg.« Dann eilte sie aus dem Zimmer und durch den Flur zur Haustür hinaus. Tränen glänzten in ihren Augen.

Wie krank ist Andy wirklich? So krank, dass er ...

Ach was, nein! Auch wenn Andy nicht mehr ganz jung war, so war er doch noch lange kein alter Tattergreis! Warum musste sie gleich an eine todbringende Krankheit denken?

Auf jeden Fall aber würde sie jeden Tag nach der Arbeit zu ihm gehen, und wenn nötig, jede freie Minute ihrer Zeit mit ihm verbringen. Sie musste wissen, wie es tatsächlich gesundheitlich um ihn stand und – was ebenso wichtig war – welche Rolle Andys Frau in seinem Leben spielte. Warum war *sie* nicht hier, um sich um ihn zu kümmern, sondern sein Sohn?

Kitty wollte um jeden Preis die ganze Geschichte erfahren – und wenn Andy sie brauchte, würde sie ihn nicht im Stich lassen!

KAPITEL 19

Kitty

K itty hatte sich die halbe Nacht schlaflos im Bett herumgewälzt. Am nächsten Tag bei der Arbeit war sie entsprechend nervös und unkonzentriert, sodass sie von ihrer Vorgesetzten ermahnt werden musste.

»Was ist denn heute nur los mit dir, Kit?« Pamela Clarke knallte ihr die Unterlagen auf den Tisch. »Arbeite das noch mal gründlich durch. Danach kommst du bitte in mein Büro.«

Kitty senkte schuldbewusst den Kopf. Normalerweise war sie eine der besten Mitarbeiterinnen des kleinen Verlags, und ihre Chefin war immer äußerst zufrieden mit ihren Leistungen.

»Entschuldige, Pam, aber mir geht's heute nicht besonders gut.«

»Das tut mir leid«, sagte Pamela. »Kann ich dir irgendwie helfen?« Ihre Stimme klang nun besorgt und um einige Nuancen freundlicher.

»Nein, nein, es ist nichts Ernstes. Ich hab nur letzte Nacht hundsmiserabel geschlafen, das ist alles.«

»Okay, Kit. Aber bleib dann besser das nächste Mal zu Hause. Wenn du hier bist, erwarte ich natürlich vollen Einsatz von dir. Das musst du schon verstehen.«

»Alles klar, Pam, wird nicht wieder vorkommen, versprochen.«

Nachdem Kitty den restlichen Arbeitstag endlich mehr schlecht als recht überstanden hatte, stürmte sie wie ein geölter Blitz aus dem Büro. Zu Hause angekommen, sprang sie gleich unter die Dusche, wusch sich die Haare und machte sich dann besonders sorgfältig zurecht. Sie probierte verschiedene Sachen an und entschied sich für ein grüngemustertes Sommerkleid, das wunderbar zu ihren grünbraunen Augen und dem blonden Haar passte. Sie trug einen grünen Lidschatten auf, tupfte ein wenig Lipgloss auf die Lippen. Fertig! Ein letzter prüfender Blick in den Spiegel. Ja, sie konnte sich sehen lassen.

Schnell verschlang sie im Stehen ein Käse-Sandwich, schnappte ihre Tasche und hechtete nach unten. Die Sonne schien von einem strahlend blauen Himmel, und es war beinahe windstill. Sie flanierte durch die Innenstadt zur Old Town und stand wenige Minuten später mit heißen Wangen und wild klopfendem Herzen vor Andys Haustür. Heute würde sie endlich mehr über ihn und sein Leben erfahren.

Wird er mir heute von seiner Frau erzählen?

Der Gedanke tat weh. Trotzdem musste sie ihn darauf

ansprechen. Entschlossen straffte sie die Schultern und drückte auf den Klingelknopf.

Wenige Sekunden später öffnete Luke die Tür. »Komm rein«, sagte er freundlich lächelnd, begleitete sie in den Wohnraum, blieb aber im Türrahmen stehen. »Du musst dich noch etwas gedulden. Dad geht's heute nicht so gut. Er hat sich nach dem Lunch noch mal hingelegt und macht sich gerade fertig.«

Er war wie selbstverständlich zum vertrauten Du übergegangen, und Kitty verspürte ein warmes Gefühl der Zugehörigkeit.

»Natürlich, kein Problem«, erwiderte sie und schenkte ihm ein strahlendes Lächeln. »Ich hab genug Zeit und freue mich, hier sein zu können. Dein Vater meinte, du hättest nichts dagegen, dass ich jetzt öfter hier vorbeikomme.«

Luke löste sich vom Türrahmen, kam ins Zimmer und schloss die Tür hinter sich. »Warum sollte ich? Schließlich kenne ich eure Geschichte.«

Kitty zog die Augenbrauen hoch. »Ach ja?«, rief sie verdutzt.

»Ja, Dad hat uns damals alles von dir erzählt.«

Hat er gerade »uns« gesagt? zuckte es durch Kittys Kopf. Sie ließ sich in den riesigen Ohrensessel sinken und blickte mit gerunzelter Stirn zu ihm hoch. »Warum setzt du dich nicht?«

Nach kurzem Zögern nahm Luke einen der beiden Stühle vom Teetisch und setzte sich vorn auf die Kante.

»Interessant, dass du über uns Bescheid weißt«, nahm Kitty den Faden wieder auf. »Hattest du denn keine Zweifel an der Geschichte?«

»Anfangs schon. Aber Dad zeigte uns ein Foto von dir – auf der Rückseite war das Datum aufgedruckt.« Ein Grinsen breitete sich auf seinem Gesicht aus. »Du bist in natura noch viel hübscher als auf dem Bild. Darum hab ich dich gestern auch nicht gleich erkannt.«

In Lukes blauen Augen, die denen Andys erstaunlich ähnlich waren, meinte Kitty ein bewunderndes Funkeln zu erkennen. Irritiert senkte sie den Blick und murmelte ein leises »Danke«.

Ja, er hat tatsächlich »uns« gesagt. Seine Mutter weiß also auch, dass Andy und ich …?

»Du bist auf gewisse Weise meiner Mum ähnlich, weißt du?«, platzte Luke in ihre Gedanken.

Kittys Kopf ruckte hoch. »Nein, wie sollte ich? Immerhin habe ich erst gestern von ihr erfahren!« Sie merkte selbst, wie verbittert ihre Stimme klang. »Tut mir leid«, entschuldigte sie sich prompt. »Du kannst schließlich nichts dafür, dass dein Vater … Ach, lassen wir das.« Sie lehnte sich zurück in die Polster, schlug die Beine übereinander.

»Du solltest meinen Dad nicht vorschnell verurteilen. Ich weiß, dass er dich wirklich geliebt hat, obwohl ihr beide euch nur kurz gekannt habt.« Lukes Stimme hatte einen bittenden Unterton. »Natürlich hat er auch meine Mum geliebt. Aber du warst halt seine erste große Liebe, und meine Mum hat das gewusst.« Er strich sich eine dunkelbraune Haarsträhne aus der Stirn.

Eine Gänsehaut kroch über Kittys Rücken. *Genau wie Andy!*

»Bitte, sei nett zu ihm, Kitty. Mein Dad ist schwer herzkrank. Ich weiß nicht, ob er dir davon erzählt hat?« In Lukes Augen lag eine tiefe Traurigkeit.

Kitty erschrak. *Also doch! Andy ist ernsthaft krank.* Unwillkürlich ballten sich ihre Hände zu Fäusten. Mit weit aufgerissenen Augen und heftig pochendem Herzen beugte sie sich vor.

»N... nein ... ich meine, ja«, stotterte sie. »Er sprach von einem gesundheitlichen Problem und dass er regelmäßig ärztlich betreut werde. Aber kein Wort darüber, wie ernst es ist.«

»Ja, Dad hängt seine Krankheit nicht gern an die große Glocke. Tatsächlich leidet er an einer fortgeschrittenen Herzinsuffizienz und musste aufgrund dessen sogar seine berufliche Tätigkeit an den Nagel hängen.« Luke verschränkte seine Finger im Schoß so fest, dass die Knöchel weiß hervorstachen. Er atmete ein paarmal hörbar aus, bevor er weitersprach: »Im letzten Herbst hatte er einen Herzinfarkt und erfuhr, wie ernst es um ihn steht. Kurze Zeit später bat er mich, ihm bei der Suche nach einer möblierten Immobilie in Eastbourne zu helfen. Er wollte unbedingt in deiner Nähe leben, dich wiedersehen und sich mit dir aussprechen.«

»Aber er konnte doch gar nicht sicher sein, dass ich

noch immer hier wohne.« Kitty hob die Augenbrauen. »Und als ich ihm vor drei Tagen zufällig begegnete, hat er sich nicht zu erkennen gegeben.«

»Es war nicht schwer herauszufinden, dass du noch immer hier lebst, und Dad hatte sich fest vorgenommen, dich zu Hause aufzusuchen. Aber als er dir dann so unverhofft gegenüberstand, hat ihn ganz einfach der Mut verlassen. Er kam völlig aufgelöst nach Hause und erzählte mir von eurer zufälligen Begegnung.« Luke seufzte. »Plötzlich war er sich nicht mehr sicher, ob es richtig wäre, dich aufzusuchen.«

»Da bin ich aber froh, dass *ich* daraufhin nach ihm gesucht und ihn auch gefunden habe.« Kitty lächelte. »Aber was ist eigentlich mit deiner Mum?«, fragte sie dann und neigte den Kopf. »Dein Dad lässt schließlich zu Hause nicht alles stehen und liegen und zieht nach Eastbourne, nur um *mich* zu sehen. Immerhin ist er mit *ihr* verheiratet.«

Über Lukes Gesicht fiel ein Schatten. »Meine Mum lebt nicht mehr«, sagte er leise und senkte den Kopf. »Eigentlich dachte ich, mein Dad hätte mit dir darüber gesprochen.«

Kitty durchströmte es siedend heiß. Die unterschiedlichsten Gefühle durchfluteten ihr Inneres. Empathie, Mitgefühl, Erleichterung und Scham. Ja, sie schämte sich, dass ihr Herz freudig pochte.

O mein Gott, ich muss was sagen. Ich muss sagen, dass es mir leidtut!

Sie öffnete gerade den Mund, als die Tür aufging und Andy ins Zimmer trat.

Luke sprang auf. »Dad«, rief er, sichtlich überrascht. »Wie schön, dass es dir wieder besser geht.« Er schritt zur Tür. »Dann lass ich euch beiden mal besser allein.«

Andy zwinkerte seinem Sohn fröhlich zu. »Danke, mein Junge, dass du dich um Kitty gekümmert hast.«

»Kein Problem, Dad.« Luke beeilte sich, das Wohnzimmer zu verlassen.

»Guten Tag, Kitty.« Andy begrüßte sie mit einem Kuss auf die Stirn. Er sah heute bedeutend besser aus als am Tag zuvor, wirkte gelöster und frischer. »Ich hoffe, du hast ein wenig Zeit mitgebracht?« fragte er lächelnd und setzte sich aufs Sofa.

»Klar, hab ich. Und ich kann's kaum erwarten, mehr über dein Leben zu erfahren.« Kitty zupfte nervös an einer Haarsträhne. »Luke hat mir vorhin erzählt, dass deine … äh … seine Mutter verstorben ist.« Ihr Blick wich dem seinen aus.

»Ja, vor zwölf Jahren.« Andys Stimme klang heiser.

»Und wann hättest du mir das gesagt?« Kitty hob den Kopf und sah ihn direkt an.

»Ich hätte es schon bei deinem ersten Besuch erwähnt, wenn du nicht gleich mit der Tür ins Haus gefallen wärst.«

Kitty verzog den Mund.

Klar, sie hatte ihn ja sofort attackiert, als die Rede auf seine Frau kam.

»Okay, stimmt. Tut mir leid«, nuschelte sie. »Wie ist sie denn … ich meine, woran ist sie …«

»Bitte, lass uns darüber ein anderes Mal sprechen«, fiel Andy ihr ins Wort. In seinen Augen lag ein schmerzlicher Ausdruck.

»Natürlich, kein Problem.« Sie lehnte sich zurück und verschränkte die Hände im Schoß.

»Danke, Kitty.« Andy stand auf und öffnete die Terrassentür. »Was hältst du davon, wenn wir uns nach draußen setzen?«, fragte er. »Das Wetter ist herrlich.«

»O ja, gern«, erwiderte Kitty strahlend, folgte ihm nach draußen und ließ sich in einem der Gartenstühle nieder.

Andy betätigte einen Knopf, um die Markise herauszufahren und setzte sich ihr gegenüber.

Eine Weile saßen sie sich schweigend gegenüber, bis Kitty sich einen Ruck gab. »Ich will ja nicht neugierig sein, und eigentlich geht es mich auch nichts an, aber … ist Luke … was ist er von Beruf?«

Andy lachte. »Du wunderst dich, dass er ständig hier ist, nicht wahr?«

Sie nickte.

»Luke ist freier Journalist und Schriftsteller. Er arbeitet zurzeit an einem Buch.«

Kitty riss überrascht die Augen auf. »Ach, dann sind er und ich ja beinahe so etwas wie Kollegen. Ich arbeite in einem Verlag als Lektorin und recherchiere seit einiger Zeit für mein erstes eigenes Buch.«

»Natürlich, ich kann mich noch gut daran erinnern.«
Andy strich mit gespreizten Fingern sein volles Haar
zurück. »Du hast mir damals alles über deine Zukunfts-
pläne erzählt.« In seinen Augen lag Wehmut.

Kitty schluckte hart. »Ja, und du hast mir von
deinen …«

Im selben Moment klopfte es an der Wohnzimmertür, und kurz darauf stand Luke mit einem Tablett in der
Terrassentür.

»Ich habe mir gerade eine Kanne Tee gekocht«, sagte
er lächelnd, »und mir gedacht, dass ihr sicher auch gern
eine Tasse trinken würdet.«

»Ja, sehr gern«, kam es unisono.

»Nous voilà!« Er stellte das Tablett auf dem Garten-
tisch ab, und wieder fing Kitty einen Blick von ihm auf,
der sie verlegen zur Seite schauen ließ. Sie murmelte ein
leises »Dankeschön« und nahm die Kanne vom Tablett,
um sich und Andy Tee einzuschenken.

»Danke, mein Sohn«, sagte auch Andy und nickte
Luke lächelnd zu. »Du verwöhnst uns.«

»Das mach ich doch gern, Dad.«

Nachdem Luke sich zurückgezogen hatte, nahm
Andy den Faden seiner Erzählung an der richtigen Stelle
wieder auf …

KAPITEL 20

CORNWALL

Andy

Aus der Fensterscheibe blickte ihn ein erwachsener Mann an. Andy war so geschockt, dass er sich sekundenlang nicht von der Stelle bewegen konnte. Das konnte ... nein, das durfte einfach nicht sein, das war nicht er! Er war jung, hatte gerade erst sein Abitur gemacht und wollte in einigen Wochen sein Studium beginnen. Mein Gott, er war doch erst achtzehn Jahre alt! Noch einmal riskierte er einen Blick in die Fensterscheibe, aber es änderte sich nichts.

Während er noch völlig starr vor Entsetzen dastand, hörte er ein Motorengeräusch. Ein Wagen kam langsam den Kiesweg heraufgefahren.

Er atmete auf. Seine Eltern kamen nach Hause, und schon bald würde er Gewissheit haben.

Endlich hielt das Auto auf dem Parkplatz vor dem Haus, und die Fahrertür öffnete sich. Eine ältere Frau stieg aus, schloss ab und kam zögernd auf ihn zu.

Schweigend starrten sich die beiden Menschen an, bis die Frau leise stammelte: »Andy?«

Andy konnte kaum glauben, was langsam in sein Bewusstsein drang. »Mum? O Mum, bist du das?«, stieß er mit heiserer Stimme hervor.

»Andy, mein Junge!« Mit weit geöffneten Armen flog seine Mum ihm die letzten paar Schritte entgegen. »Wo bist du nur all die Jahre gewesen?« Sie schloss ihn in ihre Arme und drückte ihn fest an sich. »Ich habe gewusst, dass du noch lebst. Ich habe es die ganze Zeit über gespürt.« Sie fing an zu schluchzen.

Andy war wie vor den Kopf geschlagen. Wie lange war er denn fort gewesen? Seine Mum sah um mindestens zwanzig Jahre älter aus als vor zwei Wochen. Unter ihren blauen Augen lagen deutliche Tränensäcke, das dunkle Haar war von etlichen grauen Strähnen durchzogen und um ihren Mund lag ein verhärmter Zug. Ja, und er … Er musste unbedingt in einen richtigen Spiegel schauen.

»Bitte, Mum, lass uns jetzt erst mal ins Haus gehen. Dann reden wir weiter, okay?« Er nahm sie bei der Hand und zog sie mit sich in Richtung Haustür.

Gleich nachdem seine Mum die Tür aufgeschlossen hatte, raste Andy zur Garderobe und blickte in den großen Wandspiegel. Obwohl er bereits geahnt hatte, was er sehen würde, erschrak er bei seinem Anblick zutiefst.

»Mum, welches Jahr haben wir?« Es klang wie ein Schrei.

Seine Mutter zuckte zusammen. »Was … was meinst

du, Andy?«, stotterte sie, in den Augen Dutzende von Fragezeichen. »Warum fragst du sowas?«

»Mum, bitte sag's mir einfach! Sag mir, in welchem Jahr wir leben, bitte.«

»1991 natürlich, das musst du doch wissen. Was ist denn nur los mit dir? Und wo warst du die ganzen Jahre? Wie konntest du uns das antun, einfach von zu Hause wegzulaufen? Ich verstehe das nicht.« Tränen rannen über ihre Wangen. Sie wischte sie mit dem Handrücken fort.

Andy nahm ihren Arm und schob sie vor sich her ins Wohnzimmer. Dort drückte er sie auf einen Sessel und setzte sich ebenfalls.

»Mum, was ich dir jetzt erzähle, wirst du mir vermutlich nicht glauben. Aber ich schwöre, dass es die volle Wahrheit ist.« Und er erzählte seiner Mum die ganze Geschichte.

Sie unterbrach ihn kein einziges Mal, schüttelte nur zwischendurch immer wieder den Kopf. Ihre Hände strichen unruhig über die Sessellehne.

Andy konnte ihre Skepsis beinahe körperlich spüren. Und als er geendet hatte, herrschte minutenlang bedrückendes Schweigen.

Dann hielt er es nicht mehr aus. »Du glaubst mir nicht, Mum. Nicht wahr, du glaubst mir kein einziges Wort. Aber es ist wahr, das schwöre ich.«

Seine Mutter zögerte, bevor sie zaghaft sagte: »Ich würde dir ja gern glauben, mein Junge, aber du musst zugeben, dass sich deine Geschichte nicht besonders glaubwürdig anhört. Das, was du mir gerade erzählt hast, klingt wie ein Science-Fiction-Roman.«

»Trotzdem ist es die Wahrheit!«, insistierte Andy. Ich kann es dir sogar beweisen. Hier auf dem Gerät habe ich …« Er griff in seine rechte Hosentasche, gleich darauf in die linke.

Das gibt's doch nicht! Wo um Himmels willen ist Kittys Diktiergerät?

Er erinnerte sich hundertprozentig, es noch in der Hand gehabt zu haben, nachdem er die Höhle verlassen hatte. Und dann? Wann hatte er das Gerät zuletzt in der Hand gehabt? In seine Hosentasche hatte er es offensichtlich nicht gesteckt. Folglich musste es ihm irgendwann unbemerkt aus der Hand gefallen sein. Womöglich, als er sich über das Wasser gebeugt hatte? Wie es auch gewesen sein mochte, es war nicht mehr da. Wie ärgerlich!

»Ich muss es in der Aufregung unterwegs verloren haben«, stammelte er verlegen. »Aber ich habe ein Bild von Kitty – mit Datum …« Er zog ein Foto aus seiner Brusttasche.

Die Augen seiner Mum bekamen einen nachdenklichen Ausdruck. »Seltsam … mir fällt da gerade wieder diese Räuberpistole ein, die Toby und Robbie damals erzählt haben. Sie behaupteten beide felsenfest, du wärst vor ihren Augen in einem hell leuchtenden Stein verschwunden. Es hätte so ausgesehen, als hätte dieser

Stein dich verschluckt.«

»Siehst du!«, rief Andy aufgeregt. »Das deckt sich haargenau mit dem, was ich sage. Glaubst du mir jetzt endlich?«

Seine Mutter runzelte die Stirn. Sie schien immer noch nicht überzeugt zu sein. »Aber das ist doch total verrückt! Die Polizei hat den beiden auch kein Wort geglaubt, weil sie erst fünf Tage später mit dieser haarsträubenden Aussage herausrückten. Dadurch wurde der Verdacht erhärtet, du wärst von zu Hause abgehauen und deine Freunde würden dich decken.«

»Warum hätte ich das tun sollen?«, rief Andy verzweifelt und strich sich mit zitternden Fingern durchs Haar. »Welchen vernünftigen Grund hätte ich denn gehabt, einfach abzuhauen? Es ging mir doch gut.«

»Aber du wirst dich sicher noch an den heftigen Streit erinnern, den du am Tag zuvor mit Dad hattest.« Sie fingerte nervös an den Knöpfen ihrer Bluse herum. »Du warst so wütend auf ihn, dass du sogar eine Zeitlang bei Toby bleiben wolltest.«

»Ja, natürlich erinnere ich mich daran. Zugegeben, ich war ziemlich sauer auf Dad. Aber das war doch kein Grund, einfach von zu Hause wegzurennen.« Andy schüttelte den Kopf. »Ich brauchte nur Abstand und wäre ein paar Tage später zurückgekommen, wenn nicht … Aber wo ist Dad eigentlich?«

Seine Mum zuckte heftig zusammen und schlug beide Hände vors Gesicht. »Dein Dad wohnt nicht mehr hier. Wir haben uns vor zwölf Jahren getrennt, und er ist nach Watford gezogen«, stieß sie mit erstickter Stimme hervor.

Andys Pulsschlag beschleunigte sich. Er starrte seine Mutter mit weit aufgerissenen Augen an. Wie war das möglich? Seine Eltern waren seit fast zwanzig Jahren miteinander verheiratet. Er hatte immer den Eindruck gehabt, dass sie sich liebten und eine harmonische Ehe führten.

»Was ist bloß passiert, Mum?«, stammelte er irritiert. »Ihr wart doch glücklich miteinander!«

Seine Mutter hob den Kopf und funkelte ihn an. »Verstehst du eigentlich nicht, was du uns angetan hast?«, stieß sie hervor. »Es war die Hölle!«

Nach und nach erfuhr Andy alles über die grauenhaften Ereignisse, die durch sein plötzliches Verschwinden vor fünfzehn Jahren ins Rollen gekommen waren.

Kapitel 21

Kitty

Die Erinnerung an die damaligen Geschehnisse nimmt mich immer noch ziemlich mit.« Andys Stimme klang rau und erschöpft. »Lass uns zurück ins Haus gehen. Es wird langsam ein bisschen kühl.«

Kitty nickte und stand auf. Sie räumte das benutzte Geschirr aufs Tablett, während Andy die Markise einfuhr.

Mühsam versuchte sie, ihre aufsteigenden Tränen zurückzuhalten, denn sie empfand seine Verzweiflung fast körperlich und wollte es ihm nicht noch schwerer machen. Aber auch für sie war es schlimm, diese tragische Geschichte zu hören, sich vorzustellen, was er durchgemacht hatte.

Drinnen setzte sie sich neben ihn auf die Couch und schlang die Arme um seinen Hals. Ihr Herz war genau wie damals erfüllt von einer tiefen Liebe zu ihm. Sie sah nicht die Fältchen, die sich um Augen und Mund eingegraben hatten. Nein, für sie war Andy noch immer der hübsche Junge mit den faszinierenden Augen und dem weichen, sensiblen Mund, ihre erste große Liebe. Und nun, da sie erfahren hatte, dass seine Frau nicht mehr am Leben war, konnte sie sich ihre Gefühle vorbehaltlos eingestehen. Zärtlich küsste sie ihn, schloss die Augen und öffnete ihre Lippen. Für einen kurzen Moment erlag sie der Illusion, sie könnten einfach da weitermachen, wo es damals geendet hatte. Sie träumte sich zurück an den sonnigen Strand von Cornwall, an die blaue Lagune, die einsame kleine Bucht, bis Andy sich abrupt von ihr löste.

»Kitty, nein … bitte, das geht doch nicht. Wir dürfen das nicht tun!« Seine Stimme klang heiser und verzweifelt. »Du bist jung und hast dein ganzes Leben noch vor dir. Ich bin um viele Jahre älter als du.«

»Aber ich liebe dich, Andy, und es ist mir völlig egal, wie alt du bist.« Kittys Stimme zitterte. »Ich möchte einfach nur mit dir zusammen sein. Ich werde mir ein paar Tage Urlaub nehmen, nach Cornwall fahren und in die Höhle gehen. Nun, da ich das Schlüsselwort kenne, gelingt es mir vielleicht …«

»Daran solltest du nicht im Entferntesten denken!«, fiel Andy ihr ins Wort. »Ist denn das, was ich dir bis jetzt erzählt habe, nicht Warnung genug für dich?«

»Aber vielleicht …«

»Kein Aber!« Andys Müdigkeit schien verflogen. »Willst du riskieren, eine ähnlich böse Überraschung zu erleben, wie ich sie erlebt habe? Willst du das wirklich?«

»Nein, nein, natürlich nicht«, stammelte Kitty. »Ich will nur, dass …«

Andy umfasste mit beiden Händen ihre Schultern und sah sie beschwörend an. »Dann versprich mir, dass du nicht den geringsten Versuch unternehmen wirst, diesen dummen Gedanken in die Tat umzusetzen. Versprich es mir, jetzt auf der Stelle!« Seine Stimme duldete keinen Widerspruch.

»Okay, okay, ich verspreche es dir. Bitte, beruhige dich«, beschwichtigte sie ihn. »Ich verspreche hoch und heilig, dass ich nichts in dieser Richtung unternehmen werde.« Sie befreite sich aus seiner Umklammerung und hob drei Finger in die Höhe.

»Gut, ich glaube dir.« Andy atmete erleichtert auf.

»Trotzdem verstehe ich deine Panik nicht.« Kitty schüttelte den Kopf und blickte ihn mit zusammengekniffenen Augen an.

»Erinnerst du dich noch, als wir beide damals zum ersten Mal gemeinsam die Höhle betraten und das Gefühl hatten, nicht …«

»… allein zu sein?«, ergänzte sie. »Klar erinnere ich mich. Es war gruselig.« Noch jetzt jagte ihr der Gedanke daran einen eiskalten Schauer über den Rücken. »Aber was schließt du daraus?«

»Ich vermute, es könnte die unsichtbare Gegenwart der Menschen gewesen sein, denen vielleicht ein ähnliches Schicksal widerfahren ist wie mir.«

Kitty schnappte nach Luft. »Du glaubst wirklich, es

könnte schon vor dir Menschen gegeben haben, die diese versteckte Höhle entdeckt haben?«

Andy nickte. »Ja, das wäre doch möglich, oder?«

»Mmh ... ich weiß nicht.« Sie zuckte mit den Schultern. »So einsam und verlassen, wie es dort ist?«

»Erst kürzlich habe ich dir von diesem jungen Mädchen erzählt, das vor vielen Jahren spurlos verschwand und dessen Fahrrad an der Küstenstraße von Thorpestone gefunden wurde.«

»Ja, ich erinnere mich daran. Aber ich kann mir nicht vorstellen, dass sie ... Ich meine, hast du nicht auch davon gesprochen, dass es sich um ein Verbrechen gehandelt haben könnte?«

»Ja schon, aber ihre Leiche wurde bis zum heutigen Tag nicht gefunden«, eiferte Andy sich. Er griff zu der Karaffe, die auf dem Tisch stand, füllte etwas Wasser in Kittys Glas, dann in sein eigenes und trank ein paar Schlucke.

Kitty kaute auf ihrer Unterlippe herum. Warum regte Andy sich nur so auf?

»Okay, die Bucht ist abgelegen, und die Höhle liegt ziemlich versteckt«, fuhr Andy fort. »Das muss aber nicht heißen, dass sich nicht irgendwann doch einmal jemand dorthin verirrt haben könnte. Warum also nicht diese junge Frau?! Ein Sprung in die Zukunft wäre immerhin eine plausible Erklärung für ihr spurloses Verschwinden.«

Kitty war noch immer skeptisch. »Ich glaube nicht,

dass ausgerechnet *wir* die Wahrheit nach so langer Zeit herausfinden werden«, meinte sie ausweichend.

»Da hast du natürlich recht. Aber es gibt da noch etwas, worüber ich mir lange den Kopf zerbrochen habe ...«

Kitty rollte mit den Augen. Das Gespräch fing langsam an, ihr auf die Nerven zu gehen.

»... und zwar, warum ich nicht wieder in meiner eigenen Zeit gelandet bin, sondern fünfzehn Jahre später.«

»Ja, und was denkst du?« Sie wickelte eine Locke auf ihrem Finger vor und zurück.

»Nun, es mag sich seltsam anhören, aber könnte es nicht sein, dass diese Höhle mich sozusagen dafür ›bestraft‹ hat ...«, er malte Gänsefüßchen in die Luft, »..., dass ich in meine Zeit zurückgekehrt bin?«

Kitty runzelte die Stirn. Das war aber jetzt wirklich ein bisschen weit hergeholt. »Wie kommst du bloß auf sowas?«

»Wir hatten doch beide den Eindruck, der Stein wäre nach meiner Rückkehr in die Vergangenheit ein ganzes Stück größer geworden, nicht wahr?«

Kitty beugte sich zu ihm vor. Ihr Interesse war augenblicklich wieder erwacht. »Ja, und?«, fragte sie mit weit aufgerissenen Augen.

»Nun, ich bin damals nicht nur fünfzehn Jahre später gelandet, sondern in Sekundenschnelle auch um fünfzehn Jahre gealtert. Es wäre immerhin denkbar, dass dieser Stein um jedes Jahr wächst, das er jemandem stiehlt, der seinem Schicksal entflieht und in seine Zeit zurückkehrt. Und jeder Tag, den er zuvor in der Zukunft verbracht hat, zählt ein Jahr. Verstehst du?«

Kitty nickte nur. Ihre Kehle war vor Entsetzen wie zugeschnürt. *Was für eine gruselige Vorstellung.* Schaudernd zog sie die Schultern hoch.

»Und wer weiß, wenn ich mit meiner Vermutung richtigliege, dann könnten andere Menschen sogar noch viele Jahre mehr verloren haben als ich.« Andys Stimme klang rau. Erneut griff er zum Wasserglas und trank es in einem Zuge leer.

Kitty schluckte ein paarmal, um den Kloß in ihrem Hals loszuwerden. »Das wäre unvorstellbar grausam«, krächzte sie dann heiser.

»Ja, das wäre es. Aber natürlich wissen wir auch das nicht mit Gewissheit.« Andy holte tief Luft, nahm ihre Hände in die seinen und drückte sie fest. »Bitte, Kitty, hör auf mich. Bleibe dieser Höhle fern. Sie ist unberechenbar.«

»Ich hab's dir ja schon versprochen, und du kannst dich auf mich verlassen.«

»Das ist gut. Ich vertraue dir. Bitte, geh jetzt heim. Wir sehen uns morgen Nachmittag. Du sollst alles wissen, bevor …« Ein Schatten fiel über sein Gesicht. Er senkte den Kopf und verschränkte die Finger im Schoß.

Kitty sprang auf. »Bevor was? Sprich jetzt bloß nicht vom Tod!« Sie hob den rechten Zeigefinger.

Andy starrte sie fragend an. Schweiß glänzte auf seiner Stirn.

»Ja, Luke hat mir erzählt, wie krank du wirklich bist. Trotzdem wirst du noch viele Jahre leben. Du wirst nicht sterben, das weiß ich.«

»Ach Kitty. Du bist jung und gesund, und der Gedanke an die Endlichkeit des Lebens ist dir ein Gräuel. Aber glaube mir, für mich …«

»Nein, Andy, nein, du bist nicht alt genug, um schon ans Sterben zu denken. Ich will einfach nicht, dass du stirbst! Hörst du?« Sie funkelte ihn an.

Andy seufzte. »Sieh mal, Kitty, der Tod selbst birgt keine Schrecken. Er versetzt uns nur zurück in den Zustand, in dem wir alle schon vor unserer Geburt waren, in den der Nichtexistenz. Ist es nicht vielmehr so, dass wir Menschen einzig und allein das Wissen um ihn fürchten?«

Kittys Herz lag wie ein Ziegelstein in ihrer Brust. »Dabei vergisst du aber den Schmerz derjenigen, die um den Verstorbenen trauern«, wandte sie ein. »Für sie ist der Tod ein schrecklicher Feind, meinst du nicht auch?«

In Andys Augen blitzte es überrascht auf.

»Gute Nacht, Andy.« Sie huschte zu ihm und hauchte einen flüchtigen Kuss auf seine Wange.

»Gute Nacht, Kitty.«

An der Tür drehte Kitty sich noch einmal um, öffnete den Mund, um doch noch etwas zu sagen, besann sich dann aber eines Besseren und stürzte hinaus.

KAPITEL 22

Kitty

In der Nacht wälzte Kitty sich Stunde um Stunde schlaflos im Bett herum. Und als sie im Morgengrauen endlich in einen unruhigen Schlaf fiel, hatte sie einen furchteinflößenden Traum ...

Sie war in der Höhle gefangen. Der Stein wurde größer und größer und hörte nicht auf zu wachsen. Er war schon so groß, dass er bald die ganze Höhle ausfüllen würde. Er brannte lichterloh und seine feurigen Zungen leckten nach ihr.

In wilder Panik drehte sie sich um und versuchte, nach draußen zu fliehen. Doch ihre Beine waren schwer wie Blei, und sie kam keinen Zentimeter vorwärts. Die Hitze der Flammen drohte sie langsam zu ersticken. Sie röchelte.

Dann von einer Sekunde auf die andere fand sie sich in einem Liegestuhl auf der Terrasse ihres Elternhauses wieder. Die Sonne schien ihr ins Gesicht. Sie sprang auf und rannte ins Haus. Ihr war schrecklich heiß, und sie brauchte dringend eine Abkühlung. Als sie im Bad einen kurzen Blick in den Spiegel warf, sah sie voller Entsetzen in das runzelige Gesicht einer uralten Frau ...

Laut schreiend und am ganzen Körper zitternd wachte Kitty auf.

Oh, gütiger Gott, nein ... bitte, hilf mir! Ich bin alt, älter als Andy.

Sie warf einen ängstlichen Blick auf ihre nackten Arme, schob ihr Shirt hoch und starrte ungläubig auf ihren jungen Körper. Endlich realisierte sie, dass sie nur schlecht geträumt hatte, und stieß einen erleichterten Seufzer aus. Als sie sich aufrichtete, um aufzustehen, bekam sie augenblicklich fürchterliche Kopfschmerzen. Stöhnend hievte sie sich aus dem Bett und wankte ins Bad.

Nachdem sie ausgiebig geduscht hatte, es ihr danach aber nicht die Spur besser ging, rief sie im Verlag an und meldete sich krank.

Ich muss mit Josh reden, dachte Kitty. *Vielleicht weiß er, was ich tun soll. Ich darf Andy nicht ein zweites Mal verlieren.*

Seit dem frühen Unfalltod ihrer Eltern hatte Joshua sich zu seinem Vorteil verändert. Er war buchstäblich über Nacht erwachsen geworden, ein reifer junger Mann, der ihr immer zur Seite stand und ihr half, wann immer sie Hilfe benötigte. Natürlich war auch sie im umgekehrten Fall jederzeit für ihn da.

Das tragische Unglück vor über dreieinhalb Jahren hatte Kitty damals buchstäblich den Boden unter den Füßen fortgerissen. Heiße Tränen stiegen in ihre Augen, als die Erinnerung an diesen harten Schicksalsschlag wieder in ihr lebendig wurde …

Eastbourne, Dezember 2006

Als die Schreckensnachricht kam, glaubte Kitty, dieser unbändige Schmerz würde sie innerlich in Stücke reißen. Sie konnte weder essen noch schlafen, und in den langen, schlaflosen Nächten kreisten ihre Gedanken unaufhörlich um das furchtbare Ereignis und wie es hätte verhindert werden können. Sie begann, jedes persönliche Stück aus dem Besitz ihrer Eltern in ihrem Zimmer aufzubahren und wie ihren Augapfel zu hüten.

Das Tagebuch mit dem edlen Goldschnitt, das sie im Nachlass ihrer Mum fand, betrachtete sie als einen ganz besonders kostbaren Schatz. Es war in weinrotes Leder eingebunden und verfügte über ein kleines Schloss. Kitty war froh darüber, dass sie den passenden Schlüssel dazu nirgendwo finden konnte. Und da sie das Bändchen mit dem Schloss auf keinen Fall aufschneiden wollte, geriet sie glücklicherweise erst gar nicht ernsthaft in Versuchung, in dem Tagebuch zu lesen. Sie wusste, dass sie es irgendwann bitter bereuen würde, wenn sie so kurz nach dem Tod ihrer Mum in deren intime Gedanken eindränge. So aber fiel es ihr verhältnismäßig leicht, die natürliche Neugier, die zweifelsohne vorhanden war, zu bezähmen.

Dafür las sie sämtliche Romane ihrer geliebten Mum, rezitierte ihre Gedichte und spielte in Endlosschleife einen Song, den diese geschrieben, arrangiert und selbst gesungen hatte. Kitty liebte dieses sehnsuchtsvolle Lied. Es erinnerte sie an ihre Mum, gleichzeitig aber auch an ihre Liebe zu Andy und das vergebliche Warten auf ihn. Die zweite Strophe mochte sie besonders gern, und oft vergrub sie sich stundenlang allein in ihrem Zimmer und sang leise jede Zeile mit.

Only you will always hold my heart.
You're my life, I knew it from the start.
I know you are my destiny,
soon you'll be always close to me.
Night by night I will feel your caressing hands,
see your loving eyes, hear your tender voice.

Eines Tages setzte Josh diesem selbstquälerischen Treiben ein Ende, indem er ihr vor Augen führte, dass ihr Verhalten einem Totenkult gleichkam.

»Wenn du so weitermachst, Kit, wirst du niemals über den Tod von Mum und Dad hinwegkommen.« Er blickte sie mit einem für sein Alter ungewöhnlich ernsten Gesichtsausdruck an. »Unsere Eltern hätten es bestimmt nicht gewollt, dass du einen Schrein für sie errichtest.«

Kitty wollte zuerst aufbegehren, presste dann aber die Lippen zusammen und schwieg. Josh hatte ja recht mit allem, was er sagte.

Nächtelang redeten die Geschwister miteinander, spendeten sich gegenseitig Trost und Kraft, wuchsen in dieser schwierigen Zeit untrennbar zusammen. Kittys Verzweiflung wich langsam einer stillen Trauer. Schritt für Schritt lernte sie, mit dem einschneidenden Verlust zu leben, und sie war ihrem Bruder unendlich dankbar, dass er ihr dabei half.

Ein paar Monate später vertraute sie ihm an, was im Sommer 2003 in Cornwall geschehen war. Zum ersten Mal sprach sie ganz offen über ihre Liebe zu Andy und das Geheimnis der Höhle.

Josh starrte sie an, als hätte sie den Verstand verloren. »Das ist aber jetzt nicht aus einem deiner berühmt-berüchtigten Fantasy-Romane, oder?«, fragte er mit hochgezogenen Brauen und einem breiten Grinsen im Gesicht.

»Ich weiß, es klingt fantastisch«, erwiderte sie. »Aber alles, was ich dir gerade erzählt habe, ist wahr! Vielleicht werde ich ja irgendwann einmal die Gelegenheit bekommen, es dir zu beweisen.«

KAPITEL 23

Kitty

Nun, diese Gelegenheit war jetzt da! Ein amüsiertes Lächeln schlich sich auf Kittys tränenfeuchtes Gesicht, als sie an das Gespräch mit Josh zurückdachte. Natürlich hatte sie verstanden, dass er ihre Geschichte angezweifelt hatte, und es ihm nicht übel genommen. Mal ehrlich, wer hätte ihr schon so etwas abgenommen? Nun aber käme er nicht umhin, ihr zu glauben, dass es dieses Zeitloch in der Höhle von Thorpestone wirklich gab, und bestimmt würde er sie unterstützen.

Kitty liebte ihren Bruder über alles. Nie würde sie vergessen, dass er sie damals durch sein beherztes Eingreifen aus ihrer tiefen Depression gerissen hatte. Sie war hundertprozentig sicher, dass sie ihm vertrauen und sich fest auf ihn verlassen konnte. Kurz entschlossen griff sie zu ihrem Handy und tippte eine Nachricht ein.

Hi Josh, ich muss unbedingt mit dir reden. Hast du heute noch Zeit für mich? Es ist wirklich dringend!
Love, Kit xxx

Bereits kurze Zeit später kam die Antwort.

Das klingt ja wahnsinnig spannend, Schwesterchen.
Bin heute bis eins in der Uni. Komme dann bei dir vorbei.
Hab dich lieb, Josh xxx

Schnell tippte sie zurück.

Dank dir, Josh. Hab dich auch lieb! Bis gleich dann, freu
mich auf dich!
Kit xxx

∞

Um kurz vor zwei Uhr stand Josh auf der Matte, nahm Kitty in die Arme und drückte sie fest an sich.

»Was hast du denn auf dem Herzen, kleine große Schwester?« Er grinste spitzbübisch. Inzwischen überragte er seine Schwester um Haupteslänge und erlaubte sich manchmal einen Scherz mit ihr.

Nachdem sich die Geschwister mit einer Kanne Tee und einer Schale Shortbread im Wohnzimmer niedergelassen hatten, erzählte Kitty von Anfang an, was sich zugetragen hatte.

Josh hörte aufmerksam zu, schüttelte aber zwischendurch immer wieder mit dem Kopf.

»Nun, was sagst du? Glaubst du mir jetzt, dass es dieses Zeittor tatsächlich gibt?« Sie beugte sich mit hochgezogenen Brauen zu ihm vor.

»Hm, krass, ich weiß nicht …« Josh kratzte sich am Kinn. »Bist du sicher, dass es wirklich *der* Andy ist?«

»Natürlich bin ich sicher.« Kitty sprang auf und rannte heftig gestikulierend im Zimmer herum. »Sein Name steht an der Tür. ANDREW PARKER. Er sieht aus wie damals, nur eben älter. Meine Güte, Josh, ich habe ihm direkt gegenübergesessen, mit ihm gesprochen.« Sie strich durch ihre Haare. »Andy selbst hat mir alles erzählt, jedes einzelne Detail. Sogar sein Sohn weiß Bescheid.« Sie setzte sich wieder, schenkte Josh und sich Tee nach. »Du denkst doch wohl nicht, dass wir alle drei verrückt sind?« Ihre Stimme zitterte.

»Nein, nein, natürlich nicht.« Josh legte die Stirn in Falten. »Es klingt nur alles so …«

»Ich weiß selbst, wie es sich anhört. Und trotzdem ist es wahr!« Kitty schlug mit der geballten Faust auf den Tisch. Das Geschirr klapperte, und der Tee schwappte auf die Untertassen. »Sorry. Das wollte ich nicht«, entschuldigte sie sich sofort, nahm eine Serviette und beseitigte mit fahrigen Fingern das Malheur. »Ich bin nur so furchtbar enttäuscht, dass du mir immer noch nicht glaubst.«

Josh rieb sich die Nase. »Es ist nicht so, dass ich dir nicht glaube. Ich weiß, dass du immer ehrlich zu mir bist.« Josh griff über den Tisch nach Kittys Hand und drückte sie. »Aber wie wär's, wenn du mich das nächste Mal mitnehmen würdest?«

»Mal sehen. Ich müsste Andy zuerst fragen, ob es ihm recht ist.« Sie zog ihre Hand zurück und griff zu ihrer Teetasse.

»Na klar.« Josh lächelte. »Es muss ja auch nicht sofort sein.« Er nahm sich ein Shortbread aus der Gebäckschale, biss hinein und kaute genüsslich. »Mmh, lecker ... da könnte ich mich reinsetzen.«

Kitty hielt gedankenverloren ihre Tasse in der Hand und seufzte. »Es ist merkwürdig, aber mir scheint, als wären die sieben Jahre ohne Andy ausgelöscht. Die Zeit mit ihm ist wieder so präsent, als wäre es erst gestern gewesen.« Sie trank einen Schluck und stellte die Tasse zurück. »Weißt du, Josh, ich sehe in ihm nicht den älteren Mann, sondern für mich ist er der Andy von damals.« Kitty stützte ihren Kopf in beide Hände und fügte flüsternd hinzu: »Ich liebe ihn immer noch.«

Joshs rehbraune Augen weiteten sich. »O nein!« stieß er hervor.

Sekundenlang herrschte bedrückende Stille.

»Das ist hart. Damit hätte ich nun wirklich nicht gerechnet«, ergriff er dann wieder das Wort. Seine Stimme klang heiser. »Was willst du denn jetzt tun?« Er beugte sich zu ihr vor.

»Ich weiß es nicht, Josh, ich weiß es doch auch nicht!« Kitty schlug die Hände vors Gesicht und berichtete ihm von der Szene, die sich zuletzt abgespielt hatte. »Bitte, du musst mir helfen.«

»Na, immerhin hat wenigstens einer von euch einen

kühlen Kopf bewahrt.« Kaum hatte er es ausgesprochen, fügte er schnell hinzu: »Tut mir leid. Entschuldige.«

Kitty saß da, wie vom Donner gerührt. Ihr Gesicht war leichenblass geworden. Ihre Mundwinkel zuckten.

»Kit, bitte … ich hab's nicht so gemeint. Aber du musst verstehen, dass ich …« Er hob die Hände und ließ sie seufzend auf die Tischplatte fallen.

»Du bist geschockt, natürlich, und ich verstehe das«, sagte sie leise. »Wie soll es jetzt bloß weitergehen? Schließlich kann ich nicht einfach so tun, als wäre nichts geschehen.« Sie trommelte mit den Fingerspitzen auf der Tischplatte herum.

»Ja, bist du denn sicher, dass du unter diesen Umständen weiterhin zu ihm gehen solltest?« Josh sah sie mit gerunzelter Stirn eindringlich an.

»Natürlich bin ich sicher! Ich kann Andy doch nicht einfach im Stich lassen, gerade jetzt nicht. Das wäre herzlos von mir.« Kittys Nasenflügel bebten.

»Bitte, Kit, ich will dir wirklich nur helfen. Was, wenn dir wieder das Herz gebrochen wird? Schlussendlich weißt du selbst, dass diese Liebe keine Chance hätte.«

Kitty stieg heiß das Blut in die Wangen. »Ach, und warum nicht?«, begehrte sie auf, die Hände zu Fäusten geballt. »Warum spielt das Alter eigentlich eine so große Rolle, wenn zwei Menschen sich lieben?«

»Das muss ich dir jetzt nicht ernsthaft erklären?« Josh zog die Augenbrauen in die Höhe. »Du lebst schließlich nicht hinterm Mond und weißt selbst, wie die meisten

Leute über eine solche Verbindung denken. Und Andy hat offensichtlich die gleiche Einstellung dazu. Ansonsten hätte er dich sicher nicht zurückgewiesen, oder?«

»Ja, du hast ja recht. Ich bin nur total verzweifelt, weil ich keinen Ausweg sehe.« Kitty wickelte sich zum gefühlt hundertsten Mal eine Haarsträhne über den Finger und zupfte nervös daran herum. »Und ich hatte gehofft, dass *du* einen wüsstest.«

»Tut mir leid, im Moment bin auch ich ratlos.« Josh zuckte mit den Achseln. »Ich werde später noch mal in Ruhe über alles nachdenken, versprochen.« Er blickte auf seine Armbanduhr. »Aber jetzt muss ich leider nach Hause und büffeln.« Er stand auf.

Kitty seufzte und erhob sich ebenfalls. Was hatte sie erwartet? »Danke, dass du gekommen bist und mir so geduldig zugehört hast. In einer halben Stunde muss ich mich auch auf den Weg machen.«

Im Korridor nahm Josh sie noch einmal fest in seine Arme. »Bis bald. Ich hab dich lieb, Schwesterchen. Pass gut auf dich auf, hörst du?«

»Das werde ich, Josh, das werde ich ganz bestimmt.«

KAPITEL 24

Kitty

Das Gespräch mit ihrem Bruder hatte Kitty aufgewühlt, war ihr doch selbst klar, dass sie sich in
einer total verzwickten Situation befand. Jeder andere,
dem sie davon erzählen würde, hätte wahrscheinlich die
gleiche Meinung dazu wie Josh.

Aber was konnte sie für ihre Gefühle? Jedes Mal,
wenn sie bei Andy war, sah sie nur das Gesicht des achtzehnjährigen Jungen, in den sie sich damals unsterblich
verliebt hatte. Natürlich hatte sie versucht, ihn völlig
objektiv zu betrachten, und sie verstand durchaus, dass
Außenstehende sie für seine Tochter halten könnten.
Trotzdem fand sie ihn, selbst unter diesem Gesichts-
punkt, immer noch auffallend attraktiv für einen Mann
Anfang fünfzig.

Das Schicksal hatte Andy und ihr keine Chance
gegeben. Es hatte sie beide um ihr Glück betrogen.
Warum sollten sie ihm jetzt nicht ein Schnippchen
schlagen? Warum nicht für ihre Liebe kämpfen und
über das Schicksal triumphieren?

Selbstverständlich hatte er recht damit, dass der Versuch, in die Vergangenheit zu reisen, mit einer nicht einschätzbaren Gefahr verbunden wäre. Nun, da sie beide sich endlich wiedergefunden hatten, wäre das Risiko einfach viel zu groß, sich endgültig aus den Augen zu verlieren. Andys Erfahrung hatte gezeigt, dass eine unsichtbare Macht in dieser Höhle mithilfe des weißen Steins über das Schicksal eines Menschen entscheiden konnte.

Kitty kam zu dem Schluss, dass es nur drei Alternativen gab. Die eine wäre, sich vehement gegen ihre wahren Gefühle zu wehren und zu versuchen, eine freundschaftliche Beziehung aufzubauen. Die zweite wäre, sich trotz des großen Altersunterschiedes vor aller Welt zu ihrer Liebe zu bekennen. Und die dritte kam für sie erst gar nicht in Betracht, nämlich die, Andy im Stich zu lassen.

Je länger Kitty darüber nachdachte, desto mehr kam sie zu der Überzeugung, dass sie nur mit der zweiten Möglichkeit richtig glücklich wäre. Wer oder was könnte es ihnen denn verbieten, die wertvolle Zeit miteinander zu verbringen, die Andy auf diesem Planeten noch verbleiben mochte? Wer oder was hatte das Recht, ihre Liebe als unerfüllbar abzustempeln, sie zu verurteilen? Niemand hatte dieses Recht! Sie liebte Andy von ganzem Herzen und war nicht bereit, auf diese Liebe zu verzichten, nur weil die Mehrheit der Gesellschaft es nicht tolerierte – es oft sogar mit Verachtung und

Misstrauen betrachtete –, wenn eine junge Frau einen älteren Mann liebte. Nein, sie wollte Andy nicht ein zweites Mal verlieren. Und ja, sie wäre bereit, auf sämtliche Konventionen zu pfeifen.

Aber was war mit Andy? Schließlich ging es nicht nur um sie und ihre Gefühle. Wichtig war vor allem, wie *er* darüber dachte. Immerhin hatte er sie gestern von sich gestoßen, nachdem sie sich geküsst hatten. Offensichtlich hatte er die gleichen Befürchtungen, wie sie jeder Mann in seinem Alter und in seiner Situation hätte. Er hatte Angst vor der Meinung anderer, und das würde sie wohl oder übel respektieren müssen.

Ich werde ihn fragen, ob er wie ich dazu bereit wäre, vor aller Welt zu seinen Gefühlen zu stehen.

Kitty hatte es jetzt sehr eilig. Sie konnte es kaum erwarten, Andy die alles entscheidende Frage zu stellen. Blitzschnell war sie fertig und stürmte aus der Wohnung.

Auf dem kurzen Weg mit dem Rad erreichte ihre Nervosität den absoluten Höhepunkt. Endlich stand sie vor der Haustür der Parkers, schellte Sturm und trat ungeduldig von einem Fuß auf den anderen.

Nur wenige Sekunden später hörte sie eilige Schritte und ärgerliches Gemurmel. Dann öffnete Luke mit einem Ruck die Tür. »Was zum …«, setzte er an. Als er sah, dass sie es war, wurde seine zuvor noch abweisende Miene weich.

»Du meine Güte, Kitty, bist du vollkommen verrückt

geworden? Was soll das denn?«, begrüßte er sie. Doch sein liebevoller Gesichtsausdruck strafte seine harschen Worte Lügen. »Dad hat sich zu Tode erschreckt. Du solltest wirklich etwas rücksichtsvoller sein. Du weißt doch um seinen Gesundheitszustand.«

»Du hast recht, Luke, entschuldige bitte. Daran habe ich überhaupt nicht gedacht«, antwortete Kitty kleinlaut. Schuldbewusst folgte sie Luke ins Wohnzimmer.

Andy saß auf der Couch und blickte ihr fröhlich lächelnd entgegen.

»Tut mir echt leid, dass ich dich erschreckt habe. Das wollte ich nicht. Bitte verzeih mir.« Sie stürzte zu ihm, beugte sich hinab und hauchte einen Kuss auf seine Wange.

»Guten Tag, Kitty. Es ist nichts passiert. Bitte, nimm Platz.« Andy lächelte, und sein Blick drückte Wärme und Zärtlichkeit aus. »Heute gibt es Cream Tea. Ich erinnere mich, wie gern du ihn damals in Cornwall mochtest und habe vorhin in der Küche schon alles vorbereitet.« Er stand auf.

»O ja, ich liebe Cream Tea!«, erwiderte Kitty und zwinkerte ihm erleichtert zu. Luke hatte sicher übertrieben, als er sagte, sie habe Andy fast zu Tode erschreckt. »Hoffentlich streitest du dich nur nicht wieder mit mir darüber, ob zuerst die Marmelade oder die Cream auf die Scones gehört.« Sie lachte fröhlich und ließ sich in ›ihren‹ Ohrensessel fallen.

»Natürlich kommt die Marmelade zuerst«, ging Andy

lachend auf ihren lockeren Tonfall ein. »Untersteh dich, es andersherum zu machen.« Mit vergnügt funkelnden Augen drohte er ihr scherzhaft mit dem Zeigefinger.

Kittys Herz hüpfte vor Freude. Begeistert stellte sie fest, wie ähnlich er dem Jungen von damals war, wenn er so unbeschwert lachte. Und zum wiederholten Male stellte sie fest, wie blendend er immer noch aussah. Abgesehen von dem strahlenförmigen Kranz feiner Lachfältchen um die Augen und den Linien um Mund und Kinn war sein Gesicht bemerkenswert glatt. Er war schlank, und sein dunkles Haar war lediglich an den Schläfen leicht ergraut.

Bevor Andy an der Tür war, kam Luke mit einem Tablett ins Zimmer, auf dem sich ein Kännchen Tee, Tassen und Teller, ein Körbchen mit Scones, ein Schälchen mit Erdbeermarmelade und eines mit der Clotted Cream befanden.

»Mensch, Junge, immer kommst du mir zuvor«, rief Andy lachend und nahm wieder auf dem Sofa Platz. »Kitty wird dich noch für meinen Dienstboten halten.«

»Ich mach das doch gern, Dad«, erwiderte Luke, stellte das Tablett ab und deckte auffallend langsam den Tisch. »Guten Appetit«, sagte er mit einem strahlenden Lächeln in Kittys Richtung.

»Danke schön, Luke.« Sie lächelte freundlich zurück.

»Gerne.« Dabei blickte er ihr eine winzige Spur zu lange und zu tief in die Augen.

Nachdenklich blickte Kitty ihm nach, bis er die Tür

hinter sich geschlossen hatte. Was sollten diese Blicke? Okay, Luke war jung und gut aussehend und kam wahrscheinlich nicht auf die Idee, dass Kitty immer noch in seinen Vater verliebt sein könnte. Nun, er würde es noch rechtzeitig merken. Sie lächelte in sich hinein, denn obwohl sie Andy liebte, schmeichelte es ihrer Eitelkeit, dass sein Sohn sie anscheinend attraktiv fand.

Nachdem sie ihren Tee getrunken und die Clotted Scones verzehrt hatten, konnte Kitty sich nicht mehr zurückhalten.

»Ich habe lange nachgedacht und muss dich unbedingt etwas fragen, Andy«, platzte sie mit mühsam unterdrückter Erregung heraus. »Es ist so, dass ich gestern …«

»Bitte, Kitty, lass uns jetzt nicht von gestern reden«, wurde sie von Andy unterbrochen. »Erzähl mir heute mal etwas von dir. Was hast *du* in all den Jahren erlebt? Du hast doch bestimmt …« Er zögerte, bevor er weitersprach: »… einen festen Freund.« Fragend sah er sie an.

Kitty wich seinem forschenden Blick aus. Das Thema war ihr unangenehm. »Nein, nicht mehr«, murmelte sie fast unhörbar. »Es ist schon lange aus zwischen ihm und mir.«

»Und seit wann ist es aus zwischen euch? Ich möchte auf gar keinen Fall dein Leben durcheinanderbringen, hörst du?«

»Das tust du nicht«, stieß Kitty heiser hervor. »Ich habe Danny nie geliebt!«

»Aber du hattest ein Leben, ein Leben ohne mich, und ich möchte alles über dich wissen. Ebenso, wie du alles über mein Leben wissen möchtest.«

»Aber ich weiß ja noch gar nicht alles von dir«, versuchte sie ihn zu überzeugen. »Es gibt noch mindestens tausend unbeantwortete Fragen.«

»Die ich dir auch alle beantworten werde, Kitty. Aber heute würde ich mich freuen, mal ein wenig von dir zu erfahren.«

Andy lächelte sie liebevoll an. In seinen Augen lag eine solche Zärtlichkeit, dass Kitty sich am liebsten in seine Arme geworfen hätte. Jedoch warnte ihre weibliche Intuition sie, dass dies nicht der richtige Zeitpunkt wäre.

»Also gut, wie du meinst«, lenkte sie ein und erwiderte sein Lächeln. »Warum nicht zwischendurch mal was von mir?« Leise begann sie zu erzählen …

KAPITEL 25

Kitty

Als Andy plötzlich vor ihren Augen verschwand, umgeben von diesem strahlend weißen Licht, starrte Kitty wie hypnotisiert auf die Stelle, an der er noch Sekunden vorher gestanden hatte. Sie konnte nicht glauben, dass es wirklich und wahrhaftig geschehen war. Tränen traten in ihre Augen. Sie gestand sich ein, dass sie tief in ihrem Inneren gehofft hatte, es würde nicht gelingen. Immer wieder schloss sie ihre Augen in der Hoffnung, Andy stünde vor ihr, sobald sie sie öffnete, bis ihr die Sinnlosigkeit ihres Tuns bewusst wurde.

Wie dumm sie doch war! Schließlich hätte sie damit rechnen müssen, dass Andy die Rückkehr in seine Zeit irgendwann gelingen würde. Außerdem hatte er ihr fest versprochen zurückzukommen. Sie sollte sich also für ihn freuen! Wenn da nur nicht diese dunkle Vorahnung gewesen wäre, dass sie ihn für immer verlieren würde.

Mit hängenden Schultern schlich Kitty durch den schmalen Höhlengang nach draußen. Die Sonne stand schon tief am Horizont, der Wind war kühler geworden, und die schäumenden Meereswogen umspülten ihre Beine. Die Flut würde bald kommen; sie musste sich beeilen.

Dieses Mal stieg sie über das Felsmassiv auf die andere Seite. Während sie durch den Sand zurück zum Ferienhaus stapfte, kullerten ihr unaufhörlich dicke Tränen über die Wangen. Sie musste unbedingt versuchen, nicht mehr daran zu denken, ihre Tränen trocknen und ein fröhliches Gesicht aufsetzen. Ansonsten würden ihre Eltern schnell merken, dass mit ihr etwas nicht in Ordnung war und Fragen stellen. Das aber wollte sie um jeden Preis vermeiden.

Nach dem Abendbrot saß Kitty noch eine Zeitlang mit ihrer Familie vor dem Fernseher. Auf ITV lief eine Folge aus der Serie »Goodnight Sweetheart« als Wiederholung. Obwohl es eine ihrer Lieblingssendungen war, konnte sie sich heute nicht darauf konzentrieren. Ihre Gedanken drehten sich im Kreis, immer um das eine Thema.

Mitten in der Sendung stand sie auf und murmelte: »Sorry, aber ich gehe heute mal früher schlafen, ich bin hundemüde.«

Ihre Mum musterte sie besorgt. »Du siehst auch wirklich schlecht aus, mein Kind. Du wirst doch hoffentlich nicht krank!?«

»Nein, ich bin wirklich nur müde, das ist alles.«

Jetzt drehte sich auch ihr Dad zu ihr herum. »Mum

hat recht, Kit, du bist richtig blass um die Nase«, stimmte er seiner Frau zu. »Was ist denn los?«

»Es ist nichts, Dad, wirklich. Macht euch bloß keine Sorgen. Das Einzige, was mir fehlt, ist Schlaf. Morgen bin ich wieder topfit.«

»Na, dann schlaf dich mal richtig aus, mein Mädchen.« Ihr Dad schien beruhigt zu sein und wandte sich wieder dem Fernsehprogramm zu.

Ihre Mum hingegen schien immer noch besorgt zu sein. »Schlaf gut, mein Schatz! Ich schau später noch mal nach dir«, versprach sie.

»Danke, Mum, ist aber nicht nötig. Gute Nacht.«

»Nacht, Kit. Schlaf gut«, klang es wie im Chor von der Couch her.

Total erschöpft vom vielen Grübeln, lag Kitty in ihrem Bett und konnte nicht einschlafen. Vollgepumpt mit Adrenalin, wälzte sie sich von einer Seite auf die andere. Der Morgen graute bereits, als sie endlich in einen unruhigen Schlaf fiel.

Ein lautes Klopfen weckte sie unsanft auf. Voller Schreck sprang sie aus dem Bett und rannte barfuß zur Tür. »Was ist denn los? Willst du die Tür einschlagen?«, maulte sie, als sie sich ihrem grinsenden Bruder gegenübersah.

»Mann, Kit, weißt du nicht, wie spät es ist?«, feixte Josh. »Mum und Dad warten seit einer halben Stunde mit dem Frühstück! Jetzt gib aber mal Gas.« Sprach's

und flitzte die Treppe hinunter, ohne die Antwort abzu-
warten.

Kitty huschte ins Bad. Die Erinnerung an die gest-
rigen Ereignisse überfiel sie so heftig, dass sie unwillkürlich laut aufstöhnte.

Würde Andy sein Versprechen halten? Und käme er
zurück, solange sie noch hier in Cornwall war? Falls
nicht, so käme er sicher in absehbarer Zeit zu ihr nach
Eastbourne, versuchte sie sich zu trösten. Schließlich
wusste er, wo sie wohnte.

Und wenn es kein Zurück mehr gibt?

Während des Frühstücks mit ihrer Familie war sie
bemüht, sich möglichst unauffällig zu verhalten. Auf
keinen Fall wollte sie den Argwohn der Eltern wecken.
Sie würgte sich tapfer zwei Scheiben Toast mit Orangenmarmelade runter und brachte es sogar fertig, sich in
gewohnter Weise mit ihrem Bruder zu kabbeln.

Sobald alle mit dem Frühstück fertig waren, sprang
sie als Erste auf. »Ich bin dann mal weg«, rief sie betont
fröhlich. »Die letzten Ferientage nutzen.«

»Schön, dass du wieder fit bist«, sagte ihre Mum
lächelnd. »Viel Spaß.«

»Danke, euch auch.« Sie sauste hoch in ihr Zimmer,
packte ihre Strandtasche und verließ eilig das Haus. Sie
konnte es kaum erwarten, zur Höhle zu kommen. Vielleicht würde Andy ja doch noch vor ihrer Abreise
zurück sein.

Als sie den weißen Stein erreichte, kniff sie die Augen

zusammen. Misstrauisch betrachtete sie ihn. War er immer schon so riesig gewesen? Gestern hatte sie vor lauter Entsetzen vor dem hellstrahlenden Licht nicht darauf geachtet. Aber im Nachhinein fiel ihr ein, dass sie diesen Eindruck bereits gestern nach Andys Verschwinden gehabt hatte.

Stunde um Stunde saß Kitty auf dem felsigen Höhlenboden, starrte wie hypnotisiert den Stein an und wartete mit brennendem Herzen auf Andy. Vergeblich! Erst kurz, bevor die Flut kam, verließ sie die Höhle und trottete mit hängenden Schultern zurück zum Ferienhaus.

∞

Die restliche Zeit in Cornwall verbrachte Kitty wie in einem Dämmerzustand. Sie konnte sich auf nichts mehr konzentrieren, weil sie immerzu an Andy dachte. Bis zum letzten Ferientag wartete sie auf ihn, obwohl sie ahnte, dass es vergeblich sein würde.

Am Tag ihrer Heimreise machte sie sich frühmorgens noch einmal auf den Weg zur Höhle. In der Nacht, während sie sich schlaflos im Bett herumgewälzt hatte, war ihr eine Idee in den Sinn gekommen. Sie wollte heute den Versuch wagen, Andy zu folgen. Wild entschlossen legte sie ihre Hand auf den Stein, strich über seine glatte Oberfläche und stammelte mit zittriger Stimme die Worte, an die sie sich erinnerte. Aber nichts geschah! Wie ein Mantra wiederholte sie dieselben Worte lauter und lauter. Nichts! Sie änderte den Wortlaut, die Reihenfolge der Worte. Nichts geschah! Vielleicht hatten sie sich geirrt, und es gab überhaupt kein Schlüsselwort?

Tränen der Verzweiflung stürzten aus ihren Augen. »Andy, ich liebe dich. Bitte, bitte komm zurück«, flehte sie schluchzend und wusste gleichzeitig, dass dies nicht geschehen würde.

KAPITEL 26

Kitty

Kitty saß zusammengesunken im Sessel. Die Erinnerung an damals war wieder so lebendig, als wäre es erst gestern gewesen. Sie hob den Kopf und blickte hinüber zu Andy.

In seinen Augen schimmerte es feucht, und schnell wischte er sich eine Träne von der Wange.

Lange sprach keiner von ihnen ein Wort. Nach etlichen Minuten des Schweigens sprang Kitty plötzlich auf. Sie lief um den Tisch herum, setzte sich auf Andys Schoß und schlang ihre Arme um seinen Hals.

»Aber jetzt bist du hier, und ich bin bei dir. Wir sind endlich wieder zusammen, Andy, und ich will dich nicht ein zweites Mal verlieren.« Sie versuchte, ihn zu küssen, aber er drehte seinen Kopf zur Seite.

»Nein, bitte nicht.« Seine Stimme klang gepresst. »Wir können nicht zusammen sein, Kitty. Ich bin zu alt für dich. Sieh das endlich ein.«

»Aber ich liebe dich. Zählt das denn gar nicht? Was haben Gefühle mit dem Alter zu tun? In meinen Augen bist du nicht alt, hörst du? Für mich bist du Andy, meine große Liebe, verstehst du das nicht?«

Liebevoll strich Kitty über seine feuchte Wange, auf der sie zuvor die Träne gesehen hatte, und glitt dann sanft mit ihren Lippen darüber.

»Bitte, stoß mich nicht weg«, flüsterte sie ihm ins Ohr. »Ich möchte bei dir bleiben, für dich da sein. Bitte, lass mich bei dir bleiben.« Sie hauchte einen Kuss auf seine Ohrmuschel.

Andy stöhnte auf. »Nein ... das darfst du nicht«, protestierte er mit schwacher Stimme. »Ich habe kein Recht, dich ...«

»Doch, das hast du! Du hast das Recht der Liebe!« Ihre Lippen berührten zärtlich seinen Mund.

Im selben Moment öffnete sich die Tür. Kittys Kopf flog herum.

Luke stand im Türrahmen, und in seinem Blick las sie ungläubiges Entsetzen. »Was tut ihr da?«, stammelte er. »Was zum Henker ist in euch gefahren?«

Sie sprang auf und stemmte ihre Hände in die Hüften. »Das siehst du doch! Wir haben uns geküsst.«

Kopfschüttelnd wandte Luke sich an seinen Vater. »Das ist nicht dein Ernst, Dad! Du kannst nicht mit ...«

»Was kann er nicht?«, fuhr Kitty mit sich fast überschlagender Stimme dazwischen. »Willst *du* ihm etwa verbieten, mich zu lieben?« Herausfordernd blickte sie ihn nun direkt an und erschrak.

Sie konnte sich täuschen, doch in seinen Augen

machte sie bittere Enttäuschung aus – und einen Ausdruck von Schmerz.

»Wie kannst du meinen Vater nur in solch eine Lage bringen, ihn so aufregen?«, stieß er mit zitternder Stimme hervor. »Ich hätte nie gedacht, dass du …«

»Was hättest du nie gedacht?«, brauste Kitty erneut auf. Sie funkelte ihn wütend an, die Hände zu Fäusten geballt.

»Lass gut sein, Luke«, meldete sich Andy nun endlich zu Wort. »Bitte, lass uns allein. Noch kann ich meine Angelegenheiten selbst regeln.«

Sekundenlang starrte sein Sohn ihn beinahe feindselig an. Dann drehte er sich um und verließ wortlos den Raum.

Andy holte tief Luft. »Luke hat nicht ganz unrecht. Wir hätten das nicht tun sollen. Es ist …«

»… was? Was ist es?« Kitty hatte das Gefühl, keine Luft mehr zu bekommen. »Ist Liebe etwas, wofür man sich schämen muss?«, keuchte sie und tigerte unruhig im Zimmer hin und her.

»Natürlich nicht. Bitte, beruhige dich und versuche mal für einen Moment, dich in Lukes Lage zu versetzen. Er ist ein junger Mann und noch dazu mein Sohn.« Andy seufzte und hob die Schultern. »Wie sonst hätte er reagieren sollen, wenn er seinen Vater in inniger Umarmung mit einer so viel jüngeren Frau sieht?«

Im Inneren ihres Herzens musste Kitty zugeben, dass Andy recht hatte. Luke hatte nicht im Entferntesten an eine solche Situation gedacht. Jeder andere an seiner Stelle hätte vermutlich ähnlich reagiert.

»Okay, ich versteh's ja irgendwie.« Ihre Stimme klang monoton. »Tut mir leid. Was schlägst du jetzt vor?« Sie schenkte Andy ein gequältes Lächeln.

»Ich schlage vor, wir besinnen uns darauf, dass wir in erster Linie hier zusammen sind, um uns aus unserem Leben zu erzählen.«

Kitty warf ihm einen todtraurigen Blick zu und ließ sich mit einem tiefen Seufzer zurück in den Sessel fallen. Mit leerem Blick und ausgebranntem Herzen starrte sie auf ihre Hände. Sollte sie hierbleiben oder nach Hause gehen? Minutenlang rang sie mit sich.

Dann blickte sie auf, las die stumme Bitte in Andys Augen, und ihr Herz wurde von einer Welle zärtlicher Zuneigung durchflutet.

Er braucht mich. Ich muss für ihn da sein.

Sie durfte jetzt nicht an sich selbst denken und daran, was *sie* wollte. Wenn sie Andy wirklich liebte, musste sie einzig und allein an *ihn* denken und daran, was gut für *ihn* war.

Sie rang sich ein Lächeln ab und fuhr leise mit ihrer Erzählung fort …

KAPITEL 27

Kitty

Am nächsten Morgen brach die Familie Brown auf in Richtung Heimat. Kitty saß mit einem geistesabwesenden Gesichtsausdruck und dunklen Ringen unter den Augen neben ihrem Bruder und täuschte vor, in ihrem Buch zu lesen. In Wahrheit aber war sie in Gedanken bei Andy. Würde er einen Weg finden, sein Versprechen zu halten, auch wenn es entgegen ihrer beider Vermutung kein Schlüsselwort geben sollte?

Hab ich denn überhaupt kein Vertrauen zu ihm? Natürlich wird er einen Weg zu mir finden. Er liebt mich doch!

Warum aber hatte sie diese merkwürdige Intuition, ihn für immer verloren zu haben?

Kitty hatte weder einen Blick für die mystische Weite des Dartmoors und seine magisch anmutenden Orte, die sie auf ihrer Heimreise durchquerten, noch für die herrlich grünen Hügel und Felder der Grafschaft Devon.

Während der sechsstündigen Autofahrt gelangte sie mehr und mehr zu der Überzeugung, dass sie sich nach

Andys Verschwinden in eine völlig irrationale Furcht hineingesteigert hatte. Andy würde sein Versprechen halten. Sie musste sich nur ein wenig in Geduld üben.

Nach zirka dreieinhalb Stunden durchquerten sie Bournemouth. Kitty hob zum ersten Mal den Kopf und warf einen gedankenverlorenen Blick aus dem Fenster. Doch die schöne Landschaft raste an ihren Augen vorbei, ohne dass sie sie bewusst wahrnahm.

Aus dem Augenwinkel bemerkte sie, dass Josh sie einige Male verstohlen musterte. Schließlich hatte er mitbekommen, dass Andy und sie jeden Tag zusammen gewesen waren. Sicher vermutete er auch, dass zwischen ihnen mehr gewesen war als nur Freundschaft. Aber ahnte Josh auch, dass sie sich ernsthaft in Andy verliebt hatte? Wahrscheinlich. Andererseits hatte er sie vor dem Urlaub schon einige Male mit Daniel Cooper gesehen.

Ja, Danny … sie mochte sich gar nicht ausmalen, wie *er* reagieren würde, wenn sie jetzt Schluss mit ihm machte. Ihretwegen hatte er dem Mädchen, mit dem er seit der zehnten Klasse zusammen gewesen war, den Laufpass gegeben. Jenna Peterson, wie das Mädchen hieß, schien unsäglich darunter gelitten zu haben. Sie hatte Kitty leidgetan, obwohl sie davon überzeugt war, nicht die geringste Schuld an der Trennung zu tragen. Denn schließlich hatte Danny ihr glaubhaft versichert, dass er sich schon lange von Jenna hatte trennen wollen, weil er heimlich in Kitty verliebt war. Und sie … war sie nicht auch verknallt in ihn gewesen, bevor sie Andy traf? O ja! Sie seufzte. Nun, da sie sich ernsthaft in Andy verliebt hatte, waren ihre romantischen Gefühle für Danny wie weggeblasen. Sie verstand es selbst nicht, aber das, was sie für Andy empfand, war anders. Es war ein völlig neues Gefühl, wie sie es zuvor nicht gekannt hatte, tiefer, inniger und leidenschaftlicher. Obwohl sie sich erst vor Kurzem begegnet waren, sehnte sie sich mit jeder Faser ihres Herzens nach ihm. Sie war absolut sicher, dass das, was sie beide miteinander verband, die wahre Liebe war.

Ja, Andy liebt mich genauso wie ich ihn, und er wird zu mir zurückkommen.

∞

Wie erwartet, war Danny am Boden zerstört, als Kitty ihm gestand, dass sie sich im Urlaub Hals über Kopf in einen anderen Jungen verliebt hatte.

Sie hatten sich auf Kittys Bitte hin getroffen und saßen sich in einem Pub am Eastbourne Pier gegenüber.

»Aber du kennst diesen Andy doch gar nicht«, sagte Danny mit zitternder Stimme. »Wie kannst du dir nur so sicher sein, ihn zu lieben? Du hast lediglich ein paar Tage im Urlaub mit ihm verbracht.« Seine großen grauen Augen waren gerötet.

»Es ist nun einmal so, und ich kann es nicht ändern.« Sie hatte ein schlechtes Gewissen, wollte es Danny gegenüber aber nicht zugeben. »Du warst vorher auch mit Jenna zusammen und hast dich trotzdem in *mich* verliebt«, antwortete sie und sah ihn herausfordernd an.

»Aber das ist doch etwas ganz anderes!«, stieß Danny mit heiserer Stimme hervor. »Ich kenne dich und Jen lange genug, um genau zu wissen, dass *du* es bist, die ich liebe. Aber du … wie kannst du nach ein paar Tagen schon wissen, dass dieser Andy deine große Liebe ist?« Er umklammerte sein Cola-Glas so fest, als wäre es ein Rettungsring.

Kitty biss sich auf die Unterlippe. »Ich weiß es nun mal, weil ich es in meinem Herzen fühle. Bitte, Danny, auch wenn du es nicht verstehst, akzeptiere es einfach. Es wird sich nicht ändern, egal, wie lange wir noch darüber diskutieren.« Sie sah Tränen in seinen Augen, und ihr war hundeelend zumute. »Es tut mir wirklich leid, das musst du mir glauben«, sagte sie aufrichtig.

»Wann wirst du ihn denn wiedersehen? Cornwall ist ja nicht gleich um die Ecke. Bist du dir überhaupt sicher, dass er genauso empfindet wie du?«, fragte er leise, und Kitty sah die vage Hoffnung in seinen Augen.

»Ja, Danny, das bin ich. Ich weiß, dass Andy mich genauso liebt wie ich ihn«, sagte sie mit fester Stimme. »Und ja, wir werden uns schon sehr bald wiedersehen.«

KAPITEL 28

Kitty

Ja, Andy, daran glaubte ich in diesem Moment wieder ganz fest«, flüsterte Kitty. »Leider wurde ich im Laufe der Zeit eines Besseren belehrt. Die merkwürdige Vorahnung, die ich damals in der Höhle hatte, war nicht unbegründet gewesen.«

»Du hast einen Jungen, der dich liebte, für *mich* aufgegeben. Und dann war alles umsonst.« Andys Stimme klang bedrückt.

Sie stieß ein bitteres Lachen aus. Ihre Finger krallten sich in dem Stoff des Sessels fest. »Ich hab's nie bereut – auch später nicht, nachdem du nicht zurückgekommen warst und Danny sich erneut Hoffnungen machte.«

»Er muss dich wirklich geliebt haben«, sagte Andy leise. »Und du hast doch sicher auch etwas für ihn empfunden?«

Kitty zuckte mit den Schultern. »Natürlich, aber meine Gefühle waren nicht stark genug, um eine Liebesbeziehung mit ihm einzugehen. Außerdem hast *du* immer wie ein unsichtbarer Schatten zwischen uns gestanden. Wir hätten niemals auf Dauer glücklich miteinander werden können. Aber wir sind Freunde geblieben.« Sie lächelte. »Übrigens ist Danny seit ein paar Jahren verheiratet, hat einen niedlichen kleinen Sohn und ist rundum glücklich.«

»Oh, und dir macht das wirklich überhaupt nichts aus?« Andys Stimme klang heiser.

Kitty schüttelte den Kopf. »Nein, ganz im Gegenteil. Ich gönne Danny sein Glück von ganzem Herzen. Und auch er hätte mich gern glücklich gesehen. Schließlich hat er jahrelang mitbekommen, wie verzweifelt ich deinetwegen war, dass ich dich einfach nicht vergessen konnte. Und als dann auch noch meine Eltern …« Kittys Stimme brach, ihre Gesichtszüge verdunkelten sich.

Andy beugte sich mit weit aufgerissenen Augen zu ihr vor. »Um Himmels willen, Kitty! Was ist mit deinen Eltern?«

Sie schluckte und bemühte sich, die aufsteigenden Tränen zurückzuhalten. »Sie sind …« Nun löste sich doch eine Träne aus ihrem Augenwinkel und rann ihr die Wange hinunter.

Andy breitete die Arme aus. »Komm zu mir, Sweetheart.«

Kitty sprang auf und stürzte sich hinein. »Mum und Dad hatten damals einen schrecklichen Autounfall auf dem M 25. Ein Lkw kam ins Schleudern, rutschte durch die Leitplanke auf die gegenüberliegende Fahrbahn und frontal in ihren Wagen hinein.« Sie lehnte ihren Kopf an

Andys Schulter und schluchzte. »Sie waren beide auf der Stelle tot.«

»Ach Kitty, das tut mir so unendlich leid. Ich weiß gar nicht, was ich sagen soll, wie ich dich trösten kann.«

Kitty hob ihren Kopf und sah ihn traurig an. »Es ist ja nun schon beinahe vier Jahre her. Trotzdem tut es noch immer furchtbar weh, wenn ich daran denke. Ich vermisse sie so sehr.«

Andy nahm ihr Gesicht in beide Hände und küsste sie sanft auf die Stirn.

»Weißt du, Andy, ich war schrecklich einsam und verzweifelt«, sagte Kitty nach einigen Minuten des Schweigens. »Zuerst deinetwegen und später wegen des Verlusts meiner Eltern. Danny war mir während dieser Zeit ein wirklich guter Freund. Darum freue ich mich aufrichtig, dass er jetzt so glücklich ist.«

Andy streichelte zärtlich ihren Rücken. »Das kann ich gut verstehen.«

Auf Kittys Gesicht stahl sich ein verschmitztes Lächeln. »Am Tag seiner Hochzeit gab er mir den Rat, ich solle endlich aus meiner Traumwelt erwachen, dich vergessen und die Chance auf ein neues Leben ergreifen.«

»Du hättest auf ihn hören sollen«, erwiderte Andy mit rauer Stimme. »Vielleicht wärst du dann doch noch glücklich geworden.«

»Glücklich bin ich nur mit dir«, flüsterte sie.

Als Antwort drückte er sie zärtlich an sich.

An diesem Abend saßen sie noch lange zusammen, während Kitty aus ihrem Leben erzählte. Es war bereits kurz nach Mitternacht, als sie sich endlich von Andy verabschiedete und auf leisen Sohlen das Haus verließ.

KAPITEL 29

Luke

L uke hörte die Haustür ins Schloss fallen. Er warf einen Blick auf die Uhr, es war zehn Minuten nach zwölf Uhr. Wie elektrisiert sprang er aus dem Bett ans Fenster und starrte mit brennenden Augen hinaus in den dunklen Vorgarten.

Kitty näherte sich langsam dem Gartentor. Plötzlich drehte sie sich noch einmal um und blickte geradewegs zu seinem Fenster hoch. Erschreckt zuckte er zurück. Sein Herz begann schneller zu schlagen. Hatte sie ihn gesehen?

Ach was, beruhigte er sich gleich darauf. Sie konnte ihn gar nicht gesehen haben. In seinem Zimmer war es doch stockdunkel.

Leise stöhnend raufte Luke sich mit beiden Händen die Haare. Er schloss die Augen und spulte die Szene wieder vor seinem geistigen Auge ab.

Niemals mehr würde er dieses Bild aus seinem Kopf vertreiben können: Kitty auf dem Schoß seines Vaters, die Arme zärtlich um seinen Hals geschlungen, ihre

Lippen auf seinem Mund.

Warum machte ihm das eigentlich so zu schaffen? Er kannte schließlich die Geschichte der beiden, wusste, dass sie sich geliebt hatten. Ja, aber damals war Dad auch noch jung gewesen, ein Teenager, und Kitty die große Liebe seines Lebens. Nun aber war er mehr als doppelt so alt wie sie!

Kitty hingegen war jung, bildhübsch und hatte ihr ganzes Leben noch vor sich. Was konnte sie heute noch in ihm sehen? Zugegeben, sein Dad war noch immer ausgesprochen attraktiv für sein Alter. Trotzdem hätte Luke nicht einmal im Traum vermutet, dass Kitty auch jetzt noch in ihn verliebt sein könnte.

Und was war mit Dad? Dachte er denn überhaupt nicht daran, wie peinlich sein Verhalten war? Als Vater von zwei erwachsenen Kindern und Großvater einer Enkeltochter sollte er eigentlich wissen, dass er sich völlig danebenbenahm.

Luke vergrub sein Gesicht in den Händen. Was mochten Kitty und sein Dad in den letzten Stunden getan haben? Diese Frage quälte ihn. Denn als er sie in dieser beschämenden Situation überrascht hatte, war es noch ziemlich früh am Abend gewesen. Hatten sie womöglich …?

Nein! So weit würden sie nicht gehen, oder?

Bei dem bloßen Gedanken daran bildeten sich feine Schweißperlen auf seiner Stirn, die Adern an seinen Schläfen schwollen an. Gleich morgen würde er mit

seinem Vater sprechen und versuchen, ihn zur Vernunft
zu bringen.

KAPITEL 30

EASTBOURNE, JUNI 2010

Kitty

D er Kies knirschte unter Kittys Füßen, als sie durch den dunklen Vorgarten schlich. Bevor sie das Gartentor erreichte, hatte sie das Gefühl, als würde sie von jemandem beobachtet. Kurz drehte sie sich um und sah zurück zum Haus. Sie glaubte, an einem Fenster in der oberen Etage eine Bewegung wahrzunehmen. Stand Luke womöglich hinter dem Vorhang und blickte ihr hinterher?

Egal! Sie schlüpfte durchs Gartentor und stieg in das wartende Taxi, das Andy ihr bestellt hatte.

Schon während der kurzen Fahrt zu ihrer Wohnung grübelte sie über ihre verfahrene Situation nach. Wie sollte es nun weitergehen? Sicher, sie wäre bereit, um ihre Liebe zu kämpfen, aber lohnte sich das, wenn Andy nicht auch dazu bereit war?

Es war bereits 1:30 Uhr, als Kitty endlich todmüde ins Bett fiel. Trotzdem war ihr Geist hellwach, und sie kam einfach nicht zur Ruhe. So sehr sie sich auch bemühte, das Gedankenkarussell ließ sich nicht abstellen.

Obwohl Andy und sie sich heute sehr nahegekommen waren, hatte dennoch diese unsichtbare, allgegenwärtige Barriere zwischen ihnen gestanden. Als sie Andy ihr Herz ausgeschüttet hatte, war er unsagbar liebevoll und zärtlich gewesen. Und dennoch hatte sie das Gefühl, dass er sich trotz seiner Liebe zu ihr nicht völlig auf sie einlassen wollte. Zu oft hatte er versucht, eine väterliche Rolle bei ihr einzunehmen, schon *vor* dem peinlichen Vorfall mit Luke. Aber könnte sie sich damit zufriedengeben? Könnte sie ihn weiterhin regelmäßig sehen und sich damit abfinden, dass sie beide sich niemals richtig nah sein würden?

Natürlich könnte sie versuchen, Andy zu vergessen und weiterzuleben, als wäre nichts geschehen. Sie würde ihn nicht wiedersehen und somit auch nichts mehr über sein Leben erfahren. Aber allein beim bloßen Gedanken daran zuckte ein schmerzhafter Stich durch ihr Herz. Nein, niemals würde sie es fertigbringen, ihn in dieser schwierigen Phase seines Lebens im Stich zu lassen.

Was Luke betraf, hatte das heutige Erlebnis mehr als deutlich gezeigt, dass er eine Beziehung zwischen seinem Vater und ihr strikt ablehnte. Und Kitty sah ein, dass es aus seiner Sicht verständlich war.

Zum ersten Mal bedauerte sie, dass es in ihrem Leben keine »beste Freundin« gab, mit der sie jetzt über ihren inneren Konflikt hätte sprechen können. Als ihre Mum noch gelebt hatte, war *sie* diese Freundin für sie gewesen, ihre einzige Vertraute. Kittys Gedanken wanderten zurück zu dem Tag, an dem sie ihre Mutter in ihr Geheimnis eingeweiht hatte. Es war an einem Samstag gewesen, wenige Tage nach der Heimkehr aus Cornwall ...

Eastbourne, September 2003

Nach dem gemeinsamen Frühstück machten Dad und Josh sich auf den Weg zum Sportcenter, um Squash zu spielen. Kitty half ihrer Mum beim Einräumen des Geschirrs in die Spülmaschine. Diese schien gemerkt zu haben, wie ungewöhnlich still und in sich gekehrt Kitty war.

»Was ist denn los, mein Kind?«, fragte sie vorsichtig. »Du hast doch irgendwas auf dem Herzen.«

Kitty fiel eine Tasse aus der Hand. Sie zerschellte klirrend auf dem Fliesenboden.

»Ach, du Sch...« Sie stockte. »Tut mir leid, Mum.« Sie machte Anstalten, die Scherben aufzusammeln.

»Lass mal, Kind, das mach ich gleich schon. Komm, wir setzen uns jetzt erst mal ins Wohnzimmer. Dann erzählst du mir, was dich bedrückt.« Ihre Mum nahm sie bei der Hand, zog sie mit sich, drückte sie in einen Sessel und setzte sich ihr gegenüber aufs Sofa. In ihren Augen lag liebevolle Fürsorge.

Kitty verschränkte ihre zitternden Finger im Schoß. »Ach Mum, ich weiß gar nicht, wie ich anfangen soll.« Stockend und mit gesenktem Kopf begann sie zu erzählen. Doch dann sprudelten die Worte nur so aus ihr heraus, und sie bemerkte zunächst gar nicht, dass ihre Mum, die anfangs kurze Zwischenfragen gestellt hatte, immer stiller wurde. Nachdem Kitty sich alles von der Seele geredet hatte, hob sie erwartungsvoll den Kopf. Mit Befremden stellte sie fest, dass ihre Mutter kreidebleich dasaß und an ihr vorbei Löcher in die Wand starrte.

»Was ist denn los mit dir?«, fragte sie verstört. Als sie keine Antwort bekam, meinte sie: »Ist schon gut. Du glaubst mir nicht.« Sie warf ihr einen traurigen Blick zu und machte Anstalten aufzustehen.

Plötzlich kam Leben in ihre Mum. »Bleib hier, mein Kind. Natürlich glaube ich dir!« Es klang wie ein Aufschrei.

Kitty zuckte zusammen. »Aber warum bist du dann so komisch?«, fragte sie zaghaft und lehnte sich wieder zurück.

Ihre Mutter hob beschwörend die Hände. »Vergiss diesen Anthony Parker!« Ihre Stimme zitterte. »Vergiss ihn ganz schnell. Er ist nicht gut für dich!«

»Aber Mum! Hast du mir überhaupt zugehört? Ich liebe Andy, und er liebt mich. Er wird ganz bestimmt zu mir zurückkommen.« Sie presste trotzig die Lippen zusammen, ihre Augen sprühten Blitze.

»Nein, das wird er nicht! Er wird nicht zurückkommen. Hörst du, er kommt nicht zurück!« Die Augen ihrer Mutter glänzten wie im Fieber.

»Wie kannst du das denn wissen?« Kittys Brustkorb zog sich schmerzhaft zusammen. Es kostete sie Mühe, ihre aufsteigenden Tränen zurückzuhalten. Was war denn nur mit Mum los? So kannte sie sie nicht. »Übrigens ist sein Name Andrew«, schleuderte sie ihr mit wild funkelnden Augen entgegen. »Er heißt Andrew, nicht Anthony!«

»Vergiss ihn, Kitty«, flehte ihre Mutter und blickte sie durchdringend an. »Er hätte bei dir bleiben sollen. Nun ist es zu spät, glaube mir. Er hatte seine Chance.«

Kopfschüttelnd starrte Kitty sie an. Hatte sie den Verstand verloren? Was redete sie nur für ein unverständliches Zeug?

»Kitty, bitte hör auf mich!« Ihre Mum hob wieder mit einer bittenden Geste beide Hände hoch. »Ich hatte vor langer Zeit eine ähnliche Erfahrung. Das Schicksal lässt sich nicht ins Handwerk pfuschen. Niemals habe ich es auch nur eine Sekunde lang bereut, dass ich es erst gar nicht versucht habe.«

Kitty schwirrte der Kopf. Sie verstand nicht ein einziges Wort von dem, was ihre Mutter daherredete. »Was um alles in der Welt hat das mit …«

»Das Schicksal hat mich vor Schlimmerem bewahrt und mich zu deinem Vater geführt, meiner wahren Liebe«, wurde sie unterbrochen.

»Aber *meine* wahre Liebe ist Andy!«, rief Kitty verzweifelt, sprang auf und rannte zur Tür. Die Hand schon auf der Klinke, drehte sie sich noch einmal zu ihrer

Mutter um. »Ich hatte gedacht, du würdest mich verstehen, Mum. Stattdessen redest du nur wirres Zeug und tust, als könntest du in die Zukunft blicken. Du sagst, dass du mir glaubst, willst mir aber gleichzeitig einreden, dass ich meinen und Andys Gefühlen nicht trauen kann. Was ist nur los mit dir?« Sie schüttelte den Kopf. »Willst du mir nicht erklären, was das alles zu bedeuten hat?«

Ihre Mutter biss sich auf die Unterlippe, schloss kurz die Augen und holte tief Luft. »Nein, Liebes, du bist noch viel zu jung, um alles verstehen und verarbeiten zu können. Es würde dich nur unnötig verwirren, dich unter Umständen zu falschen Entscheidungen verleiten, gerade jetzt. Aber eines Tages, wenn der richtige Zeitpunkt gekommen ist, werde ich dir die ganze Geschichte erzählen. Dann sollst du alles erfahren …«

Als Kitty sich nun an diese Worte erinnerte, hatte sie das Empfinden, als krallte sich eine eiserne Faust um ihr Herz. Denn diesen Tag hatte es nie gegeben. Sie hatte bis heute keinen blassen Schimmer, was ihre Mum in ihrer Jugend erlebt hatte und was der Grund für ihr befremdliches Verhalten an diesem Tag vor fast sieben Jahren gewesen war.

Kapitel 31

Kitty

Am nächsten Morgen wachte Kitty erst am späten Vormittag auf. Sie war frisch und ausgeruht, obwohl sie sich die halbe Nacht um die Ohren geschlagen hatte und erst im Morgengrauen in einen kurzen, traumlosen Schlaf gefallen war.

Voller Tatendrang sprang sie aus dem Bett und unter die Dusche. Nachdem sie ihre langen Locken getrocknet hatte, bereitete sie sich ein üppiges Frühstück zu und genoss es, heute am Samstag nicht auf die Uhr achten zu müssen.

Es war ein strahlend schöner Vormittag. Kitty deckte auf der Terrasse ihrer Penthouse-Wohnung den Tisch und ließ es sich schmecken. Inzwischen sah sie die Dinge gelassener und beschloss, sich Andy gegenüber vorläufig zurückzunehmen. Zuerst wollte sie alles über ihn und sein Leben erfahren. Erst dann würde sie noch einmal einen Vorstoß wagen und ihm sagen, dass sie ihr Leben gern an seiner Seite verbringen möchte. Alles andere würde sich finden.

Gut gelaunt machte sie sich um die Mittagszeit zu Fuß auf den Weg. Das Wetter zeigte sich heute von seiner allerbesten Seite. Die Sonne strahlte von einem wolkenlosen Himmel und hatte unzählige Menschen nach draußen gelockt. Die Cafés und Restaurants hatten Hochbetrieb. Es duftete nach Kaffee und frisch gebackenen Waffeln. Von überallher klangen fröhliche Stimmen und Kinderlachen an Kittys Ohr.

Unterwegs fiel ihr wieder Lukes Reaktion ein, und ihre gute Stimmung wurde ein wenig getrübt. Sicher wäre es besser, wenn sie zuerst mit *ihm* spräche. Sie würde ihm versichern, dass sie seinen Vater aufrichtig liebte und niemals etwas täte, was ihm schaden könnte.

Was den rätselhaften Ausdruck in Lukes Augen betraf, war sie inzwischen zu dem Schluss gekommen, dass sie sich getäuscht haben musste.

Als Kitty nach einigen Minuten in die Arlington Road einbog, empfing sie eine wunderbare Stille. Die Vögel in den Koniferen zwitscherten leise, der warme Wind streichelte ihre nackten Arme. Ein plötzliches Glücksgefühl durchflutete ihr Herz mit aller Macht.

Fröhlich vor sich hin summend erreichte sie wenig später das Haus, marschierte zielstrebig auf die Haustür zu und drückte energisch auf den Klingelknopf.

Ungeduldig trat sie von einem Fuß auf den anderen. Endlich näherten sich Schritte, und Kittys Herz begann heftig zu klopfen. Hatte Luke sich beruhigt, oder würde er gar versuchen, sie an der Tür abzuwimmeln? Zuzutrauen wäre es ihm, so wie er sich gestern benommen hatte.

Endlich öffnete Luke die Tür. Zu ihrer großen Überraschung begrüßte er sie mit einem warmherzigen Lächeln. »Hallo Kitty. Bitte, komm doch rein.«

Kitty nahm ihren ganzen Mut zusammen, hielt ihn am Arm zurück und sagte mit fester Stimme: »Lass uns reden, Luke.«

Sie bemerkte sein kurzes Zögern. Dann aber öffnete er die Tür zur Küche und ließ ihr den Vortritt.

»Bitte, setz dich.« Er rückte ihr höflich einen Stuhl zurecht. »Nun, was hast du auf dem Herzen?«, fragte er lächelnd, nachdem sie sich gesetzt hatte.

»Bitte, Luke …« Kitty sah ihn flehend an. »Willst du dich nicht auch setzen? Es ist wirklich wichtig.«

»Natürlich.« Luke setzte sich auf den gegenüberstehenden Stuhl und verschränkte seine Arme. »Nun, dann schieß mal los.«

Kittys Herz pochte hart gegen ihre Rippen. Schnell wischte sie die schweißnassen Hände an ihrer Jeans ab. »Du hast dich gestern deinem Vater und auch mir gegenüber mehr als ablehnend verhalten. Eigentlich dachte ich, du hättest nichts gegen mich, weil du immer nett zu mir warst. Deshalb wollte ich dich fragen, was du …« Nervös knetete sie ihre Finger. »Ist es nur der Altersunterschied zwischen deinem Dad und mir, oder gibt es da noch etwas anderes?«

Lukes Augen verdunkelten sich. »Meine Mum!«, stieß er mit gepresster Stimme hervor.

»Ich verstehe nicht.« Kitty zog ihre Augenbrauen in die Höhe. »Deine Mum lebt doch nicht mehr. Es ist schon lange ... ich meine ... sie ist ja nicht erst vor Kurzem ...« Sie brach ab.

»Nein, nein. Sie ist vor zwölf Jahren gestorben, wenige Tage vor unserem Geburtstag.«

Vor ›unserem‹ Geburtstag? Ach Quatsch, ich muss mich verhört haben.

Sie sah Tränen in seinen Augen glänzen. Er schien trotz der langen Zeit noch sehr unter dem Tod seiner Mum zu leiden. Sekundenlang war es so still zwischen ihnen, dass man eine Stecknadel hätte fallen hören können.

Dann legte Kitty vorsichtig ihre Hand auf seinen Arm. »Es tut mir leid«, sagte sie tröstend.

»Das muss es nicht. Es ist lange her, und du kannst schließlich nichts dafür. Ich habe ja auch überhaupt nichts gegen dich persönlich. Im Gegenteil, ich mag dich.« In Lukes Blick lag ein beinahe zärtlicher Ausdruck.

Verwirrt schlug Kitty die Augen nieder.

»Aber es ist eben total schräg, meinen Dad und dich so zu sehen ... wie ein Liebespaar, meine ich«, fügte er hinzu. »Ich empfinde es so, als würde er das Andenken meiner Mum beschmutzen, wenn er mit einer Frau, die jünger ist als seine eigene Tochter ...«

»Was sagst du da?« Kittys Kopf schnellte hoch. Ungläubig riss sie die Augen auf. »Andy hat eine Tochter?«

»Ja, natürlich. Hat er dir das etwa auch noch nicht erzählt?« In Lukes Augen lag Verwunderung. »Meine Schwester Amelia Jane ist Ärztin und mit einem Arzt verheiratet. Sie hat die medizinische Betreuung von Dad übernommen und kommt regelmäßig alle vierzehn Tage am Wochenende vorbei, um nach ihm zu sehen. Amy und Jacob wohnen in Brighton und betreiben dort ihre Gemeinschaftspraxis.«

Nun hat er sogar eine Tochter, die er mir gegenüber nicht ein einziges Mal erwähnt hat.

Kitty kniff die Augen zusammen und beugte sich zu Luke vor. »Und wie alt ist deine Schwester?«

»Genauso alt wie ich, dreiunddreißig, wir sind Zwillinge. Verstehst du mich jetzt? Verstehst du, dass ich ein Problem damit habe, mitansehen zu müssen, wie mein Dad dich küsst … dich, eine junge Frau von vierundzwanzig Jahren?« Lukes Stimme klang erstickt, so als würde er jeden Augenblick in Tränen ausbrechen. Er räusperte sich. »Amy und Jake haben eine zweijährige Tochter. Ihr Name ist Bonnie.«

Kitty atmete auf.

Alles liegt in seiner Vergangenheit begründet, hat er neulich erst gesagt.

Ein riesiger Felsbrocken plumpste ihr von der Seele. Andy hatte die Mutter seiner Kinder zwar geheiratet und eine ganz normale Ehe mit ihr geführt. Logisch! Aber das Wesentliche für sie war, dass er kein Wunschkind mit dieser Frau hatte. Sie straffte ihre Schultern.

Wahrscheinlich wird er mir heute alles erzählen, und dann wird nichts mehr zwischen uns stehen.

»Findest du nicht auch, dass es unter den gegebenen Umständen völlig daneben ist, was ihr tut?«, platzte Luke in ihre Gedanken hinein.

Kitty lächelte. »Nein«, sagte sie mit fester Stimme. »Da bin ich vollkommen anderer Meinung. Was mich kurz aus der Fassung gebracht hat, war etwas ganz anderes.« Sie lehnte sich zurück, schlug die Beine übereinander. »Weißt du, ich wusste nicht, dass du eine Schwester hast, und als du vorhin von ihr sprachst, dachte ich, dass ... Aber sie ist ja deine Zwillingsschwester.«

Luke starrte sie an, als hätte sie den Verstand verloren. »Sorry, ich kann dir nicht ganz folgen«, sagte er achselzuckend.

»Ach, vergiss es, ist nicht so wichtig«, winkte Kitty lächelnd ab.

»Hallo, ihr zwei«, erklang Andys Stimme von der Tür her. »Ich freue mich, dass ihr euch ausgesprochen habt und dabei seid, euch besser kennenzulernen.«

Luke sprang so schnell auf, dass sein Stuhl ins Wanken geriet und umgekippt wäre, hätte er ihn nicht im letzten Moment festgehalten. »Wir haben gerade von Amy gesprochen, Dad«, stammelte er. »Ich wusste ja nicht, dass du ...«

»Schon gut, mein Junge.« Andy lächelte und klopfte ihm auf die Schulter. »Mach dir keine Sorgen. Bisher hatte ich noch keine Gelegenheit, Kitty von ihr zu erzählen.« Er wandte sich ihr zu. »Aber ich werde mich heute bemühen, nichts Wesentliches auszulassen.« Er lächelte, reichte Kitty die Hand und zog sie vom Stuhl hoch.

»Ciao, Luke«, sagte Kitty gut gelaunt und folgte Andy ins Wohnzimmer. Dort ließ sie sich in den riesigen Ohrensessel sinken und lehnte sich bequem zurück. Ihr Herz klopfte in freudiger Erwartung, gleich mehr über Andy und sein Leben zu erfahren …

KAPITEL 32

CORNWALL, AUGUST 1991

Andy

Andy erfuhr von seiner Mum, was in den Jahren nach seinem plötzlichen Verschwinden vor fünfzehn Jahren geschehen war.

Monatelang war die Polizei im Haus seiner Eltern ein- und ausgegangen. Es hatte Verdächtigungen und Schuldzuweisungen von allen Seiten gegeben. Die Presse hatte Tag und Nacht das Haus belagert und Nachbarn und Freunde befragt. Es war ein einziger Albtraum für seine Eltern gewesen. Sie hatten sich nur noch gestritten, und drei Jahre später war die Ehe am Ende gewesen. Sein Dad war ausgezogen und hatte die Scheidung eingereicht.

Andys Herz krampfte sich schmerzhaft zusammen, als er sah, wie sehr seine Mum noch immer unter den dramatischen Ereignissen litt.

Was habe ich bloß angerichtet? Was habe ich allen nur angetan?

»Mum, es tut mir unendlich leid«, sagte er mit

tränenerstickter Stimme. »Glaube mir, ich hatte keine Ahnung, dass so viel Zeit vergehen würde bis zu meiner Rückkehr. Ich war doch nur fünfzehn Tage fort, keine fünfzehn Jahre. Wenn ich im Entferntesten geahnt hätte, dass an einem einzigen Tag in der Zukunft hier ein ganzes Jahr vergehen würde, hätte ich schon viel früher versucht …« Er rang verzweifelt die Hände.

»Was hättest du früher versucht?«, raunzte seine Mum ihn unwirsch an. »Gerade eben hast du mir noch erzählt, du hättest es früher versucht. Was kann ich dir eigentlich noch glauben, Andy? Selbst wenige Tage ohne jede Nachricht wären damals schrecklich für uns gewesen, das hättest du wissen müssen!«

»Ja, natürlich weiß ich das, Mum. Deshalb haben Kitty und ich auch nach einer Woche alles versucht«, beteuerte Andy und rang verzweifelt die Hände. »So glaube mir doch.«

»Kitty, Kitty! Ich kann's nicht mehr hören!« Sie schlug mit der flachen Hand auf die Tischkante. »Du warst damals mit Lucy zusammen, wie ich später erfahren musste, und hattest sie sogar geschwängert! Schämst du dich nicht?« Ihre Augen funkelten ihn wütend an.

»Was? Lucy war schwanger?« Andys Pulsschlag beschleunigte sich, und Schweißperlen bildeten sich auf seiner Stirn. »O mein Gott. Das habe ich nicht gewusst.«

»Das konntest du auch nicht wissen«, sagte seine Mutter. Ihre Stimme klang etwas freundlicher. »Sie wusste es zu diesem Zeitpunkt selbst noch nicht. Als sie es dann später erfuhr, hat es von heute auf morgen ihr ganzes Leben auf den Kopf gestellt.« Sie nestelte mit zitternden Fingern an ihrer Halskette. »Lucy hat lange Zeit auf deine Rückkehr gehofft. Sie hat nie geheiratet und die Zwillinge allein großgezogen.«

Andys Augen weiteten sich. »Es sind Zwillinge?«

»Ja, ein Junge und ein Mädchen.« Die Stimme seiner Mum klang liebevoll. »Luke und Amelia Jane sind am 21. April vierzehn Jahre alt geworden. Es sind hübsche Kinder. Sie sind beide auf der Grammar School und sehr fleißig. Du wärst stolz auf sie.«

Zwillinge ... vierzehn Jahre! Stolz auf sie? Gütiger Gott, ich bin selbst erst achtzehn!

Ihm wurde schwindelig. Zitternd wischte er sich mit der bloßen Hand den Schweiß von der Stirn. »Es tut mir alles furchtbar leid«, stammelte er. »Natürlich hätte ich Lucy niemals in solch eine Situation bringen dürfen. Ich war ja nicht mal in sie verliebt! Mein Verhalten war egoistisch und verantwortungslos. Aber ich kann's nicht mehr rückgängig machen. Was soll ich denn tun?« Sein Herz lag schwer wie Blei in seiner Brust.

Mit zusammengezogenen Brauen und einem vor-wurfsvollen Ausdruck in den Augen betrachtete seine Mutter ihn.

»Wenn ich das gewusst hätte ... Meine Güte, ich hatte das alles doch nicht geplant! Wie hätte ich denn wissen können, dass ich Kitty treffen und mich unsterblich in sie verlieben würde? Es ist einfach passiert, und mir wurde schon bald klar, dass sie die Liebe meines Lebens ist.«

»Und da hast du deine Eltern, deine Freunde und Lucy ... all die Menschen, die dich liebten, einfach vergessen und dich aus dem Staub gemacht, ja?«

Andys Kopf ruckte vor. »Ich habe dir gerade eben erzählt, was geschehen ist, und das ist die volle Wahrheit!«, verteidigte er sich jetzt. »Versteh doch, ich bin eigentlich selbst noch ein Teenager, und von einem Tag auf den anderen habe ich plötzlich zwei Kinder, die gerade mal vier Jahre jünger sind als ich.« Er sprang auf und baute sich vor seiner Mutter auf. »Aber sei unbesorgt, Mum, ich werde gleich morgen zu Lucy gehen, ihr alles erklären und sie um Verzeihung bitten.« Andy rannte wie ein Tiger im Käfig auf und ab. »Du sagtest, sie sei nicht verheiratet und lebe noch immer mit den Kindern allein.« Er warf seiner Mutter einen erbitterten Blick zu. »Okay, wenn sie mich also immer noch will ...« Er zuckte mit den Schultern. »Zu Kitty kann ich jetzt sowieso nicht mehr zurück. Sie ist ja erst siebzehn, und ich ...« Er brach ab. »Aber du glaubst mir ja sowieso kein einziges Wort.« Er raufte sich verzweifelt die Haare.

»So beruhige dich doch«, bat seine Mum händeringend. »Bitte, setz dich wieder hin.«

Nachdem Andy ihrer Bitte nachgekommen war, fuhr sie fort: »Ich weiß einfach nicht mehr, was ich glauben soll. Was du mir da erzählt hast ... das alles klingt völlig abstrus.« Sie stand auf, lief zu ihm und schlang die Arme um ihn. »Ach, wie gern würde ich dir glauben, mein Junge. Ich liebe dich von ganzem Herzen und bin überglücklich, dass du noch lebst.« Sie setzte sich neben ihn, nahm seine Hand in die ihre, drückte sie liebevoll. »Ich koche uns jetzt erst mal einen Tee und richte eine Kleinigkeit zu essen für uns her. Und danach unterhalten wir uns in aller Ruhe darüber, wie es weitergehen soll, in Ordnung?«

Andy nickte. »Das ist lieb von dir, Mum, danke.« Er quälte sich ein Lächeln ab.

Nachdem sie Tee getrunken und etwas gegessen hatten, erzählte Andys Mum ihm vom Unglück der Johnsons. Toby, Andys bester Freund, war vor zwei Jahren auf dem Motorway nach London tödlich verunglückt. Ein anderer Fahrer war zu schnell gefahren und hatte die Kontrolle über sein Fahrzeug verloren. Mit ungebremster Geschwindigkeit hatte er Tobys Wagen gerammt und ihn von der Fahrbahn gedrängt.

»Toby und seine Frau waren auf der Stelle tot. Ihr kleiner Sohn hat den Unfall wie durch ein Wunder überlebt.« Sie stieß einen tiefen Seufzer aus. »Der kleine Jayden ist jetzt fünf Jahre alt und geht demnächst zur Schule. Er lebt bei William und Mary. Die beiden behüten den Jungen wie ihren Augapfel. Manchmal denke ich, dass sie ihn mit ihrer Liebe erdrücken.«

Die Nachricht vom Tod seines Freundes erschütterte Andy bis ins Mark.

Gütiger Gott, Toby! Und seine armen Eltern!

Nur mit großer Mühe gelang es ihm, die Tränen zurückzuhalten, die in seinen Augen brannten.

Lange Zeit herrschte düsteres Schweigen. Endlich fand Andy den Mut, sich auch nach seinem Freund Robbie zu erkundigen. »Ich hoffe, dass bei den Forsters alles in Ordnung ist?«, fragte er mit rauer Stimme. »Ich würde mich gern mal mit Robbie treffen. Glaubst du, seine Eltern würden mir sagen, wo ich ihn finden kann?«

Seine Mum steckte sich mit fahrigen Fingern eine grau melierte Haarsträhne hinters Ohr. »Die Forsters sind bereits vor zwölf Jahren mit Sack und Pack nach Kanada ausgewandert. Und seitdem hat niemand in der Nachbarschaft jemals wieder etwas von ihnen gehört.«

KAPITEL 33

Andy

Am nächsten Morgen machte Andy sich auf den Weg zu Lucy Spencer. Selbstverständlich hatte er vorher angerufen, um ihr seinen Besuch anzukündigen. Sie hatte zunächst abweisend reagiert, sich letzten Endes aber doch mit einem Treffen am nächsten Tag einverstanden erklärt.

Nun stand Andy vor ihrer Tür und dachte über seine makabre Situation nach. Gestern war er noch ein bis über beide Ohren verliebter achtzehnjähriger Teenager mit einer glänzenden Zukunft gewesen. Heute stand er als dreiunddreißigjähriger Vater von zwei vierzehnjährigen Kindern im Begriff, eine Vernunftehe mit deren Mutter einzugehen.

Ein Gefühl ohnmächtiger Wut trieb ihm den Schweiß auf die Stirn. Seine Hand legte sich so fest um den Strauß gelber Rosen, den er noch schnell im Laden an der Ecke besorgt hatte, dass ihm die Dornen schmerzhaft in die Finger stachen.

Verzweifelt bemühte er sich, seine aufgewühlten Emotionen in den Griff zu bekommen. Nach einigen Minuten traute er sich endlich zu läuten. Der helle Klang der Türglocke löste erneut Panik in ihm aus. Unruhig trat er von einem Fuß auf den anderen, bis er endlich Schritte hörte. Dann wurde die Tür geöffnet und … der Schock fuhr Andy durch sämtliche Glieder. *O nein! Ist das wirklich Lucy?*

Um ihren Mund lag ein verhärmter Zug, ihre Wangen waren eingefallen, und unter den Augen lagen tiefe, dunkle Ringe. Sie sah um Jahre älter aus, als sie tatsächlich war. Und für Andy, der noch das achtzehnjährige Mädchen in Erinnerung hatte, war der Unterschied umso gravierender.

»Guten Tag, Lucy.« Er zwang sich zu einem Lächeln, überreichte ihr linkisch die Blumen und hoffte inständig, dass sich der Schreck über ihr verändertes Aussehen nicht in seinem Gesicht widerspiegelte.

Wortlos nahm Lucy die Blumen entgegen und ließ ihn eintreten. Sie zeigte auf einen abgewetzten Sessel. Schweigend setzte er sich und beobachtete, wie sie die Blumen achtlos auf ein Sideboard warf.

»Nun, Andrew Parker, ich bin ehrlich gespannt, was dich nach fünfzehn langen Jahren zu mir führt«, sagte sie mit einem spöttischen Ausdruck im Gesicht.

»Um dir das zu erklären, bin ich hergekommen.« Er verschränkte die eiskalten Hände im Schoß und suchte sekundenlang nach Worten.

»Nun? Ich höre.« Lucy warf ihm einen herausfordernden Blick zu.

Andy nahm all seinen Mut zusammen und fing leise an zu erzählen.

Sie schien ihm aufmerksam zuzuhören und stellte nur ab und zu eine kurze Zwischenfrage.

Als er geendet hatte, sah sie ihm lange und eindringlich in die Augen.

»Und, glaubst du mir?« Andys Blick war offen und aufrichtig.

Lucy nickte. »Ja, ich glaube dir. Diese Geschichte klingt so abgefahren, dass du sie dir mit Sicherheit nicht ausgedacht hast. Außerdem deckt sie sich mit dem, was Toby und Robbie mir vor fünfzehn Jahren erzählt haben.« Ein amüsiertes Lächeln schlich sich auf ihr Gesicht. »Damals hielt ich die beiden natürlich für verrückt. Erst jetzt ergibt alles einen Sinn.«

Andy blickte sie dankbar an, zögerte kurz und fragte dann mit bebender Stimme: »Wo sind Luke und Amelia Jane, meine … unsere Kinder?« Aufgeregt wippte er mit den Füßen auf und ab.

Lucy lehnte sich zurück und schlug die Beine übereinander. »Amy und Luke sind um diese Zeit noch in der Schule. Du wirst sie gleich kennenlernen. Lass mich aber bitte zuerst mit den beiden allein sprechen, damit es kein allzu großer Schock für sie ist, okay?«

»Natürlich. Ich komme gern ein anderes Mal wieder.« Andy machte Anstalten aufzustehen.

Lucy hielt ihn mit einer Handbewegung zurück. »Nein, bitte bleib, Andrew. So war das nicht gemeint.« Sie lächelte ihm zu. »Luke und Amy werden sich freuen, dich zu sehen. Sie haben sich schon immer danach gesehnt, eines Tages ihren Dad kennenzulernen. Ich werde nur kurz mit ihnen nach oben gehen und sie darauf vorbereiten.«

Aus ihren Augen strahlte die tiefe Liebe zu ihren Kindern, als sie hinzufügte: »Es sind wunderbare Kinder, und beide sind dir wie aus dem Gesicht geschnitten.«

KAPITEL 34

Kitty

Andy stand auf und ging zum Schrank, aus dem er einen großen Pappkarton hervorholte. Nachdem er sich wieder gesetzt hatte, öffnete er den Deckel, nahm zwei Fotos heraus und reichte Kitty eines davon.

»Luke kennst du ja bereits. Und dies ist Amy, meine Tochter.« Er zeigte auf das junge Mädchen neben Luke. »Da waren beide achtzehn und hatten gerade ihr Abitur gemacht.« Unverhohlener Stolz klang aus seiner Stimme.

Lange betrachtete Kitty das Foto, auf dem ein hübsches junges Mädchen mit langen dunkelbraunen Locken fröhlich in die Kamera lachte. Ja, es stimmte, auch seine Tochter glich Andy aufs Haar. Ein brennender Schmerz zog durch ihren Körper. »Sie ist bildhübsch«, sagte sie leise und rang sich ein Lächeln ab.

»Ja, das ist sie.« In Andys Augen lag ein zärtlicher Ausdruck. Er reichte ihr ein weiteres Foto. »Und das ist ein aktuelles Foto von Amy, meinem Schwiegersohn

Jacob und meiner Enkelin Bonnie.«

»Was für ein außergewöhnlich schönes Kind«, ent-schlüpfte es Kitty.

Ein Lächeln erhellte Andys Züge. »Bonnie ist eine gelungene Mischung von uns allen. In zwei Monaten wird sie drei Jahre alt.«

Kitty warf einen letzten bewundernden Blick auf das lachende Kindergesicht und reichte ihm dann beide Fotos zurück. »Luke hat mir erzählt, dass deine Tochter Ärztin ist.«

»Ja, Amy hat hart gearbeitet und ist eine exzellente Ärztin geworden. Ich bin unglaublich stolz auf sie.« Ein wehmütiger Ausdruck trat in seine Augen. »Das war auch einmal *mein* Traum, erinnerst du dich?«

Kitty nickte. Ihr Hals war wie zugeschnürt. »Aber sicher erinnere ich mich«, presste sie mühsam hervor.

Er hat es mir ja damals erzählt, und seine Augen haben mit der Sonne um die Wette gestrahlt.

Auf einmal empfand Kitty ein so tiefes Mitleid mit Andy, dass sie Mühe hatte, ihre Tränen zurückzuhalten. Schnell senkte sie den Kopf, um vor ihm zu verbergen, wie betroffen sie war.

Er schien es aber bemerkt zu haben. »Du brauchst mich nicht zu bemitleiden.« Er lächelte. »Ich habe mein Leben trotzdem in den Griff bekommen. Meine Groß-eltern mütterlicherseits besaßen damals eine kleine Apotheke. Meine Mutter machte den Vorschlag, ich sollte eine pharmazeutisch-technische Ausbildung machen und meinem Großvater im Geschäft helfen. Meine Großeltern waren ebenfalls von dem Vorschlag begeistert, und somit waren die Weichen für meine Zukunft gestellt. Und ich habe es nicht bereut.«

»Das freut mich für dich«, sagte Kitty aufrichtig. »Anscheinend war diese Entscheidung in deiner Situation die beste Alternative.«

»O ja, das war sie«, bestätigte Andy. »Die Arbeit hat mir Spaß gemacht, und mein Großvater konnte sich zur Ruhe setzen. Nach dem Tod meiner Großeltern habe ich das Geschäft geerbt.« Mit einer müden Geste rieb Andy sich die Augen. »Ich habe hart gearbeitet, und nach einigen Jahren war ich Eigentümer von fünf Apotheken in drei verschiedenen Städten.«

»Wow! Da hast du es doch noch weit gebracht«, rief Kitty gewollt enthusiastisch.

Eigentlich ging es ihm ohne mich ganz gut, dachte sie mit einem erneuten Anflug von Bitterkeit. Gleich darauf schämte sie sich dieses Gedankens. Wer hätte sich schon freiwillig dafür entschieden, auf fünfzehn Jahre seines Lebens zu verzichten?

Ohne auf ihre letzte Bemerkung einzugehen, fuhr Andy fort: »Nach dem Tod meiner Mutter vor elf Jahren habe ich beide Häuser verkauft, mein Elternhaus und das Haus, in dem ich mit Lucy und meinen Kindern gelebt habe. Ich habe uns in Brighton ein Apartment gekauft, bis vor einem dreiviertel Jahr habe ich dort eine meiner Apotheken selbst betrieben, und Amy und Luke haben in Brighton studiert. So, nun weißt du im Wesentlichen, wie mein Leben verlaufen ist. Ich war von einem Moment zum anderen ein achtzehnjähriger Junge im Körper eines dreiunddreißigjährigen Mannes und Vater von zwei vierzehnjährigen Teenagern.« In seiner Stimme schwang Bitterkeit mit.

Kitty starrte ihn mit großen Augen an. Ihre Finger spielten mit ihren Haaren, wie immer, wenn sie nicht wusste, was sie sagen sollte. *Ein kurzes Leben voll harter Arbeit und Entbehrungen,* dachte sie mit einem wehen Gefühl im Herzen.

»Übrigens war der Name des Mannes, dem ich das Haus meiner Eltern verkauft habe, Adam Hickson. Er wollte seine junge Frau damit überraschen.«

»Adam Hickson?« Kitty zog ihre rechte Augenbraue in die Höhe. »Sollte ich den kennen?«

»Adam und Joanna Hickson. Das sind die Leute, vor deren Tür ich stand, im Sommer 2003. Damals war ich im festen Glauben, dass ich mit meinen Eltern dort lebte. Ich habe dir davon erzählt, erinnerst du dich? In der Nacht, als du mich mit in dein Zimmer genommen hast.«

»Aber ja! Natürlich … jetzt erinnere ich mich.« Voller Mitgefühl blickte sie Andy an. »Das war an dem Tag, an dem wir uns kennenlernten. Als du feststellen musstest, dass in deinem Elternhaus fremde Leute lebten.«

Andy nickte.

»Das muss furchtbar für dich gewesen sein, Jahre

später zu erfahren, dass du es selbst warst, der ...«

»... das Haus an diese Leute verkauft hat«, ergänzte Andy. »Ja, das war's wohl.« Er räusperte sich. »Nun, es ist lange her«, fuhr er dann fort. »Und ich bemühe mich, auch an die positiven Dinge zu denken, die ich erleben durfte und zu denen zweifellos meine Kinder gehören.« Ein Lächeln erhellte sein Gesicht. »Übrigens kommen Amy, Jacob und Bonnie morgen Nachmittag zu Besuch.«

»Ja, deine Kinder.« Kitty blickte auf ihre im Schoß verschränkten Finger hinab. »Du hast vergessen, deine Frau Lucy zu erwähnen, Andy. Die Frau, die du *mir* vorgezogen hast.«

Andy seufzte schwer. »Aber das haben wir doch inzwischen geklärt, und wie du jetzt weißt, hat das alles *vor* deiner Zeit angefangen, ebenso wie deine Beziehung zu Danny.«

Kittys Miene verdüsterte sich.

Die heftige Erwiderung, die ihr auf der Zunge lag, schluckte sie gerade noch rechtzeitig hinunter. Sie durfte nicht vergessen, dass Andy herzkrank war und jede Aufregung von ihm ferngehalten werden musste. Deshalb bemühte sie sich, ihrer Stimme einen ruhigen Klang zu geben. »Ja, nur gibt's da den feinen Unterschied, dass ich kein Kind mit Danny habe.« Ihre Augen bohrten sich tief in die seinen. »Und wie du weißt, wäre dies auch gar nicht möglich gewesen, weil ich zu keiner Zeit eine intime Beziehung mit ihm hatte. Auch das haben wir nämlich erst neulich geklärt.« Sie lehnte sich zurück, verschränkte die Arme und funkelte ihn herausfordernd an.

KAPITEL 35

Kitty

Andy senkte den Blick und nestelte an den Knöpfen seines Hemdkragens herum. »Okay, der Vergleich hinkt, tut mir leid«, krächzte er und räusperte sich.

Kitty beugte sich wieder zu ihm vor. »Ich habe auf *dich* gewartet, Andy«, stieß sie mit bebender Stimme hervor, »weil du versprochen hattest, zu mir zurückzukommen.« Ihre Augen sprühten Blitze. »Und was hast *du* stattdessen getan?«

»Was hätte ich denn …«, versuchte Andy vergeblich, auf ihre eher rhetorische Frage einzugehen.

»Du hast nicht einmal ein halbes Jahr gewartet, bis du deine Lucy geehelicht hast!«, schnitt Kitty ihm das Wort ab. Um Haltung bemüht, bemerkte sie gar nicht, dass sich ihre Hände zu Fäusten geballt hatten.

Andy saß mit verschränkten Fingern und gesenktem Kopf auf der Couch und schwieg.

Aber was hätte er auch darauf antworten sollen? Tief im Inneren konnte Kitty ihn sogar verstehen. Ihr war klar, dass Andy keine andere Wahl gehabt hatte. Dennoch lehnte sich alles in ihr vehement dagegen auf. Ein peinigendes Gefühl der Eifersucht stach wie kleine, feine Nadeln in ihr Herz.

Warum hat er es nicht wenigstens versucht? Ich hätte ihn doch trotz des Altersunterschieds geliebt; damals wären es nur sechzehn Jahre gewesen.

Andererseits … wäre es nicht ein viel zu großes Risiko für ihn gewesen, es noch einmal zu versuchen? Vielleicht wäre er ganz woanders oder in einer anderen Zeit gelandet. Schlimmer noch! Hätte es nicht sogar passieren können, dass er noch viel älter zurückgekommen wäre? Nein, sie musste vernünftigerweise zugeben, dass Andy das einzig Richtige getan hatte. Und sprach es nicht für ihn, dass er sich damals dieser unglaublich großen Verantwortung gestellt hatte? Im Herzen selbst noch ein Teenager, wurde er von jetzt auf gleich mit zwei halbwüchsigen Kindern konfrontiert und musste seinen Traum vom Medizinstudium begraben. Die Alternative mit der Apothekenausbildung war und blieb doch zweite Wahl, wie auch seine Ehe mit Lucy. Und sogar jetzt wurde er nicht vom Schicksal verschont, sondern musste mit dem Risiko leben, unter Umständen viel zu früh an seiner Herzschwäche zu sterben. Andy hatte vollkommen recht. Sie hatten das alles geklärt.

Vergiss endlich diese dumme Eifersucht und benimm dich wie ein erwachsener Mensch!

Ja, sie musste ein für allemal diesen bitteren Groll aus

ihrem Herzen vertreiben. »Es tut mir leid«, sagte sie kleinlaut. »Ich verstehe die ausweglose Situation, in der du dich befunden hast. Bitte, verzeih mir und vergiss, was ich gesagt habe.«

Andy lächelte nachsichtig. »Aber natürlich, mein Herz. Ich weiß, dass du es nicht böse gemeint hast. Schließlich hast auch *du* gelitten.«

»Ich werde bei dir bleiben, Andy, solange das Schicksal es zulassen wird. Ich liebe dich und werde dich nicht allein lassen. Und ich weiß, dass auch du mich liebst. Ist es nicht so?«

»Ich habe dich mein ganzes Leben lang geliebt, Kitty.« Andys Stimme klang so zärtlich, dass ihr ein wohliger Schauer durch den Körper rann. »In meinem Herzen gab es immer nur dich, und Lucy hat das gewusst. Sie war mit dem, was ich ihr geben konnte, zufrieden. Wir haben trotz allem eine gute Ehe geführt, bis …« Er biss sich auf die Lippen. »Sie war ein wunderbarer Mensch und hat so sehr leiden müssen.«

»Was ist denn geschehen? Du hast bis jetzt noch nicht über die Umstände ihres Todes gesprochen.«

»Luke und Amy waren neunzehn Jahre alt, als Lucy eines Tages einen Knoten in ihrer Brust entdeckte. Sie konsultierte natürlich sofort einen Arzt, wurde kurz darauf operiert und schöpfte Hoffnung.« Er stockte und holte einige Male tief Luft. »Ein Jahr später war der Tumor zurück, aggressiver als zuvor. Metastasen hatten sich bereits in Leber und Knochen ausgebreitet. Ein Jahr lang hat sie noch gegen den Krebs gekämpft und am Ende verloren.« Andy wischte sich mit der Hand über die Augen. »Das war im Spätsommer 1998. Auch mit ihr hat es das Schicksal nicht gut gemeint.«

Bestürzt und voller Mitgefühl sah Kitty die Tränen in Andys Augen. Schnell stand sie auf und lief zu ihm hinüber. In der Hocke vor ihm sitzend, nahm sie tröstend seine Hände in die ihren.

»Und gerade deshalb müssen wir es überlisten. Wir müssen von diesem grausamen Schicksal zumindest einen Teil von dem zurückfordern, was es uns gestohlen hat. Das sind wir uns nach allem, was geschehen ist, schuldig.«

»Ach Kitty, was können wir denn tun? Die Zeit hat gegen uns entschieden. Wir sind ihre Gefangenen und haben nicht die geringste Chance, ihr zu entfliehen.« Andys Stimme klang unsagbar traurig.

Kitty war klar, dass er ihren Optimismus nicht teilte, dass er keinen Ausweg sah. Aber das störte sie nicht, denn ganz plötzlich war ihr ein Gedanke gekommen. In ihren Augen leuchtete es auf. »Da bin ich mir gar nicht so sicher«, rief sie fröhlich, beugte sich vor und hauchte ihm einen Kuss auf die Stirn. »Tschüss, bis Montag dann.« Sie huschte schnell zur Tür. »Und viel Freude morgen mit deinen Kindern.«

»Danke, Kitty, bis Montag«, erwiderte Andy mit einem verdutzten Gesichtsausdruck.

Kitty winkte ihm noch einmal zu und lief hinaus

durch den Flur nach draußen. Sie schwang sich in den Sattel ihres Bikes, das seit gestern Nacht vor dem Zaun gestanden hatte, und trat kräftig in die Pedale. Sie hatte es jetzt eilig, nach Hause zu kommen, Josh für morgen zum Tee einzuladen und ihm von ihrer Idee zu erzählen.

KAPITEL 36

Kitty

W as, du willst ihn heiraten?« Josh schüttelte heftig mit dem Kopf und warf ihr einen Blick zu, der ihr deutlich zeigte, dass er an ihrem gesunden Menschenverstand zweifelte. »Das ist jetzt nicht dein Ernst!«

Es war ein strahlend schöner Sonntagnachmittag, und sie saßen bei einer Tasse Tee und selbst gebackenem Apple Crumble auf Kittys Terrasse unterm Sonnenschirm.

Ein Schatten fiel über ihr Gesicht. Sie ließ die Gabel, die sie gerade zum Mund führen wollte, geräuschvoll auf den Teller fallen. Sie war zutiefst enttäuscht. Obwohl sie die Vorbehalte ihres Bruders kannte, hatte sie nicht mit einer solch heftigen Reaktion gerechnet. Unwillkürlich reckte sie entschlossen ihr Kinn in die Höhe. »Doch, Joshua, das ist mein voller Ernst! Was ist denn deiner Meinung nach so unmöglich daran?« Sie sah ihn mit zusammengekniffenen Augen an.

»Meine Güte, Kit! Darüber haben wir erst kürzlich

gesprochen.« Wieder schüttelte er den Kopf. »Der Mann ist zweiundfünfzig! Und wie alt bist du?« Er schaufelte sich noch ein Stück Apple Crumble auf seinen Teller.

»Na und?« Kitty zuckte mit den Schultern. »Liebe kennt kein Alter, sie ist bedingungslos. Außerdem waren wir damals, als wir uns kennenlernten, *beide* jung. Und ich sehe in Andy einzig und allein den Mann, in den ich mich damals unsterblich verliebt habe. So einfach ist das. Davon abgesehen, sieht er auch heute noch fantastisch aus. Andy ist und bleibt die Liebe meines Lebens.« Sie schenkte Tee nach.

»Aber genau das ist dein Problem!« Josh klatschte in die Hände und zeigte dann mit dem rechten Zeigefinger in ihre Richtung. »Hast du noch nie davon gehört, dass eine unerfüllte Liebe immer die größte zu sein scheint? Du baust dir eine Traumwelt auf, weil du die Realität nicht akzeptieren kannst oder sie nicht akzeptieren willst. Du glaubst, dass das Schicksal dich betrogen hat und versuchst nun mit aller Gewalt, ihm doch noch ein winziges Stück vom verlorenen Glück abzuluchsen.«

Kitty senkte den Kopf. Was sollte sie darauf erwidern? Es war ja nicht alles aus der Luft gegriffen, was Josh sagte. Aber selbst, wenn es so war … hatte sie nicht das Recht auf ein Glück mit dem Mann, den sie liebte?

Tränen brannten in ihren Augen. »Aber was soll ich denn tun? Ich liebe ihn nun mal und möchte mit ihm zusammen sein.« Verzweifelt rang sie die Hände. »Ich kann ihn doch nicht einfach aus meinem Leben verbannen, als hätte es ihn nie gegeben, oder?«

Schulterzuckend strich Josh sich eine Strähne seiner halblangen blonden Haare aus der Stirn. »Vielleicht könntest du ja versuchen, eine Freundschaft mit ihm aufzubauen.«

»Ach Josh«, sagte Kitty entmutigt, »ich habe so sehr gehofft, du würdest zu mir halten, mich und meine Entscheidung unterstützen. Das hast du mir vor Kurzem noch versprochen.«

Sie sah aufrichtiges Mitgefühl in den warmen, braunen Augen ihres Bruders, als er leise sagte: »Natürlich halte ich zu dir, Kit. Nur verstehen kann ich dich nicht. Du hast dein ganzes Leben noch vor dir und verschenkst kostbare Jahre an einen Mann, der doppelt so alt ist wie du und von dem du noch nicht einmal weißt, wie lange er überhaupt noch leben wird.«

Kitty zuckte zusammen, als hätte sie einen Schlag ins Gesicht bekommen. »Wie kannst du nur so hartherzig daherreden, Josh? Andy hat fünfzehn Jahre seines Lebens verloren! Glaubst du nicht, dass er diese verlorene Zeit lieber bei mir gewesen und statt zweiundfünfzig erst fünfundzwanzig Jahre alt wäre?«, flüsterte sie.

»Doch, davon bin auch ich überzeugt«, beschwichtigte Josh. »Und natürlich hatte er kein leichtes Schicksal. Trotz alledem kann er mit seiner verstorbenen Frau nicht total unglücklich gewesen sein. Schließlich war er sieben Jahre mit ihr verheiratet, und wäre sie damals nicht an Krebs erkrankt, so wäre er auch heute noch mit ihr zusammen, oder nicht?«

Ein Schmerz stach in Kittys Brust wie tausend heiße Nadeln. Ihr Bruder hatte einen wunden Punkt getroffen. »Er hatte doch gar keine andere Wahl!« Sie merkte selbst, wie bissig ihre Stimme klang, und etwas ruhiger fügte sie hinzu: »Was hättest denn du an seiner Stelle getan?«

»Wahrscheinlich das Gleiche. Aber dann wäre ich später nicht als Mann mittleren Alters wiederaufgetaucht, um meine erste große Liebe in Konflikte zu stürzen, die ihre Zukunft ruinieren könnten.«

Kitty konnte nicht umhin, ihrem Bruder insgeheim recht zu geben. Andererseits hatte Luke erwähnt, dass Andy nach seiner ersten Begegnung mit ihr völlig durcheinander gewesen sei und daraufhin beschlossen hätte, sie nicht zu kontaktieren. *Sie* war dann diejenige gewesen, die ihn unbedingt ausfindig machen wollte. Und nicht nur *er* hatte *sie*, sondern auch *sie* hatte *ihn* in Konflikte gestürzt.

Jetzt aber war es zu spät für Überlegungen solcher Art. Ihre gegenseitige Liebe hatte Raum und Zeit überlebt, und Kittys Herz flüsterte ihr zu, dass diese Liebe eine Chance verdient hatte, die sie beide ergreifen sollten.

Entschlossen richtete sie sich auf. »Ich habe keinen größeren Wunsch, als mit Andy zusammen zu sein«, sagte sie mit fester Stimme. »Und wenn auch er diesen

Wunsch hat, wird unsere Liebe uns die Kraft geben, gegen sämtliche Vorurteile anzukämpfen und sie zu besiegen. Dessen bin ich mir sicher.«

Josh atmete geräuschvoll aus. Es war ihm anzusehen, dass ihn ihre Worte nicht überzeugt hatten. »Dann kann ich nur noch hoffen, dass er vernünftiger ist als du.«

Was ist, wenn Andy sich trotz seiner Liebe zu mir gegen mich entscheidet?

Dieser Gedanke beunruhigte sie. Schnell verdrängte sie ihn und gab sich alle Mühe, selbstbewusst auszusehen. Sie ging deshalb nicht auf die letzte Bemerkung ihres Bruders ein.

»Danke, dass du gekommen bist, Bruderherz. Und ich kann trotz deiner Vorbehalte mit deiner Unterstützung rechnen?« Sie rang sich ein Lächeln ab.

»Natürlich kannst du mit mir rechnen.« Er breitete seine Arme aus, und erleichtert stürzte Kitty sich hinein.

Zärtlich strich Josh ihr übers Haar. »Habe ich dich denn jemals im Stich gelassen, kleine große Schwester?«

KAPITEL 37

Kitty

Am nächsten Tag konnte Kitty es kaum bis zum Nachmittag erwarten. Trotzdem konzentrierte sie sich zu hundert Prozent auf ihre Arbeit, um eine erneute Konfrontation mit ihrer Chefin zu vermeiden.

Endlich war der Arbeitstag zu Ende, und sie machte sich direkt vom Büro aus auf den Weg. Heute würde sie ihren Plan in die Tat umsetzen und Andy einen Heiratsantrag machen. Natürlich wäre es viel romantischer, wenn er *sie* bitten würde, seine Frau zu werden. Aber da dies aufgrund seiner Skrupel niemals geschehen würde, musste eben *sie* die Initiative ergreifen.

Allerdings gab es eine große Hürde, die es zu überwinden galt. Kitty musste damit rechnen, dass Luke sich gegen sie stellen würde. Sein Verhalten, als er Andy und sie beim Küssen ertappt hatte, gab Anlass zu den schlimmsten Befürchtungen. Auch wenn er sich danach zu ihrer Überraschung versöhnlich gezeigt hatte.

Kitty straffte unwillkürlich die Schultern, bevor sie

ihren Finger auf die Türglocke drückte. Ihr Herzschlag beschleunigte sich, als sie Schritte hörte.

Bleib ganz ruhig. Was kann denn schon passieren? Schließlich kann Luke nicht über das Leben seines Vaters bestimmen.

Mutig richtete sie sich kerzengerade auf, als Luke auch schon die Tür öffnete.

»Komm rein.« Er schenkte ihr ein Lächeln und trat beiseite. »Dad wartet schon mit dem Tee auf dich. Sorry, aber ich steck bis zum Hals in Arbeit.« Mit diesen Worten sprang er die Treppe hoch in den ersten Stock.

Kitty blickte ihm kopfschüttelnd nach und öffnete die Tür zum Wohnzimmer.

»Guten Tag, Andy.« Strahlend hüpfte sie auf ihn zu und beugte sich zu ihm hinab, um ihm einen Kuss zu geben. Schnell drehte er seinen Kopf zur Seite, sodass ihr Mund nur flüchtig seine Wange streifte.

»Guten Tag, mein Mädchen«, begrüßte er sie wieder in diesem gewollt väterlichen Tonfall.

Genervt rollte sie mit den Augen. Was sollte dieses ewige Hin und Her?

»Guten Tag, Daddy«, konterte sie spöttisch. »Gestern warst du noch …«

»Bitte, setz dich, Kitty«, wurde sie sogleich von Andy unterbrochen. »Lass uns jetzt erst mal eine schöne Tasse Tee zusammen trinken.«

Enttäuscht von dieser unerwarteten Begrüßung ließ Kitty sich in ihren Sessel fallen, lehnte sich zurück und verschränkte die Hände im Schoß. Hatte er ihr nicht erst gestern seine Liebe beteuert? Was für ein Spiel spielte er eigentlich mit ihr?

Andy schenkte den Tee ein und hielt ihr die Gebäckschale hin. »Du magst doch Shortbread?«, fragte er lächelnd.

»O ja, ich liebe Shortbread!«, ging sie auf seinen leichten Plauderton ein und schenkte ihm ein strahlendes Lächeln. Sie nahm ein Stück und biss genüsslich ab.

Nach dem Tee war schließlich noch genügend Zeit, um mit Andy über ihren Plan zu sprechen.

Eine Viertelstunde später hielt sie es nicht mehr aus, sprang hoch und setzte sich dicht neben Andy auf die Couch. »Willst du mich heiraten?«, platzte sie atemlos heraus und schlang beide Arme um seinen Hals.

Andy schien für einen kurzen Moment überrumpelt. Dann aber versuchte er, ihre Arme wegzudrücken, was ihm jedoch nicht sofort gelang.

»O nein, Andrew Parker, dieses Mal stößt du mich nicht von dir fort!«, rief Kitty entschlossen. »Erst gestern hast du gesagt, dass du mich liebst. Und du weißt, dass auch ich dich liebe. Was hindert uns also daran zu heiraten und glücklich miteinander zu werden?« Sie zog seinen Kopf zu sich heran und drückte zärtlich ihre Lippen auf seinen Mund.

Andy schien für einen kurzen Moment wie gelähmt, stieß sie dann jedoch mit einer solchen Heftigkeit von sich, dass sie beinahe von der Couch gefallen wäre.

»Nein, ich kann das nicht, hörst du!« Verzweifelt rang er die Hände. »Es wäre nicht richtig, dich an mich zu binden. Wir hätten keine Zukunft.«

Völlig verstört schnellte Kitty in die Höhe und starrte ihn an. Auf eine solch heftige Abfuhr war sie nicht gefasst gewesen. »Mir würde sie genügen ... ich meine ... die Zeit, die wir zusammen hätten, wäre genug für mich«, sagte sie tonlos. Von einem plötzlichen Schwindel erfasst, stolperte sie einige Schritte rückwärts, hielt sich an der Tischkante fest und ließ sich dann zurück in den Sessel fallen.

»Ach Kitty, es geht ja nicht nur um uns«, rief Andy verzweifelt. »Schließlich leben wir nicht allein auf dieser Welt. Das musst du doch verstehen.« Er stützte die Ellbogen auf den Tisch und verbarg sein Gesicht in den Händen.

»Ja, das verstehe ich.« Kalter Schweiß hatte sich auf ihrer Stirn gebildet. »Möchtest du, dass ich gehe?«, fragte sie mit gesenktem Kopf.

»Ja, ich glaube, es ist besser für uns beide, wenn du jetzt gehst.« Andys Stimme zitterte.

Kitty hob den Blick. Ihre Augen bohrten sich wie spitze Messer in die seinen. »Für immer? Willst du, dass ich für immer gehe?« Vor Erregung krallten sich ihre Finger fest um ihre Schenkel.

Andy zögerte. Er schien mit sich zu kämpfen. »Nein«, sagte er dann mit einem rauen Unterton in der Stimme.

»Nein, natürlich nicht.« Er räusperte sich. »Aber ich brauche ein paar Tage Zeit, um in Ruhe über alles nachzudenken. Bitte, versteh das.«

»Okay, ich verstehe.« Kittys Herz lag schwer wie ein Mühlstein in ihrer Brust. Sie stand auf und verließ das Zimmer, ohne sich noch einmal umzudrehen. Dann rannte sie durch den Flur auf die Haustür zu. Aus den Augenwinkeln sah sie Luke auf dem Treppenabsatz stehen. Hatte er etwa gelauscht? Na, und wenn schon. Sie tat, als hätte sie ihn nicht gesehen und hetzte nach draußen. Erst als sie auf ihrem Bike saß, löste sich die Anspannung, und sie ließ ihren Tränen freien Lauf.

KAPITEL 38

Luke

L uke hatte eigentlich in seinem Arbeitszimmer bleiben wollen, um an seinem Artikel zu schreiben. Doch irgendwie schaffte er es heute nicht, sich zu konzentrieren und beschloss, nach unten zu gehen und sich einen Tee aufzubrühen. Er hatte den Fuß bereits auf die letzte Stufe gesetzt, als er Kittys aufgeregte Stimme hörte. Sie sprach so laut, dass Luke nicht umhinkonnte, jedes einzelne ihrer Worte zu verstehen. Und was er da hörte, war wie ein Schlag ins Gesicht. Kitty machte seinem Vater wirklich und wahrhaftig einen Heiratsantrag!

Luke blieb wie erstarrt auf dem Treppenabsatz stehen. Sein Herz pochte schmerzhaft gegen seine Rippen, während er auf die Antwort seines Dads wartete. Angestrengt lauschte er, konnte aber nichts hören. Vor lauter Anspannung krallte sich seine Hand so fest um das Treppengeländer, dass die Knöchel weiß hervorstachen. Nach einigen endlos scheinenden Sekunden vernahm er wieder Kittys Stimme. »O nein, Andrew Parker, dieses

Mal stößt du mich nicht von dir fort«, rief sie laut aus. Dann wurde ihre Stimme leiser, und Luke hielt den Atem an. Auch wenn er akustisch nicht jedes Wort verstand, so war es doch genug, um zu erkennen, wie ernst es ihr damit war, seinen Dad zu heiraten. Und dabei hatte Luke gedacht, sie hätte sich seinen Vater inzwischen aus dem Kopf geschlagen, nachdem er kürzlich mit ihr gesprochen hatte. Nun, offensichtlich hatte er sich getäuscht. Er drehte sich um und schlich mit hängendem Kopf die Treppe hinauf. Er könnte jetzt statt Tee eher einen Whisky vertragen.

Da! Die Stimme seines Dads drang laut an sein Ohr: »Nein, ich kann das nicht, hörst du.« Es klang wie ein verzweifelter Aufschrei.

Luke zuckte zurück, verharrte wie versteinert auf dem oberen Treppenabsatz und horchte angestrengt. Sein Dad sprach unvermindert laut weiter, sodass er jedes Wort deutlich hören konnte. »Es wäre nicht richtig, dich an mich zu binden. Wir hätten keine Zukunft.«

Luke stieß einen erleichterten Seufzer aus. *Endlich ist Dad vernünftig geworden.*

Wenige Augenblicke später sagte Kitty leise etwas, was er aber nicht verstehen konnte. Beide sprachen so leise, dass er nur ein undeutliches Gemurmel vernahm. Dann schnappte er ein paar Wortfetzen auf. »Ja ... besser für uns beide ...« Es war die Stimme seines Dads.

Luke stand da wie angewurzelt. Aber so sehr er sich auch anstrengte, er bekam nichts von dem mit, was

Kitty sagte. Einige Sekunden lang herrschte vollkommene Stille, bis sein Dad irgendetwas murmelte.

Er erschrak beinahe zu Tode, als urplötzlich die Wohnzimmertür aufgerissen wurde und Kitty herausstürmte. Er hatte keine Gelegenheit, sich vor ihr zu verbergen. Doch sie schien ihn ohnehin nicht zu bemerken, denn sie brauste durch den Flur zur Haustür und ohne nach rechts oder links zu blicken, schnurstracks nach draußen.

Luke brauchte minutenlang, um sich von dem Schrecken zu erholen. Dann bewegte er sich langsam und nachdenklich durch den Flur aufs Wohnzimmer zu. Er machte sich jetzt ernsthafte Sorgen um seinen Vater. Die Situation schien eskaliert zu sein, sonst wäre Kitty nicht so kopflos davongerannt.

Zaghaft klopfte er an die Tür, bevor er sie leise öffnete und eintrat. Sein Dad saß völlig zusammengesunken auf dem Sofa, den Kopf in beide Hände gestützt.

Eine Welle des Mitleids stieg in Luke auf. »Dad, was ist geschehen?«, fragte er und merkte selbst, wie schuldbewusst seine Stimme klang. Er schämte sich zutiefst, dass er seinen Dad und Kitty belauscht hatte. Schließlich ging es ihn nicht das Geringste an, was die beiden miteinander zu besprechen hatten.

Die Hände seines Vaters sanken herab in seinen Schoß. Er hob den Kopf und blickte ihn an.

Luke schluckte, weil er plötzlich einen Kloß im Hals hatte. Die Augen seines Dads waren voller Tränen, die langsam über seine Wangen flossen und auf seine Hände tropften.

»Sie ist fort, mein Junge.« Seine Stimme klang brüchig. »Das ist es doch, was du gewollt hast, nicht wahr?«

Luke biss sich auf die Lippen und schwieg. Was sollte er auch darauf antworten? Etwa, wie heilfroh er war, dass aus Kitty und seinem Vater kein Paar werden würde, er andererseits aber nicht wollte, dass sie aus seinem eigenen Leben verschwand?

Sein Dad zog ein Taschentuch aus der Hosentasche, wischte sich die Tränen von den Wangen und putzte sich die Nase. »Komm, setz dich zu mir, Luke«, sagte er dann und zeigte auf den Sessel, in dem noch kurz zuvor Kitty gesessen hatte. »Lass uns reden. Du möchtest doch sicher immer noch wissen, was passiert ist, oder?«

Luke stieg das Blut in den Kopf. Er hatte völlig vergessen, dass Dad nicht wissen konnte, dass er gelauscht und bereits das Wesentliche mitbekommen hatte. »Ja, natürlich möchte ich wissen, was zwischen euch vorgefallen ist, Dad«, beeilte er sich zu sagen. Hoffentlich stand ihm sein schlechtes Gewissen nicht ins Gesicht geschrieben. Zögernd setzte er sich und sah seinen Vater fragend an.

Dieser räusperte sich. »Also ... Kitty hat mir einen Heiratsantrag gemacht, und ich habe ihn abgelehnt.«

Luke zog gespielt überrascht seine Brauen hoch. »Ach, wirklich? Wie kam sie denn bloß auf eine solch absurde Idee? Das ist ja unfassbar.« Er merkte selbst, wie wenig überzeugend er klang, und schnell fügte er hinzu: »Immerhin könntest du fast ihr Großvater sein!« Es war Luke völlig klar, dass er maßlos übertrieb. Aber mit stiller Genugtuung registrierte er, dass sein Dad wie unter einem Peitschenhieb zusammenzuckte. »Findest du das wirklich so unmöglich?«, krächzte er heiser.

Das kann er doch jetzt nicht im Ernst fragen. »Dad, also bitte …«, setzte er an.

»Ich meine, schließlich haben Kitty und ich uns damals geliebt.«

Luke schüttelte entsetzt den Kopf. »Ja, aber da warst du doch noch jung!« Er merkte, dass sich Schweißtropfen auf seiner Stirn bildeten.

Das darf ja wohl nicht wahr sein! Er denkt wirklich darüber nach, sie zu heiraten!

Sein Dad nickte. »Ja, ich weiß. Und jetzt bin ich um viele Jahre älter als Kitty. Aber ich fühle tief im Herzen, dass sie mich trotz alledem noch immer aufrichtig liebt.« Seufzend strich er mit beiden Händen durch sein dichtes Haar.

»Du denkst also tatsächlich darüber nach, sie zu heiraten?«, fragte Luke mit zusammengekniffenen Augen.

Sein Vater runzelte die Stirn. »Um ehrlich zu sein, mein Junge, ich weiß nicht, was ich tun soll.«

»Pfff …« Luke schnaubte, stand auf und ging zur Tür. »Ich mache uns jetzt erst mal Abendbrot. Bitte, Dad, denk noch mal in Ruhe und vernünftig über alles nach.

Ich hoffe, du triffst die richtige Entscheidung.« Die Hand schon auf der Klinke, drehte er sich noch einmal um. Er öffnete den Mund, schluckte jedoch im letzten Moment hinunter, was ihm auf der Zunge lag.

Wenn du meinen Rat hören möchtest, Dad. Schlag dir Kitty ein für allemal aus dem Kopf.

KAPITEL 39

Kitty

K itty lag mit versteinertem Gesicht auf ihrem Bett und starrte Löcher in die Luft. Sie war unendlich traurig und wütend zugleich. Auf Andy, auf Luke und sogar auf Josh. Aber vor allem war sie wütend auf sich selbst.

Vielleicht hatten ja alle recht, und sie hatte sich in eine Idee verrannt, die nie und nimmer funktionieren konnte. Sie musste der Wahrheit ins Auge sehen und sich endlich damit abfinden, dass es für Andy und sie keine Zukunft gab. Daran hatte er heute keinen Zweifel gelassen.

Sie hatte sich wie ein dickköpfiges kleines Mädchen benommen, das unbedingt mit dem Kopf durch die Wand wollte. Dabei verstand sie Andy und alle anderen nur zu gut. Natürlich war auch ihr klar, dass die meisten Menschen die Verbindung eines älteren Mannes mit einer viel jüngeren Frau ablehnten oder doch zumindest mit gemischten Gefühlen betrachteten.

Welche Reaktion hatte sie denn von den anderen

erwartet? Ja, wie hätten ihre Eltern darauf reagiert, wenn sie noch am Leben wären? Ihre Mum wäre jetzt erst vierundvierzig und ihr Dad siebenundvierzig Jahre alt. Was hätte *er* von einem Schwiegersohn gehalten, der fünf Jahre älter wäre als er selbst? Sicher, ihre Eltern hatten den jungen Andy flüchtig gekannt. Aber im Hinblick auf die jetzige Situation hätten sie genau wie alle anderen versucht, ihr diese Heirat auszureden.

Aber so sehr Kitty sich auch bemühte, die Sache aus der Perspektive anderer zu betrachten, ihr Herz gewann immer wieder die Oberhand. Ihr fiel ein Senryû ein, das ihre Mum vor langer Zeit geschrieben hatte. Kitty hatte es nach ihrem Tod in einem ihrer Gedichtbände gefunden.

Wenn dein Herz flüstert,
verstummt die laute Stimme
deines Verstandes.

Diese Verse drückten haargenau Kittys widersprüchliche Gefühle aus. Sie griff nach ihrem Handy und fing an, eine SMS einzutippen. Dann zögerte sie. Vielleicht sollte sie Andy lieber anrufen? Es war immerhin möglich, dass er sein Verhalten inzwischen bereut hatte und sehnsüchtig auf ihren Anruf wartete.

Nein! Entschlossen legte sie das Handy beiseite. Es wäre zu verletzend und demütigend, wenn er sie jetzt auch noch wegdrücken würde. Schließlich hatte er ihr klipp und klar zu verstehen gegeben, dass er Zeit zum Nachdenken brauchte. Das musste sie respektieren, auch wenn es ihr noch so schwerfiel.

Kittys Augen füllten sich mit Tränen, die sie aber tapfer zurückdrängte. Ihr Herz lag schwer wie ein Klumpen Blei in ihrer Brust. Stunde um Stunde wälzte sie sich schlaflos im Bett herum, bis sie nahe daran war, eine Panikattacke zu bekommen. Sie stand auf, kochte sich eine Kanne Tee und saß dann grübelnd in der Küche, bis der Morgen graute.

Mit steifen Gliedern und dunklen Ringen unter den Augen rief sie um Punkt 8:00 Uhr im Verlag an und meldete sich krank.

KAPITEL 40

Andy

Vater und Sohn sprachen während des Abendessens kein einziges Wort miteinander. Andy fürchtete sich davor, das leidige Thema erneut aufzugreifen und vermutete, dass es seinem Sohn ebenso ging.

Nachdem Luke ein undeutliches »Gute Nacht, Dad« gemurmelt und einen flüchtigen Kuss auf seine Wange gehaucht hatte, zog er sich nach oben in sein Apartment zurück.

Andy blieb noch eine Zeitlang im Wohnzimmer sitzen. Schweren Herzens ließ er den heutigen Tag noch einmal Revue passieren.

Kitty hatte ihn mit ihrem spontanen Heiratsantrag völlig überfordert. Ihre kindliche Euphorie hatte ihn erschreckt und gleichzeitig berührt. Ihre großen grünbraunen Augen hatten ihn voller Liebe angestrahlt. Und im ersten Moment hatte sein Herz ebenso spontan »Ja« geflüstert. Er hätte sich beinahe fallenlassen. Dann aber hatte mit aller Vehemenz sein Verstand eingesetzt. Mit Unbehagen dachte er daran, dass er Kitty so grob von sich gestoßen hatte, dass sie fast von der Couch gefallen wäre.

Unglücklich schlug er die Hände vors Gesicht. Nie würde er ihren verstörten Blick vergessen. Er hatte die Frau, die er liebte, mit seinem abweisenden Verhalten tief verletzt.

Ein abgrundtiefer Seufzer entrang sich seiner Brust. Warum nur hatte er Kitty und sich selbst in eine solche Situation gebracht? Es war egoistisch und verantwortungslos von ihm gewesen, hierher nach Eastbourne zu kommen und in ihr Leben einzubrechen.

Mit schleppenden Schritten schlurfte er ins Bad und bald danach zu Bett. Er goss sich aus der Karaffe, die auf seinem Nachtschränkchen stand, etwas Wasser ins Glas und schluckte seine Medikamente. Obwohl er viel zu aufgeregt war, um schlafen zu können, legte er sich hin und schaltete das Licht aus. Mit offenen Augen starrte er die Decke an. Seine Gedanken wanderten zu seinem Sohn und zu dem, was er gesagt hatte. Nur allzu deutlich hatte auch Luke ihm seinen Standpunkt klargemacht.

Andy schaltete die Nachttischlampe wieder an, griff nach seinem Handy, das immer noch eingeschaltet auf dem Nachttisch lag, und öffnete seine Kontakte. Er sehnte sich mit jeder Faser seines Herzens nach Kitty. Unschlüssig starrte er ihren Namen auf dem Display an. Vielleicht lag auch sie schlaflos in ihrem Bett und wartete sehnsüchtig auf eine Nachricht von ihm. Vielleicht aber auch nicht, denn warum sollte sie das tun? Immerhin hatte er sie fortgeschickt mit der Begründung, einige Tage über alles nachdenken zu müssen. Er legte das Handy zurück auf den Nachttisch und löschte das Licht.

Unruhig wälzte er sich von einer Seite auf die andere. Vielleicht sollte er Kitty einfach die ganze Wahrheit sagen. Ihr sagen, dass es nicht allein der Altersunterschied zwischen ihnen war, der ihn von einer Eheschließung mit ihr abhielt. Es war auch nicht nur die Einstellung Lukes oder die irgendeiner anderen Person. Es gab noch etwas ganz anderes! Etwas in der Vergangenheit, das seinen Vater betraf und das ihn seit über drei Jahren quälte.

Er würde sich möglichst bald zu einer Entscheidung durchringen müssen. Das war er Kitty schuldig, und er liebte sie viel zu sehr, um sie unnötig lange warten zu lassen.

Kapitel 41

Kitty

Kitty blieb auch am zweiten Tag zu Hause. Sie hatte in den letzten beiden Nächten kaum geschlafen, wie ein Spatz gegessen und fühlte sich sowohl physisch als auch psychisch zu schwach für die Arbeit im Verlag.

Pamela Clarke, ihre Chefin, wünschte ihr gute Besserung und gab ihr den Rat, am nächsten Tag zum Arzt zu gehen, sofern es ihr bis dahin nicht besser ginge.

Vermutlich würde es das nicht ...

Kitty lag eingerollt wie ein Embryo in ihrem Bett und fixierte einen Punkt an der Wand. Ihre Gedanken drehten sich im Kreis, und alle fünf Minuten blickte sie auf ihr Handy, das neben ihr auf dem Kopfkissen lag. Als es plötzlich summte, schnellte sie hoch.

Andy, endlich!, schoss es wie ein Blitz durch ihren Kopf.

Aufgeregt blickte sie aufs Display, aber ...

Fehlanzeige ...

Tränen stiegen ihr in die Augen, als sie sah, dass es Josh war, der ihr eine Nachricht geschickt hatte.

Hey Schwesterlein. Wie ist es gelaufen? Melde dich, wenn
du Zeit und Lust auf einen Chat hast.
Hab dich lieb. Josh xxxxx

Enttäuscht, dass es nicht Andy war, tippte Kitty eine knappe Antwort.

Hi Josh. Bin beschäftigt. Melde mich in Kürze.
Alles Liebe, Kit xxx

Energisch wischte sie sich die Tränen von den Wangen. Wie dumm und kindisch sie gewesen war. Josh hatte völlig recht, wenn er sagte, dass sie in einer Traumwelt lebte, weil sie die Realität nicht akzeptieren wollte. Auch Danny hatte ihr vor einigen Jahren etwas Ähnliches gesagt.

Je länger sie über alles nachdachte, umso mehr kam sie zu der Überzeugung, dass sie Andy zuliebe ihre eigenen Wünsche zurückstellen müsste. Wenn sie ihn wirklich aufrichtig liebte, würde sie seine Sicht der Dinge respektieren und versuchen, eine freundschaftliche Beziehung mit ihm aufzubauen. Die Hauptsache war doch, dass sie, solange er sie brauchte, in seiner Nähe sein und ihm zur Seite stehen konnte. Wie auch immer Andys Entscheidung ausfiele, sie würde sie auf jeden Fall akzeptieren.

Mitten in ihre Gedanken hinein summte ihr Handy.

In der festen Überzeugung, dass es wieder Josh war, griff sie mit einem widerwilligen »Was will er denn jetzt noch« nach ihrem Handy und ... ihr Herz setzte einen Schlag aus.

O mein Gott, es ist Andy!

Mit zitternden Fingern öffnete sie die Nachricht. Ihre Augen weiteten sich ungläubig, als sie die Worte las.

Meine geliebte Kitty. Es tut mir unsagbar leid, dass ich dir so weh getan habe. Ich habe mich mit aller Kraft gegen meine wahren Gefühle gewehrt und darum Dinge gesagt und getan, die ich jetzt bitter bereue. Ich liebe dich. Bitte, verzeih mir.

Für immer, Dein Andy xxxxxxx

Wie von einer Tarantel gestochen sprang Kitty aus dem Bett und unter die Dusche. Es war gerade eine knappe halbe Stunde vergangen, als sie auf ihrem Rad saß und wie verrückt in die Pedale trat.

Als sie endlich vor der Haustür stand, strich sie sich ihre Locken aus dem verschwitzten Gesicht, zog ihr T-Shirt glatt und atmete ein paarmal tief ein und aus. Auf keinen Fall wollte sie, dass Luke merkte, wie aufgeregt sie war. Dann klingelte sie und wartete mit wild pochendem Herzen.

Endlich hörte sie Schritte, und kurz darauf stand sie Luke gegenüber, der sie überrascht anstarrte, aber keine Anstalten machte, sie eintreten zu lassen.

»Hey Luke, willst du mich nicht reinlassen?«, fragte sie belustigt. »Dein Dad erwartet mich.«

»Ach so ... ja, das hat er mir gar nicht gesagt«, kam die zögernde Antwort. »Na, dann komm mal rein.« Er trat beiseite und schritt vor ihr her zum Wohnzimmer.

»Danke schön«, zwitscherte Kitty fröhlich und schenkte ihm ihr schönstes Lächeln. Dann hüpfte sie leichtfüßig an Luke vorbei ins Zimmer.

Andy stand auf und kam ihr lächelnd entgegen. »Ich freue mich, dass du gekommen bist, Kitty.« Seine sanfte Stimme vibrierte.

Luke stand unschlüssig im Türrahmen. »Ich hab vorhin Tee gekocht. Möchtet ihr auch eine Tasse?« Er blickte seinen Vater fragend an.

»Nein, danke«, entgegnete Andy. »Aber Kitty ...«

»Ich habe zu Hause schon eine Tasse getrunken«, unterbrach Kitty ungeduldig und wippte mit den Fußspitzen auf und ab.

»Okay. Ich hab auch noch jede Menge Arbeit.«

Bevor Luke die Tür hinter sich schloss, fing Kitty noch einen sonderbaren Blick von ihm auf. Irritiert runzelte sie die Stirn und sah fragend in Andys Richtung.

»Komm zu mir, mein Herz«, bat er leise und breitete die Arme aus. »Ich hatte solche Sehnsucht nach dir.«

Tränen des Glücks schossen in Kittys Augen.

Mit einem Satz war sie bei ihm und warf sich in seine Arme. »Ich habe so gehofft, das von dir zu hören.« Ihre Stimme bebte.

Statt einer Antwort, küsste Andy ihre zitternden Lippen. Es war ein Kuss voller Zärtlichkeit und Leidenschaft.

Kitty schloss die Augen und versank in dem wunderbaren Gefühl, wieder in Cornwall zu sein – in »ihrer« kleinen Bucht vor der Höhle, wo sie und Andy sich zum ersten Mal geküsst hatten.

»Kitty, meine Kitty«, flüsterte Andy an ihrem Ohr. »Ich liebe dich über alles. Willst du meine Frau werden?«

»O ja, Andy, natürlich will ich«, rief sie, halb lachend, halb weinend.

Die Zeit schien an diesem Abend stillzustehen. Kitty und Andy schmiedeten eifrig Pläne für ihre bevorstehende Hochzeit, lachten und scherzten miteinander und erinnerten sich gegenseitig an ihre gemeinsamen Erlebnisse in Cornwall. Alles mutete beinahe so an wie damals, als sie beide noch Teenager gewesen waren.

Andys Gesicht strahlte, die Sorgenfalten schienen wie weggebügelt. Er sah dem jungen Mann von damals so ähnlich, dass Kitty ihn nicht nur einmal glücklich staunend betrachtete.

Zu vorgerückter Stunde warf sie einen kurzen Blick auf ihre Armbanduhr. »Wow, so spät schon! Morgen muss ich früh raus. Die letzten zwei Tage hatte ich mich krankgemeldet. Liebeskummer, weißt du.« Sie knuffte ihn in die Seite. »Da ist bestimmt jede Menge Arbeit

liegengeblieben. Wahrscheinlich kann ich erst über-
morgen wieder herkommen.«

Andy machte ein enttäuschtes Gesicht. »Ob ich es *so*
lange ohne dich aushalte?«, fragte er und drückte sie fest
an sich. »Noch ein halbes Stündchen, dann lass ich dich
gehen.«

Kitty lachte. »Luke wird sich bestimmt schon wundern, wie lange ich schon wieder hier bin. Vielleicht
solltest du ihn heute noch in unsere Heiratspläne ein-
weihen. Was meinst du?«

»Nein.« Andy schüttelte den Kopf. »Bitte, lass uns
damit noch etwas warten. Du kennst doch seine Meinung zu dem Thema.«

Kitty zog die Augenbrauen hoch. »Klar kenne ich die.
Und ich verstehe auch, dass dir das zu schaffen macht.
Aber ich finde, dass Luke kein Recht hat, sich einzu-
mischen. Es ist *dein* und *mein* Leben, nicht Lukes.
Früher oder später wirst du es ihm ohnehin sagen
müssen.«

Andy legte seinen Arm um ihre Schulter. »Schon gut,
Liebling, ich sag's ihm gleich morgen früh. Heute Abend
ist es zu spät, finde ich. Vermutlich ist Luke schon längst
zu Bett gegangen.« Er seufzte. »Aber du hast vollkommen recht. Es ist *unser* Leben, und nur wir beide
entscheiden, was gut für uns ist.«

Kapitel 42

Luke

Luke war entsetzt, als er am nächsten Morgen beim Frühstück von der Entscheidung seines Dads erfuhr, Kitty nun doch zu heiraten.

Das Messer, mit dem er gerade Butter auf eine Brötchenhälfte strich, fiel ihm aus der Hand und landete klirrend auf seinem Teller. Ihm war schlagartig der Appetit vergangen. Geräuschvoll schob er sein Frühstücksgedeck beiseite.

»Du weißt ja nicht, was du tust, Dad! Ich hatte gehofft, dass du dir alles noch mal gründlich überlegen und zur Vernunft kommen würdest.« Er schüttelte den Kopf. »Ich kann's nicht fassen. Hast du auch nur einen Augenblick darüber nachgedacht, was Amy dazu sagen wird?« Er lehnte sich vor und fixierte seinen Dad, die Augen zu schmalen Schlitzen zusammengekniffen.

»Ich habe Amy vorgestern Abend angerufen und mit ihr über meinen Konflikt gesprochen.« Die Stimme seines Dads zitterte. »Sie hatte nicht annähernd so viel dagegen einzuwenden wie du. Es war ein gutes

Gespräch, und deine Schwester gab mir letztlich den Rat, auf mein Herz zu hören.« Er holte tief Luft und hob bittend die Hände. »Gönn du mir doch auch das bisschen Glück. Ich liebe Kitty, und sie liebt mich.«

Lukes Gesicht lief rot an. Er hieb mit der Faust auf den Tisch. »Und was ist mit Mum? Hast du für *sie* überhaupt nichts empfunden?«, fauchte er seinen Vater an. »Ihr wart sieben Jahre miteinander verheiratet, hattet zwei Kinder zusammen! Wir waren eine glückliche Familie. Hat dir das denn gar nichts bedeutet?«

Die Schultern seines Vaters sanken herab. »Wie kannst du mich nur so etwas fragen, Luke?«, presste er mit rauer Stimme hervor. »Du weißt genau, dass ich dich und Amy über alles liebe.« Er fuhr sich mit zitternden Händen durchs Haar. »Und natürlich habe ich auch eure Mutter lieb gehabt, aber eben auf eine völlig andere Weise als ich Kitty liebe. Und sie hat das von Anfang an gewusst. Ich war immer ehrlich zu ihr, habe nichts beschönigt. Eure Mum hätte nichts dagegen, dass Kitty und ich ...«

»Aber ihr lebt doch nicht allein auf diesem Planeten!«, schnitt Luke seinem Vater das Wort ab. »Da sind Jacob und seine Eltern, Freunde, Bekannte und Kollegen. Hast du auch nur ein einziges Mal darüber nachgedacht, was sie alle von dir denken werden?« Er sprang auf, rannte mit Riesenschritten zum Fenster, riss es auf und atmete ein paarmal tief durch.

»Mein ganzes Leben lang habe ich immer nur an

andere gedacht«, erklang die müde Stimme seines Vaters hinter seinem Rücken. »An dich, deine Schwester, eure Mutter ... ja, und später auch an Bonnie.«

Luke starrte schweigend aus dem Fenster.

»Nach dem Tod eurer Mum bin ich allein geblieben, zwölf lange Jahre, mein Sohn. Denkst du nicht, dass ich das Recht habe, auch einmal nur an *mich* zu denken?«

Jetzt drehte Luke sich um, schloss das Fenster, kam zurück zum Tisch und setzte sich.

»Du hättest doch irgendwann wieder heiraten können, eine Frau in deinem Alter zum Beispiel«, erwiderte er mit schneidender Stimme und wies herausfordernd mit dem rechten Zeigefinger auf seinen Dad.

»Ach ja? Hätte ich das? Du wirst dich hoffentlich noch daran erinnern, dass du und auch deine Schwester jedes weibliche Wesen, das auch nur in meine Nähe kam, sofort vergrault habt.«

»Ach Dad, hör bitte auf mit dem Theater!«, ereiferte sich Luke, und die Adern an seinen Schläfen schwollen an. »In Wahrheit hast du dich niemals wirklich für irgendeine andere Frau interessiert! Die Wahrheit ist, dass du seit Mums Tod nur sehnsüchtig darauf gewartet hast, dass deine über alles geliebte Kitty endlich erwachsen wird, damit du mit *ihr* zusammen sein kannst.« Lukes Stimme wurde lauter. »Gib's wenigstens zu! Das, was du jetzt mit ihr treibst, war doch von Anfang an deine ...«

»Wie kannst du so mit mir reden! Schämst du dich

eigentlich nicht, deinem eigenen Vater so etwas zu unterstellen?« Sein Dad zitterte am ganzen Körper. »Du weißt genau, wann und warum ich den Entschluss gefasst habe, nach Eastbourne zu ziehen. Und nun lass mich bitte allein.« Sein Gesicht war aschfahl geworden. Seine rechte Hand griff an sein Herz.

Sofort regte sich Lukes Gewissen. Er wusste, dass er zu weit gegangen war. Und was das Schlimmste war … ihm war vollkommen klar, dass er seinem Vater Unrecht getan hatte. Er eilte zum Schrank, nahm die Schachtel mit dem Herzmedikament heraus, drückte eine Kapsel aus dem Blister. »Hier, Dad«, krächzte er, füllte etwas Wasser in ein Glas und hielt ihm beides hin. »Bitte, verzeih mir. Ich hab das nicht so gemeint. Ich weiß doch, dass du …« Er stockte, weil er nicht die richtigen Worte fand.

Sein Vater schluckte das Medikament und stellte das Glas zurück auf den Tisch. »Bitte, lass mich jetzt allein«, wiederholte er und drehte Luke den Rücken zu.

KAPITEL 43

Luke

Schweren Herzens verließ Luke das Zimmer, schleppte sich nach oben in seine Wohnung und sank seufzend auf einen Stuhl. Was hatte er sich bloß dabei gedacht, seinen Vater derart anzugehen? Er wusste doch ganz genau, dass die geringste Aufregung Gift für sein schwaches Herz war.

Erinnerungen blitzten vor Lukes innerem Auge auf. Nach dem Tod seiner Mum war sein Dad allein geblieben. Er hatte ein völlig zurückgezogenes Leben geführt und sich von früh morgens bis spät abends in seiner Arbeit vergraben. Sein Herzinfarkt war wahrscheinlich nur die logische Konsequenz dieser freudlosen Lebensweise gewesen.

Als er dann diese niederschmetternde Diagnose bekommen hatte, war er am Boden zerstört und tagelang nicht ansprechbar gewesen. Erst eine geraume Weile danach war ihm der Gedanke gekommen, Kontakt zu Kitty aufzunehmen. Eines Morgens beim Frühstück hatte er Luke seinen Entschluss mitgeteilt, sich in

Eastbourne nach einem Haus umsehen zu wollen.

»Ich weiß nicht, wie viel Zeit mir noch bleibt«, hatte er gesagt. »Vielleicht sind es noch einige Jahre, vielleicht aber auch nur wenige Monate. Darum möchte ich unbedingt Kitty wiedersehen, ihr erklären, warum ich mein Versprechen nicht eingehalten habe und sie um Verzeihung bitten.« Er hatte seine Hände gefaltet und leise hinzugefügt: »Ich bete zu Gott, dass es ihr gut geht und sie glücklich geworden ist.«

Bei der Erinnerung an diese Worte seines Vaters schlug Luke die Hände vors Gesicht. Tränen brannten in seinen Augen.

Dad hat völlig recht. Wie konnte ich ihm nur unterstellen, er hätte von Anfang an vorgehabt, mit Kitty eine Beziehung einzugehen?

Damit hatte er seinem Dad ebenso Unrecht getan wie mit dem Vorwurf, er hätte nichts für Mum empfunden. Beide Anschuldigungen waren völlig aus der Luft gegriffen und entsprangen tatsächlich einem tief in ihm schlummernden Groll. Der unterdrückte Groll, dass sein Dad sich damals in das Mädchen aus der Zukunft verliebt hatte und darum nicht von Anfang an für ihn, Amy und seine Mum da gewesen war.

Lukes Gedanken flogen zurück zu dem Tag, als sein Dad wie aus dem Nichts wiederaufgetaucht war. Er hatte Amy und ihm in Anwesenheit ihrer Mum diese abstruse Geschichte von seinem Sprung in die Zukunft erzählt und ihnen als Beweis das Foto des Mädchens gezeigt.

Noch heute erinnerte Luke sich an dieses brennende Gefühl der Eifersucht, das er beim Betrachten des Fotos empfunden hatte. Vom ersten Augenblick an hatte er seinen Dad abgöttisch geliebt und lange mit der Tatsache gehadert, dass dieser eine andere Frau anscheinend mehr liebte als seine Mum.

Erst viel später, nachdem Luke seine eigenen Erfahrungen gemacht hatte und seine erste ernsthafte Liebesbeziehung in die Brüche gegangen war, hatte er die Gefühle seines Vaters für Kitty bis zu einem gewissen Grad nachvollziehen können.

Amy hingegen hatte schon damals viel mehr Verständnis für Dad gehabt, obwohl sie ihn sicher nicht weniger liebte als Luke. Wahrscheinlich deshalb, weil sie und Jake seit ihrer Schulzeit ineinander verliebt und von Anfang an unzertrennlich gewesen waren …

Luke seufzte schuldbewusst, als er daran zurückdachte, wie liebevoll und fürsorglich sein Vater immer gewesen war, wie aufopfernd er sich um sie alle gekümmert hatte. Jeden Wunsch hatte er Mum von den Augen abgelesen, und sie war sehr glücklich mit ihm gewesen.

Dad hat unsere Mum geliebt! Und auch uns Kindern hat es an nichts gefehlt. Wie konnte ich nur so grausam zu ihm sein?

Sein Vater war ein guter Mensch, der immer nur das Wohl seiner Familie im Auge gehabt und seine eigenen Bedürfnisse zurückgestellt hatte. Nun wollte er ein einziges Mal im Leben an sich selbst denken, mit seiner ersten großen Liebe noch einmal glücklich sein, und *er* missgönnte es ihm.

Ja, und Kitty … auch sie liebte seinen Vater noch immer und wollte ihn heiraten. Hatte *er* dann das Recht, sich dagegenzustellen? Nein, natürlich nicht!

Luke schämte sich. Obwohl er die Gefühle seines Dads für Kitty kannte, hatte er durch Blicke und Gesten versucht, ihr zu signalisieren, dass *er* sie attraktiv fand. Was war er doch für ein schlechter, undankbarer Sohn! Das hatte sein Dad nicht verdient!

Reiß dich am Riemen, Junge, und schlag sie dir aus dem Kopf!

Entschlossen reckte er sein Kinn vor. Er würde Dad zuliebe seine eigenen Gefühle für Kitty in den Griff bekommen. Und nicht nur das. Er würde die Heiratspläne der beiden von nun an tatkräftig unterstützen.

Luke liebte seinen Dad und wollte ihn glücklich sehen. Und dafür würde er von nun an alles in seiner Macht Stehende tun.

KAPITEL 44

Andy

Sobald Luke das Zimmer verlassen hatte, sanken Andys Schultern herab. Er hockte zusammengekauert auf dem Stuhl und starrte Löcher in die Tischplatte.

Was sein Sohn ihm vorgeworfen hatte, belastete ihn, war er sich doch selbst nicht völlig sicher, ob nicht zumindest ein winziges Körnchen Wahrheit darin steckte. War es wirklich die richtige Entscheidung, Kitty zu heiraten? Würde das Schicksal es überhaupt zulassen, dass er und sie eine Chance auf ein gemeinsames Glück bekamen, nach allem, was geschehen war?

Er dachte zurück an seinen Vater, den er nur noch ein einziges Mal lebend wiedergesehen hatte, kurz nachdem er die Dinge mit Lucy geklärt und seine Kinder kennengelernt hatte ...

Watford 1991 und 2007

Die Adresse seines Vaters bekam Andy von seiner Mutter, die ihn aber vorsichtshalber darauf aufmerksam machte, dass eine Konfrontation mit seinem Vater sich als äußerst schwierig gestalten könnte.

Tatsächlich aber wurde diese Begegnung noch viel schlimmer, als er und seine Mum es jemals vermutet hätten. Nicht nur, dass sein Vater ihm kein einziges Wort glaubte. Er beschimpfte ihn auch aufs Übelste und beschuldigte ihn, der Grund für das Scheitern seiner Ehe gewesen zu sein. Dann wies er Andy die Tür und machte ihm unmissverständlich klar, dass er ihn niemals mehr zu sehen wünschte.

»Du bist nicht mehr mein Sohn, merk dir das!«, schrie er hasserfüllt. »Verschwinde, und lass dich bloß nie wieder bei mir blicken.«

Andy war nach diesem Besuch völlig am Boden zerstört. Mit so viel Hass vonseiten seines eigenen Vaters hätte er nicht gerechnet, und weder seine Mum noch Lucy konnten ihn zu diesem Zeitpunkt darüber hinwegtrösten.

Im Frühjahr des Jahres 2007 starb sein Dad im Alter von neunundsiebzig Jahren einsam in seinem Haus in Watford. Und so kam es, dass Andy das Haus erst nach sechzehn Jahren wieder betrat, um den Nachlass seines Vaters zu regeln.

Anthony hatte nach der Scheidung von Andys Mum nicht wieder geheiratet. Und da es keine anderen Angehörigen gab, war es für Andy selbstverständlich, sich um die Haushaltsauflösung und alle anderen notwendigen Angelegenheiten zu kümmern.

An diesem denkwürdigen Tag machte er eine Entdeckung, die ihn bis ins Mark erschütterte. Auf der Suche nach einigen wichtigen Dokumenten stieß er im Schreibtisch, verborgen hinter einem dicken Aktenordner, auf einen kleinen Pappkarton. In diesem Karton fand er ein zusammmengefaltetes Blatt Papier. Als er es herausnahm, fiel ein verblichenes Schwarz-Weiß-Foto heraus, auf dem ein hübsches junges Mädchen mit langen blonden Haaren zu sehen war. Er drehte das Foto um, las die Widmung und erstarrte.

›Damit du mich nicht vergisst. Ich liebe dich, Tony! Deine Livy‹ stand dort mit einer fein geschwungenen Handschrift geschrieben.

O nein, ist das nicht …? Das kann doch nicht sein!

Mit zitternden Fingern faltete Andy das Blatt Papier auseinander, las den Inhalt und … Alles Blut wich aus seinen Wangen, als sein Blick auf die Signatur am Ende der Zeilen fiel. Die Handschrift war ohne jeden Zweifel identisch mit der auf der Rückseite des Fotos.

Andy brauchte einige Sekunden, um die ganze Tragweite dessen, was er hier vor sich sah, zu erfassen. Es gab nicht den geringsten Zweifel! Es handelte sich hier tatsächlich um das junge Mädchen, das im Sommer des Jahres 1957 spurlos verschwunden war. Und *sein Dad* hatte eine Affäre mit *diesem Mädchen* gehabt!

Und damit nicht genug! Die jeweiligen Daten auf der Rückseite des Fotos sowie auf dem losen Blatt Papier sprachen eine klare Sprache. Als Anthony ein Verhältnis mit dem jungen Mädchen angefangen hatte, war er bereits mit Andys Mutter verlobt gewesen. Er hatte sie sowohl vor als auch monatelang nach der Hochzeit schamlos betrogen …

KAPITEL 45

Andy

Andy seufzte beim Gedanken an diesen Tag, der nun mehr als drei Jahre zurücklag, und stützte seinen Kopf in beide Hände. Durfte er Kitty verschweigen, was er damals herausgefunden hatte? Tatsächlich vermutete er nämlich, sein Vater könnte etwas mit dem Verschwinden dieses Mädchens vor dreiundfünfzig Jahren zu tun gehabt haben.

Sollte Kitty als seine zukünftige Frau nicht wissen, was ihm seit seiner Entdeckung auf der Seele brannte? Er war hin- und hergerissen. Aber solange er auch darüber nachdachte, er kam zu keinem Entschluss.

Er warf einen Blick auf seine Armbanduhr, es war inzwischen kurz vor zwölf. Er stand vom Frühstückstisch auf, zog eine leichte Strickjacke über und verließ leise das Haus. Das Wetter war herrlich. Die Sonne schien, ein warmer Wind wehte sanft durch sein Haar. Vereinzelt zogen ein paar schneeweiße Wölkchen am strahlend blauen Himmel.

Andy atmete tief ein und aus. Der Spaziergang durch die Innenstadt zum Eastbourne Pier, der auf Amys ärztlichen Rat hin auf seinem täglichen Programm stand, würde ihm nach der morgendlichen Aufregung heute besonders guttun.

Unterwegs kehrte er zum Lunch ins *Crown & Anchor* ein und spazierte danach weiter zum Pier. Dort gönnte er sich ein Gläschen kühles alkoholfreies Bier und blickte tief in Gedanken versunken aufs Meer hinaus.

Erst am späten Nachmittag machte er sich langsamen Schrittes auf den Heimweg.

∞

In dieser Nacht fand Andy keinen Schlaf. Zu viele Dinge kreisten unaufhörlich in seinem Kopf herum. Der Streit mit seinem Sohn Luke machte ihm ebenso zu schaffen wie die Frage, ob er mit Kitty über alles sprechen oder doch lieber schweigen sollte.

Als er im Morgengrauen endlich vor lauter Erschöpfung in einen unruhigen Schlaf fiel, quälte ihn ein entsetzlicher Albtraum …

Er jagte durch die Höhle, immer schneller, immer weiter. Wo war der Stein? Er konnte ihn nicht finden. Aber er musste ihn finden und sie warnen. Sie durfte diesen Stein auf keinen Fall berühren! Von Panik getrieben rannte er weiter. Der Gang wurde immer enger und schien kein

Ende zu nehmen. Seine Kraft ließ immer mehr nach.

Plötzlich hörte er einen markerschütternden Schrei. Das war sie! Er musste ihr helfen!

Mit zitternden Beinen hastete er vorwärts. Wo war bloß dieser unselige Stein? Er war am Ende seiner Kräfte.

Endlich sah er weit hinten einen schwachen Lichtschein. Noch einmal nahm er seine ganze Kraft zusammen und schoss darauf zu.

Geschafft! Endlich stand er in dem felsigen Rondell und sah den Stein vor sich, der in einem solch grellen Licht strahlte, dass es ihm in den Augen schmerzte.

Darunter kniete sein Vater neben einem leblosen Mädchenkörper, in der Hand ein blutiges Messer.

Voller Entsetzen stieß er einen gellenden Schrei aus.

Erschreckt fuhr der Mörder herum, sprang hoch und stürzte blitzschnell, das Messer in der erhobenen Hand, auf ihn zu …

Schweißgebadet wachte Andy auf. Er zitterte am ganzen Körper. Was für ein grauenvoller Albtraum!

Benommen setzte er sich im Bett auf und schüttete sich ein Glas Wasser ein. Langsam trank er in kleinen Schlucken und hatte sich nach ein paar Minuten einigermaßen beruhigt.

Seit Andy damals das handgeschriebene Gedicht und das Foto des vermissten jungen Mädchens gefunden hatte, wusste er zwar, dass sein Vater der Mann gewesen war, mit dem das Mädchen den Gerüchten zufolge noch kurz vor seinem Verschwinden gesehen worden war. Allerdings war er bisher davon ausgegangen, dass dieser nur indirekt etwas damit zu tun gehabt hatte. Das Mädchen könnte aus Liebeskummer zum Strand hinuntergelaufen sein, die einsame Bucht und die Höhle entdeckt haben und genauso wie Andy in der Zukunft gelandet sein. So ähnlich hatte er es auch Kitty erst kürzlich geschildert, ihr jedoch verschwiegen, dass sein Vater in die Geschichte involviert war.

Nun aber, nach seinem beängstigenden Traum, kam ihm noch ein anderer Gedanke, der um vieles schlimmer war als alles, was er bisher vermutet hatte. Konnte dieser Traum eine Offenbarung wahrhaftiger Ereignisse gewesen sein? Alles war so real gewesen. Die Gegenwart seines Vaters und die des toten Mädchens waren beinahe körperlich spürbar gewesen.

War sein Dad womöglich ein kaltblütiger Mörder? Angenommen, seine junge Geliebte hatte ihm damit gedroht, seiner Frau reinen Wein einzuschenken. Daraufhin hatte er sie getötet, um seine Untreue zu verbergen, und sie dann irgendwo verscharrt, wo niemand sie jemals finden würde.

Bei diesem Gedanken hatte Andy das Gefühl, als legte sich eine eiserne Faust um sein Herz. Der kalte Schweiß brach aus allen Poren seines Körpers.

Schwer atmend öffnete er die Schublade seines Nachttischs und holte seine Tabletten heraus. Zitternd drückte er zwei davon aus dem Blister und spülte sie mit einem Schluck Wasser hinunter.

Es vergingen einige Minuten, bis die Wirkung des Medikaments eintrat und er sich besser fühlte. Er zwang sich zur Ruhe und erinnerte sich an eine Begebenheit in seiner frühen Kindheit. Eines Nachts hatte er von einem scheußlichen Monster geträumt, das unter seinem Bett auf ihn lauerte, und war laut weinend aufgewacht. Seine Mum hatte ihn tröstend in ihren Armen gewiegt und geflüstert: »Hab keine Angst, mein kleiner Liebling, Träume sind Schäume.«

In Anbetracht dessen schien ihm sein Verdacht auf einmal ziemlich weit hergeholt zu sein. Sein bedrohlicher Albtraum musste nicht zwangsläufig mit der Realität übereinstimmen. Je länger Andy darüber nachdachte, umso wahrscheinlicher erschien ihm die Möglichkeit, dass alles so ähnlich passiert war, wie er es bislang vermutet hatte. In diesem Fall wäre das Mädchen rein zufällig in einer anderen Zeit gelandet und wahrscheinlich auch heute noch dort am Leben.

Aber wie es auch immer gewesen sein mochte, sein Dad war dennoch auf die eine oder andere Weise darin verstrickt. Fakt blieb, dass er Andys Mutter viele Monate lang belogen und betrogen hatte. Er hatte das Vertrauen eines naiven jungen Mädchens missbraucht und es aus niederen Beweggründen schamlos ausgenutzt. Somit trug er ohne Zweifel eine moralische Mitschuld an dem Verschwinden der jungen Frau.

Erneut stellte Andy sich die Frage, ob das Schicksal es

dem Sohn eines solch skrupellosen Mannes überhaupt erlauben würde, mit seiner großen Liebe glücklich zu werden.

KAPITEL 46

Andy

D er nächste Tag brachte eine freudige Überraschung für Andy. Als er zum Frühstück in die Küche kam, war Luke gerade dabei, den Tisch zu decken. Der Kaffee war schon fertig und verbreitete seinen würzigen Duft.

»Guten Morgen, Dad«, begrüßte sein Sohn ihn lächelnd und stellte Toast, Butter und Orangenmarmelade auf den Tisch. »Die Eier sind auch fertig.« Er füllte Andys Teller mit Rührei, Baked Beans und gebratenen Tomaten. Auf seinen gab er Rührei, Baked Beans, knusprigen Bacon, Mushrooms und Sausages. Dann setzte er sich und schenkte Kaffee ein.

Schweigend aßen sie. Andy registrierte aus den Augenwinkeln, dass sein Sohn ein paarmal den Mund öffnete, ihn wieder schloss und mit gerunzelter Stirn auf seinem Teller herumstocherte.

Nach der zweiten Tasse Kaffee platzte er endlich heraus: »Es tut mir leid, Daddy! Ich habe mich gestern Abend abscheulich benommen.« Nervös knetete er seine Hände. »Was ich gesagt habe, war respektlos und rücksichtslos. Kannst du mir verzeihen?«

Andys Gesicht hellte sich auf. Ihm fiel ein riesengroßer Stein vom Herzen. Er legte seine Hände auf die Lukes, drückte sie und sagte: »Aber natürlich vergebe ich dir, mein Junge.«

Lukes Augen leuchteten auf. »Danke, Dad. Und ich verspreche, dass ich dich von nun an unterstützen werde. Du warst immer für uns da und verdienst es mehr als jeder andere, glücklich zu sein.«

»Das freut mich unglaublich, Luke.« Tränen der Rührung und Erleichterung traten in Andys Augen. »Du weißt ja nicht, wie glücklich du mich mit deinen Worten machst.«

Sie saßen noch lange zusammen und machten Pläne. Die Atmosphäre war leicht und entspannt wie schon lange nicht mehr.

»So, jetzt muss ich aber was tun«, sagte Luke nach einer halben Stunde, stand auf und küsste Andy auf beide Wangen. »Wir sehen uns später beim Lunch.«

Nachdem Luke sich zum Schreiben in sein Arbeitszimmer zurückgezogen hatte, dachte Andy wieder voller Sorge an Kitty. Inzwischen hatte er nämlich den Entschluss gefasst, ihr alles zu erzählen. Wie würde sie es aufnehmen, wenn sie erfuhr, dass sein Vater wahrscheinlich etwas mit dem Verschwinden eines jungen Mädchens zu tun gehabt hatte? Dass er im schlimmsten Fall sogar ein Mörder war? Ja, auch dieser selbstquälerische Gedanke schlich sich immer wieder in Andys

Herz. Und das, obwohl ihm sein Verstand sagte, dass sein Traum eben nur ein Traum gewesen war.

∞

Am späten Nachmittag kam Kitty ins Haus gestürmt. Sie schien blendender Laune zu sein, hüpfte auf Andy zu, setzte sich neben ihn und drückte ihm einen Kuss auf die Lippen.

»Guten Tag, mein Schatz. Wie geht es dir heute? Hast du schon mit Luke gesprochen? Was hat er gesagt?« Die Worte sprudelten nur so aus ihr heraus. Ihre Augen strahlten ihn voller Liebe an.

»Guten Tag, Kitty«, sagte Andy lächelnd und strich zärtlich über ihr Haar. »Das waren jetzt gleich drei Fragen auf einmal. Also, erstens, mir geht es gut. Zweitens, ich habe mit Luke gesprochen und drittens, er freut sich für uns. Na, bist du nun zufrieden, mein Herz?«

»O Andy, ich bin ja so froh!« Kittys Augen leuchteten. »Dann können wir bald mit den Hochzeitsvorbereitungen anfangen. Mein Bruder ist jetzt auch auf unserer Seite und wird uns helfen. Na, was sagst du?«

Andy zögerte. Sollte er nun mit Kitty sprechen, oder nicht? Er sah, dass ihr Gesicht sich verdunkelte und ihre Stirn sich in Falten legte.

»Was ist los, Andy?«, fragte sie, und ihre Stimme klang besorgt. »Da ist doch noch was. Ich sehe es dir an der Nasenspitze an. Komm schon, spuck's aus.«

Andy blieb jetzt nur noch die Flucht nach vorn. »Ja, du hast recht. Es gibt tatsächlich noch etwas Wichtiges, worüber ich mit dir sprechen möchte. Bitte, setz dich dort rüber.« Er wies auf ›ihren‹ Ohrensessel ihm gegenüber.

Leise murrend stand Kitty auf und ließ sich in den Sessel fallen. »Du willst mir aber jetzt nicht sagen, dass du es dir wieder anders überlegt hast und mich nun doch nicht heiraten wirst, oder?«

»Bitte, hör dir zuerst an, was ich dir zu sagen habe. Es ist dann an dir zu entscheiden, ob die Hochzeit stattfinden wird.«

»Nun, ich höre!« Kittys Stimme klang gepresst.

Andy holte tief Luft und begann dann leise zu erzählen. Er berichtete von der ersten und einzigen Begegnung mit seinem Vater nach seiner Rückkehr aus der Zukunft, von dem tiefen Zerwürfnis zwischen ihnen und vom Ableben Anthonys vor über drei Jahren.

Als er schließlich von dem verschwundenen jungen Mädchen sprach und davon, was er im Haus seines Dads nach dessen Tod entdeckt hatte, bemerkte er, dass Kitty ihn mit großen Augen anstarrte. Plötzlich sprang sie wie von einer Tarantel gestochen auf.

»Was hast du da gerade gesagt?«, rief sie mit schriller Stimme. »Habe ich mich verhört, oder hast du gerade wirklich ›Livy‹ gesagt?«

Andy erschrak. Warum war Kitty auf einmal so verstört? »Ja, dieser Name stand unter der Widmung auf der Rückseite des Fotos und unter dem Gedicht … Aber warum ist das so … ?«

»Sag mir bitte den vollen Namen!«, fuhr Kitty ihm über den Mund. Ihre Stimme zitterte.

»Livy Graham«, kam es wie aus der Pistole geschossen, »der Name des Mädchens, das im Sommer 1957 unter mysteriösen Umständen spurlos verschwand. Das Gedicht war mit dem Namen dieses Mädchens signiert. Aber warum regt dich das so auf?«

»Es war ein Song, Andy. Und der Titel war ›Heart To Heart‹, stimmt's?«

Andy legte die Stirn in Falten. »Ja, das stimmt. Das war der Titel. Aber woher weißt …«

»Das ist doch nicht möglich!«, fiel Kitty ihm erneut ins Wort. Sie ließ sich, am ganzen Körper zitternd wie Espenlaub, in ihren Sessel zurückfallen. »Das kann nicht wahr sein.«

Andy beugte sich vor. »Kitty, bitte, willst du mir nicht sagen, was mit dir los ist? Warum versetzt dich das alles so in Aufregung?«

Kitty schlug die Hände vors Gesicht. »Ach Andy, das ist ja so furchtbar«, stammelte sie. »Diesen Song hat meine Mutter geschrieben. ›Heart To Heart‹ war *ihr* Song. Verstehst du? Olivia Graham, Livy … das ist meine Mum. Graham war ihr Mädchenname.«

Andy war sekundenlang sprachlos. Livy Graham, das Mädchen, das im Sommer 1957 spurlos verschwand, war Olivia Brown, Kittys Mutter! Er konnte es nicht fassen. War Kitty etwa seine Halbschwester? Nein! O nein, das konnte … das durfte einfach nicht sein.

»Wann haben deine Eltern geheiratet?«, fragte er kaum hörbar. Schweißperlen bildeten sich auf seiner Stirn.

»Im Mai 1985. Warum fragst du mich das?« Kitty zog die Augenbrauen hoch. »Ach so, na klar.« Sie schlug sich mit der flachen Hand gegen die Stirn. »Ich weiß, woran du denkst. Nein, nein, ich bin erst 1986 auf die Welt gekommen. Das weißt du doch.«

Andy atmete auf. Natürlich, wie dumm von ihm. Aber die ganze Geschichte war auch so schon schlimm genug.

»Komm runter, Andy, du bist nicht mein Halbbruder!«, betonte Kitty, die sein bedrücktes Schweigen falsch zu deuten schien.

»Okay. Ich habe das schon verstanden«, murmelte er. Seine Gedanken überschlugen sich.

Livy war also damals tatsächlich allein in der Höhle gewesen und in der Zukunft gelandet. Sie hatte sich dort in Matthew Brown verliebt, ihn geheiratet und zwei Kinder zur Welt gebracht, Kitty und Joshua.

Andys Gefühle waren zwiespältig. Einerseits war er erleichtert darüber, dass sein Traum wirklich nur ein Traum gewesen und sein Vater nicht zum Mörder geworden war! Dennoch war es so, wie er es zuvor schon vermutet hatte. Sein Dad hatte das, was in der Vergangenheit mit dem jungen Mädchen geschehen war, durch sein verantwortungsloses Handeln indirekt verursacht. Und das Schlimmste war, dass dieses Mädchen ausgerechnet Kittys Mutter gewesen war.

Hatte *er*, Anthony Parkers Sohn, aus diesem Grund die schmerzliche Erfahrung machen müssen, seine große Liebe zu finden und wieder zu verlieren? Hatte das Schicksal *ihn* für die Sünden seines Vaters bestraft?

KAPITEL 47

Kitty

In Kitty tobte ein Sturm, und eine Flut von Gedanken raste durch ihren Kopf. Innerhalb von Sekunden wurde ihr vieles klar, über das sie sich in der Vergangenheit immer gewundert hatte. Nun kannte sie die Wahrheit darüber, warum es nicht ein einziges Kinderfoto ihrer Mum gab und sie Kitty und Josh eine schräge Geschichte über deren Verlust aufgetischt hatte. Auch Dad war immer geschickt ausgewichen, wenn die Rede auf die Kindheit und Jugendzeit seiner Frau gekommen war. In Bezug auf ihre Großmutter, Karen Graham, die bereits 1976 verstorben war, hatten beide Eltern sie und Josh vermutlich nicht belogen, sondern ihnen lediglich die Hintergründe verschwiegen.

Alles ergab erst jetzt einen Sinn. Kitty erinnerte sich an die eigenartige Bemerkung ihrer Mum, kurz nach der Rückkehr aus Cornwall, als sie ihr die ganze Wahrheit über sich und Andy anvertraut hatte: »Vergiss diesen Anthony Parker. Er wird nicht zu dir zurückkommen. Er hat seine Chance nicht genutzt«, hatte sie gesagt. Erst jetzt verstand Kitty, warum ihre Mum sich zuerst versprochen und *Anthony* statt *Andrew* gesagt hatte.

Nach einigen Minuten des bangen Schweigens beugte Kitty sich aus ihrem Sessel vor und richtete das Wort an Andy. »Hast du das gewusst? Hast du gewusst, dass es meine Mum war, mit der dein Vater damals eine heimliche Affäre hatte?«

»Selbstverständlich nicht!« Andys Stimme klang verletzt. »Es hat mich genauso überrascht wie dich.«

»Aber warum hast du mir dann erst jetzt, so kurz vor unserer Hochzeit, die Geschichte über deinen Vater erzählt?« Sie blickte ihn mit skeptisch zusammengekniffenen Augen an.

Andys Mundwinkel bebten. »Du traust mir doch nicht ernsthaft zu, dass, wenn ich auch nur im Entferntesten geahnt hätte, dass Livy Graham deine Mutter war, ich es dir nicht sofort erzählt hätte?«

»Nein, eigentlich traue ich dir das nicht zu.« Kitty lehnte sich wieder zurück, verschränkte die Arme und schlug ein Bein über das andere. »Trotzdem verstehe ich nicht, warum du ...«

»Ich werde dir sagen, warum ich erst jetzt mit dir über all das gesprochen habe«, fiel Andy ihr ins Wort. »Und zwar deshalb, weil ich daran zweifelte, als Sohn eines so skrupellosen Vaters ein spätes Glück mit dir überhaupt verdient zu haben.« Seine Stimme klang atemlos. Er räusperte sich ein paarmal. »Hinzu kam, dass ich letzte Nacht einen Albtraum hatte, in dem mein

Vater Livy getötet hat und ich beinahe schon glaubte, mir hätte sich im Traum die Wahrheit offenbart. Über all das wollte ich mit dir reden, Kitty, *deine* Meinung dazu hören.« Er legte die Ellbogen auf die Tischplatte und stützte seinen Kopf in beide Hände. »Ich fand, dass du als meine zukünftige Frau das Recht hättest zu erfahren, was in mir vorgeht, welche Gedanken und Ängste mich quälen.«

Kitty sah Tränen in Andys Augen schimmern. Sie sprang auf, rannte um den Tisch herum und setzte sich neben ihn.

»Es tut mir leid«, beteuerte sie. »Bitte vergiss, was ich gesagt habe. Ich bin unsagbar froh, dass du mir alles erzählt hast und wir beide nun die Wahrheit kennen … na ja, zumindest einen Teil davon.« Sie schenkte ihm ein aufmunterndes Lächeln.

Andy legte seinen Arm um ihre Schulter und drückte sie fest an sich. »Ja, das bin ich auch. Wir werden sicher eine Lösung des Problems finden.«

»Welches Problem denn?«, rief Kitty. »Deine Furcht hat sich als unbegründet erwiesen – dein Vater war kein Mörder!«

»Das ändert aber nichts an der Tatsache, dass sein Verhalten hinterhältig und feige war. Er hat nicht nur meine Mutter belogen und betrogen, sondern gleichzeitig ein junges Mädchen unglücklich gemacht. Und dass dieses Mädchen deine Mum war, macht das Ganze umso schlimmer.«

Kitty löste sich aus Andys Umarmung, rückte ein wenig zur Seite und blickte ihm fest in die Augen. »Dass dein Dad damals Mist gebaut hat, ist nicht *deine* Schuld! Wie kommst du auf die absurde Idee, für die Fehler deines Vaters die Verantwortung tragen zu müssen? Jeder Mensch ist für seine Handlungsweise selbst verantwortlich.«

»Mmh, ich weiß nicht.« Andy runzelte die Stirn. »Kann denn alles, was geschehen ist, purer Zufall gewesen sein …? Ich meine, dass meine Freunde und ich damals gerade in *diese* Höhle gegangen sind, ausgerechnet dort drinnen über das Verschwinden *deiner* Mum geredet haben und dann nur *ich* allein den Stein berührt habe?«

Kitty hob die Augenbrauen. »Willst du damit implizieren, eine unsichtbare Macht hätte dich zu der Höhle geführt, damit du mir begegnest, wir zwei uns ineinander verlieben, um uns kurz danach wieder zu verlieren?«

Über Andys Nasenwurzel bildete sich eine steile Falte. »Ja, der Gedanke hat mich schon gequält, als ich noch nicht wusste, dass Livy deine Mum war. Umso mehr denke ich jetzt, dass es einen Zusammenhang geben muss.«

»So etwas Ähnliches hast du schon bei meinem ersten Besuch angedeutet. Du sprachst von einer Bestrafung und warst schrecklich aufgeregt. Nun ist mir auch klar, warum.«

»Ja, denk nur an meine gestohlenen Jahre, nachdem

ich dich verlassen hatte. Du weißt selbst, dass der Stein danach sichtbar gewachsen war, so als hätte er sich von meiner Lebenszeit *ernährt*. Das klingt zwar verrückt, ist aber ...«

»... eine mögliche Erklärung, ja!«, ergänzte Kitty. »Um die geheimnisvollen Kräfte der Höhle wissen wir nicht erst seit heute. Natürlich wäre es möglich, dass dieser mysteriöse Stein nicht nur die Macht besitzt, Menschen in eine andere Zeit zu schicken, sondern auch deren Schicksal zu lenken oder es zumindest zu beeinflussen.«

Über Andys Gesicht fiel ein Schatten. »Ich habe einen hohen Preis für meine Rückkehr in die Vergangenheit bezahlen müssen. Wäre ich damals bei dir geblieben, dann ...«

»... hättest du niemals das Glück gehabt, deine Kinder kennenzulernen«, unterbrach Kitty ihn.

Andy senkte schweigend den Kopf und seufzte.

»Natürlich ist es schlimm, dass du fünfzehn Jahre deines Lebens verloren hast.« Sie nahm seine Hände in die ihren. »Aber du hast erst vor Kurzem über deine Schuldgefühle gesprochen, die du Lucy gegenüber hattest. Darüber, dass du sie in die schwierige Lage gebracht hattest, vierzehn Jahre lang allein für Amy und Luke sorgen zu müssen.«

»Aber das alles hätte ich doch niemals erfahren, wenn ich bei dir geblieben wäre«, beharrte Andy. »Trotzdem bin ich gegangen und habe *dich* im Stich gelassen.«

»Nein Andy, das hast du nicht! Du bist mit der Absicht gegangen, zu mir zurückzukommen. Als du dann aber einer ausweglosen Situation gegenüberstandest, hast du das einzig Richtige getan. Du hast dich deiner Verantwortung gestellt, die Mutter deiner Kinder geheiratet und sie von da an zusammen mit ihr zu den wunderbaren Menschen großgezogen, die sie heute sind. Vergiss das nicht.«

Andy zog seine Hände aus den ihren, verschränkte sie im Schoß und starrte auf sie hinunter. »Ich habe also nicht für die Schuld meines Vaters gebüßt, sondern für meine eigene«, stammelte er.

»Ach Andy, hör endlich auf, über Schuld und Sühne nachzudenken und schau einfach nur nach vorn«, erwiderte Kitty eindringlich. »Weißt du, ich hatte viel Zeit, über uns und all das, was geschehen ist, nachzudenken. Sieh mal, auch meine Mum lernte in der Zukunft ihre wahre Liebe kennen, meinen Dad. Sie brach alle Brücken hinter sich ab und war dreiundzwanzig Jahre lang glücklich mit ihm. Dennoch hatte auch *sie* kein langes Leben und ganz sicher hin und wieder Schuldgefühle ihrer Mutter gegenüber. Verstehst du, was ich dir damit sagen will?«

Kitty registrierte, dass Andy sekundenlang den Atem anhielt. Dann atmete er hörbar aus und hob den Kopf, in den Augen eine Mischung aus Staunen und Bewunderung.

»Ja, ich weiß, was du meinst.« Seine Stimme vibrierte.

»Nämlich, dass alles, was wir tun, uns letzten Endes einen bestimmten Preis abverlangt.«

»Bingo!« Kittys Augen funkelten vergnügt. »Und damit sind wir dem Geheimnis der Höhle ein kleines Stück nähergekommen, und du kannst die Vergangenheit endlich loslassen.«

Andy kaute mit zusammengezogenen Augenbrauen auf seiner Unterlippe herum. »Wer von uns beiden ist nun eigentlich älter und weiser?« Er grinste schief.

»Natürlich ich«, feixte Kitty, knuffte ihn liebevoll in die Seite und drückte einen Kuss auf seine Lippen. »Mein Herz ist meinem Verstand lange genug hinterhergehinkt, hat ihn aber inzwischen eingeholt. Und jetzt bin ich einfach nur noch froh und glücklich darüber, dass du und ich hier und jetzt eine zweite Chance bekommen haben – trotz all der Steine, die das Schicksal uns in den Weg gelegt hat.« Kitty strahlte übers ganze Gesicht. »Unsere Liebe hat uns letzten Endes wieder zusammengeführt, weil sie tausendmal stärker ist als Raum und Zeit. Und es ist mir ganz egal, inwieweit unsere gemeinsamen Jahre begrenzt sein mögen – niemand weiß, wie viel Zeit ihm auf der Erde vergönnt ist. Bitte, Andy, glaub an uns! Glaub daran, dass wir zwei zusammengehören!«

Andy drückte sie zärtlich an sich. »Daran, dass wir beide zusammengehören, habe ich niemals gezweifelt, mein Herz. Doch nun glaube ich auch fest daran, dass unsere Liebe alles und jeden besiegen kann.«

KAPITEL 48

Kitty

In den nächsten Wochen waren Kitty und Andy vollauf mit den Vorbereitungen für ihre Hochzeit beschäftigt und wurden dabei von Joshua und Luke tatkräftig unterstützt.

Während dieser Zeit lernte Kitty auch Andys Tochter Amelia Jane, seinen Schwiegersohn Jacob und seine kleine Enkelin Bonnie kennen. Und zu ihrer Überraschung wurde sie überaus herzlich von ihnen begrüßt und mit offenen Armen in der Familie willkommen geheißen.

Die kleine Bonnie war bezaubernd und in natura noch viel hübscher als auf dem Foto, das Andy ihr vor einiger Zeit gezeigt hatte. Alles an dem kleinen Mädchen war nahezu perfekt. Ihr zartes Gesicht mit den symmetrischen Zügen, die seidenweiche Haut, die schmale Nase und der kleine herzförmige Mund. Das seidig glänzende schwarze Haar, das Bonnie vom Vater geerbt hatte, war zu zwei langen, dicken Zöpfen geflochten. Die großen Kulleraugen mit den dichten, schwarzen

Wimpern strahlten in dem gleichen tiefen Blau wie die ihrer Mutter und ihres Großvaters.

Wie Schneewittchen, schoss es Kitty durch den Sinn.

Vom ersten Augenblick an fühlte sie sich zu Amy und Bonnie hingezogen, und den beiden schien es ähnlich zu gehen. Die Kleine kletterte völlig unbefangen auf ihren Schoß, plapperte munter drauflos und schmatzte ihr sogar ein feuchtes Küsschen auf die Wange. Kitty war hin und weg und drückte das Mädchen zärtlich an sich.

Als Amy anbot, ihr bei der Auswahl eines passenden Kleides für die Trauung behilflich zu sein, sagte sie begeistert »Ja«.

Auch Luke hatte sich anscheinend mit der bevorstehenden Hochzeit arrangiert. Er war wie umgewandelt und half seinem Dad und Kitty, wo er nur konnte.

Andy blühte förmlich auf. Niemand hätte ihm mehr angesehen, dass er in Wahrheit schwer herzkrank war. Er wirkte unglaublich vital und unternehmungslustig und sah um mindestens zehn Jahre jünger aus.

Kitty schöpfte die vage Hoffnung, dass er, aller ärztlichen Prognosen zum Trotz, wieder vollständig gesund werden könnte.

∞

Eines Tages suchte Kitty zu Hause in ihrem Schreibtisch nach diversen Dokumenten, die sie für ihre bevorstehende Heirat benötigte. Dabei stieß sie zufällig wieder auf das in weinrotes Leder gebundene Tagebuch aus dem Nachlass ihrer Mum. *Wow!* Ihr Herz schlug schneller. An dieses Büchlein hatte sie ja überhaupt nicht mehr gedacht!

Bestand vielleicht die Möglichkeit, dass …

Ach was! Das Tagebuch stammte doch sicher aus der Zeit *nach* Mums Zeitsprung, und gewiss würde sie daraus nicht mehr erfahren als das, was sie ohnehin schon wusste.

Kitty runzelte nachdenklich die Stirn. Aber könnte Mum nicht irgendwann später zumindest einige aufschlussreiche Details aus ihrem Leben *vor* dem Zeitsprung nachgetragen haben? Der Gedanke durchfuhr sie siedend heiß. Vielleicht war es ein Omen, dass ihr das Buch gerade jetzt wieder in die Hände fiel.

Ihr Herz begann wie wild zu pochen, und mit bebenden Fingern suchte sie in ihrem Schreibtisch nach einer Schere. Ohne auch nur eine Sekunde länger zu zögern, schnitt sie die Lasche durch. Sie war sicher, dass ihre Mum unter den gegebenen Umständen nichts dagegen gehabt hätte.

Zögernd öffnete Kitty den Buchdeckel, blätterte die erste Seite um und schloss die Augen. Ihre Hände waren feucht vor Aufregung. Was würde sie gleich über Mums Vergangenheit erfahren? Ihre Lider flatterten, als sie ihre Augen langsam wieder öffnete und sie dann ganz weit aufriss.

Mit der fein geschwungenen, sauberen Handschrift ihrer Mum stand dort geschrieben:

Dieses Tagebuch gehört Olivia Graham
21. April 1956

Kittys Herz setzte einen Schlag aus. Damit hatte sie überhaupt nicht gerechnet. Das Tagebuch stammte wirklich und wahrhaftig aus den Jugendjahren ihrer Mum, aus der Zeit *vor* ihrem Zeitsprung! Aber wie war das möglich?

Kitty rauschte das Blut in den Ohren, als sie voller Anspannung umblätterte und den ersten Eintrag las.

Sonntag, 21. April 1956
Heute war mein Geburtstag, und meine Mum hat mir dieses wunderschöne Tagebuch geschenkt. Sie hat mir damit eine riesengroße Freude gemacht. Ich werde es immer bei mir tragen, sodass ich jederzeit etwas hinein-schreiben kann, wenn mir danach zumute ist.

Es war ein toller Geburtstag! Meine Freundinnen Eileen, Jenny und Susan waren da, und ich habe unheim-lich viele Geschenke bekommen.

Jetzt bin ich endlich sechzehn und so gut wie erwach-sen. Ich bin wahnsinnig glücklich!

Wow!! Kitty war jetzt völlig aus dem Häuschen. Das war also der Grund! Ihre Mum hatte das Büchlein zu ihrem sechzehnten Geburtstag bekommen und es offensichtlich immer und überall mit sich herumgetragen.

Die folgenden Einträge waren in altersgerechter Weise verfasst und handelten von diversen mehr oder weniger großen Problemen eines jungen Mädchens. Sie waren kindlich naiv, manchmal etwas traurig und ab und zu auch so lustig, dass Kitty nicht nur einmal schmunzeln musste.

Nach einigen Minuten des Lesens wurde es richtig interessant. Anthony Parker, der neue Lehrer, trat in ihr Leben.

KAPITEL 49

Kitty

Montag, 4. November 1956

Heute haben wir einen neuen Lehrer bekommen. Als er ins Klassenzimmer kam, haben wir ihn alle angestarrt wie den Weihnachtsmann. Sein Name ist Anthony Parker, und er sieht einfach toll aus! Groß, schlank, dunkle Haare ... und sein Lächeln ... himmlisch! Wenn er mich zufällig ansieht, wird mir ganz schwindelig.

Ich freue mich schon so auf morgen, wenn ich ihn wiedersehe.

Kittys Hals war staubtrocken vor Aufregung, weshalb sie vom Schreibtisch aufsprang, in die Küche sauste und sich ein Glas Cola Light einschenkte. In einem Zug trank sie es leer, füllte es erneut, huschte dann zurück zum Schreibtisch. Begleitet vom Pochen ihres Herzens.

Dienstag, 5. November 1956

Die meisten Mädchen in der Klasse schwärmen für ihn. Susan hat in der großen Pause gesagt, dass sie ihn unwiderstehlich findet und versuchen will, ihn für sich zu interessieren. Bei jeder Gelegenheit schmachtet sie ihn an. Mir wird ganz schlecht davon. Zum Glück scheint er es nicht zu bemerken. Ach, er ist unheimlich süß!

Mittwoch, 6. November 1956

Ich glaube, ich bin in Tony verknallt. In Gedanken nenne ich ihn immer nur Tony. Vielleicht bilde ich mir das ein, aber ich habe das Gefühl, dass auch er mich mag. Er lächelt mich oft so lieb an und sieht mir dabei ganz tief in die Augen.

Donnerstag, 7. November 1956

Letzte Nacht habe ich von Tony geträumt. Es war himmlisch. Ich habe geträumt, dass er mich küsst. Das war ein unbeschreiblich aufregendes Gefühl.

Jenny hat heute im Unterricht ganz offen versucht, mit ihm zu flirten. Er ist aber nicht darauf eingegangen, obwohl Jenny wahnsinnig hübsch ist und schon richtig erwachsen aussieht.

Freitag, 8. November 1956

Tony hat mich zu Beginn der großen Pause gebeten, noch kurz im Klassenzimmer zu bleiben. Als wir allein waren, hat er mich gefragt, ob ich einen Freund habe. Ich sagte Nein, und er hat mich richtig angestrahlt. Ich bin jetzt fast sicher, dass er mich auch mag. Warum sonst hätte er mich gefragt, ob ich einen Freund habe?

Montag, 11. November 1956

Ich bin entsetzlich traurig. Tony hat mich heute nicht ein einziges Mal angesehen. Wahrscheinlich habe ich mir nur eingebildet, dass er mich auch mag.

Es ist schon halb zwei, und ich kann einfach nicht einschlafen, weil ich nicht aufhören kann, an ihn zu denken. Ich glaube, ich liebe ihn wirklich!

Dienstag, 12. November 1956

Auch heute hat Tony mich überhaupt nicht beachtet. Wenn ich aufgezeigt habe, hat er mich nicht drangenommen. Ich glaube, nun mag er Jenny lieber als mich. Er hat sie ganz oft angelächelt und sie mehrere Male gelobt. Das ist so gemein! Jenny hat doch einen Freund! Trotzdem flirtet sie Tony an.

Mittwoch, 13. November 1956

Ich bin unfassbar glücklich! Tony hat mich heute Morgen in der großen Pause gefragt, ob ich am Freitag nach der Schule mit ihm ausgehen würde. Am liebsten hätte ich sofort Ja gesagt. Aber ich habe ihn zuerst gefragt, ob wir uns überhaupt treffen dürften, weil er doch mein Lehrer ist. Daraufhin hat er gesagt, dass ich es natürlich niemandem erzählen dürfte, um seinem Ruf nicht zu schaden. Aber er müsse unaufhörlich an mich denken.

Ach, ich bin ja so stolz darauf, dass Tony sich ausgerechnet in mich verliebt hat. Bestimmt kann ich heute die ganze Nacht nicht schlafen.

Donnerstag, 14. November 1956
Mum war heute Morgen sauer auf mich, weil ich nicht rechtzeitig aufgestanden bin. Aber ich hatte die halbe Nacht nicht geschlafen, weil ich ständig an Tony und unsere Verabredung denken musste.

Im Unterricht war ich unkonzentriert, und Tony hat mich vor der ganzen Klasse ermahnt. Das war furchtbar peinlich. Wie konnte er nur? Ich dachte, er mag mich. Wie kann er mich dann nur so blamieren?

Kitty knallte das Buch auf den Tisch. Ihre Augen sprühten vor Zorn.

Dieser Bastard! Das war doch alles Berechnung, seine spezielle Taktik. Zuckerbrot und Peitsche! Das beste Mittel, um sich ein junges, unerfahrenes Mädchen gefügig zu machen.

Wie war es nur möglich, dass jemand mit solch einem verabscheuungswürdigen Charakter einen Sohn wie Andy in die Welt setzen konnte?

Freitag, 15. November 1956
Ich bin ganz schrecklich aufgeregt. Heute nach der Schule ist es endlich so weit. Ob Tony mich küssen wird?

O ja, er hat mich geküsst!

*Es war einfach wundervoll ... Tausendmal schöner als in meinen Träumen. Tony hat gesagt, dass er mich liebt und sich jede Nacht nach mir sehnt. Es ist viel zu schön, um wahr zu sein. Aber es **ist** wahr! Tony liebt mich.*

Freitag, 22. November 1956

Heute Mittag nach der Schule werden wir uns wieder treffen. Die Woche war viel zu lang, und ich habe Tony so vermisst! Ach, wie ich mich auf nachher freue, wenn wir uns wieder küssen.

Etwas ganz Wunderbares ist heute geschehen! Nun gehören Tony und ich für immer und ewig zusammen. Ich kann gar nicht beschreiben, wie glücklich ich bin! Aber ich habe auch ein schlechtes Gewissen, wenn ich an Mum denke. Was ist, wenn sie herausfindet, was Tony und ich getan haben? Ach was, das wird sie schon nicht.

Mum darf auf gar keinen Fall erfahren, dass wir uns lieben. Sie würde mich nicht mehr aus dem Haus lassen und sofort zum Schuldirektor rennen. Und was dann mit Tony passieren würde, will ich mir gar nicht erst ausmalen.

Kitty hielt inne und schüttelte den Kopf. Was für ein mieser Kerl! Er hatte wirklich keine Zeit verloren. Nach nicht einmal drei Wochen hatte er das blind in ihn verliebte Mädchen verführt und ihm die ganz große Liebe vorgeheuchelt. Kitty verzog angewidert das Gesicht.

In den nächsten Einträgen beschrieb ihre Mum fast ausschließlich die heimlichen Treffen mit ihrem Geliebten. Kitty fand es unangebracht, zu tief in das Intimleben ihrer verstorbenen Mutter einzudringen. Schnell blätterte sie deshalb die Seiten um, bis sie auf den Tag stieß, an dem Olivia spurlos verschwand.

Freitag, 15. August 1957
Heute sind Tony und ich auf den Tag genau neun Monate
zusammen, ganze zweihundertdreiundsiebzig Tage!

In der großen Pause hat er mich ganz ernst angeschaut
und gesagt, dass er heute Nachmittag etwas Wichtiges mit
mir besprechen müsse. Ich bin fürchterlich aufgeregt! Hat
er vielleicht auch ein Geschenk für mich?

Ach, wie ich mich schon auf sein Gesicht freue, wenn er
mein Geschenk für ihn sieht. Bestimmt hat noch niemals
zuvor irgendjemand ein Lied für ihn geschrieben.

Kitty war so empört über die Skrupellosigkeit dieses
Mannes, dass sie eine Weile brauchte, bis sie sich so weit
beruhigt hatte, um weiterlesen zu können. Als sie dann
zur nächsten Seite blätterte und die Überschrift las,
wurde ihr heiß und kalt zugleich.

Würde sie nun endlich erfahren, was genau am 15.
August 1957 geschehen war?

KAPITEL 50

15. August 1957

D ie Tränen rannen in Strömen über mein Gesicht und behinderten meine Sicht auf die Straße. Aber ich konnte einfach nicht aufhören zu weinen. Mein Herz schlug noch genauso schnell und unregelmäßig wie fünf Minuten zuvor, als ich völlig kopflos die Flucht ergriffen hatte.

Meine Güte, wie hatte ich nur so dumm und naiv sein können? Es war doch alles meine eigene Schuld!

Beinahe blind vor Tränen saß ich auf meinem Rad und trat wie wild in die Pedale, während die Erinnerungen mich unaufhörlich quälten. Immer wieder durchlebte ich diese Achterbahnfahrt der Gefühle, die mich vom siebten Himmel hinunter ins Höllenfeuer katapultiert hatte, und ich verfluchte den Tag, an dem Tony in mein Leben getreten war ...

Lächelnd betrat er das Klassenzimmer, und zwanzig Augenpaare starrten ihn bewundernd an.

Wow! Was für ein Mann! Groß, schlank, dunkle Haare.

Die meisten Mädchen in meiner Klasse schwärmten für ihn, fanden ihn unwiderstehlich. Auch ich träumte jeden Tag davon, wie es wäre, mit ihm zusammen zu sein.

Eines Tages, er war gerade erst neun Tage an der Schule, fragte er mich nach einem Treffen. Ich war unheimlich stolz, dass er ausgerechnet mich fragte. Natürlich sah ich ein, dass er sich nur heimlich mit mir treffen konnte. Schließlich war er mein Lehrer und musste auf seinen guten Ruf achten.

Gleich beim ersten Mal küsste er mich, und ich schwebte im siebten Himmel. Als wir uns das zweite Mal trafen, ließ er keinen Zweifel daran, dass er mehr wollte. Von da an sahen wir uns jede Woche, immer in einem mehrere Kilometer entfernten Nachbarort. Ich war schon bald bis über beide Ohren in ihn verliebt und völlig sicher, dass er mich genauso liebte wie ich ihn.

Monatelang lebte ich in einer märchenhaften Parallelwelt und malte mir aus, dass er mich bitten würde, seine Frau zu werden, sobald ich mit der Schule fertig wäre. Nicht im Traum hätte ich damit gerechnet, dass meine Welt irgendwann einmal einstürzen könnte wie ein Kartenhaus …

Da … ein großer, spitzer Stein mitten auf der Fahrbahn! Mit einem Ruck war ich zurück im Hier und Jetzt und bremste im allerletzten Moment scharf ab.

Oh, Mann, das war knapp!

Der Schreck saß mir tief in den Gliedern. Sekundenlang stand ich wie gelähmt mitten auf der Straße.

Das Beste wäre, mein Rad irgendwo abzustellen, ein paar Schritte zu laufen und in Ruhe über alles nachzudenken. Auf keinen Fall konnte ich in diesem Zustand nach Hause zu Mum und so tun, als wäre nichts geschehen. Nein, ich musste allein sein. Mir fiel ›meine‹ kleine Bucht ein, die ich vor längerer Zeit bei einem ausgiebigen Strandspaziergang zufällig entdeckt hatte. Dort würde ich sicher am ehesten meinen Kopf wieder frei bekommen.

Entschlossen stieg ich zurück auf mein Rad und bog an der nächsten Ecke auf die Küstenstraße ab. Von Weitem drang schon das Rauschen des Meeres an mein Ohr, die salzige Luft stieg mir in die Nase. Langsam radelte ich weiter, bis ich einen geeigneten Platz fand, an dem ich mein Fahrrad abstellen konnte. Sorgfältig schloss ich es ab, nahm meine Tasche vom Gepäckträger und marschierte über den schmalen Feldweg hinunter zum Strand.

Das Meer glitzerte im Schein der Sonne, und keine Menschenseele war weit und breit zu sehen. Nur ein paar Möwen zogen am strahlend blauen Himmel ihre Bahnen. Herrlich, diese Abgeschiedenheit; sie war genau das, was ich jetzt brauchte. Ich streifte die Sandalen ab und verstaute sie in meiner Tasche. Mit nackten Füßen stakste ich dicht am Ufer entlang bis zu der halbhohen Felsenkette, die einige Meter weit ins Meer hineinragte und hinter der die Bucht verborgen lag. Vorsichtig watete ich durch das flache Wasser um die Felsen herum.

Die einsame kleine Bucht war, seit ich sie damals gefunden hatte, mein geheimer Zufluchtsort, an den ich mich immer zurückzog, wenn ich allein sein wollte. Sie war an drei Seiten von Klippen umgeben und bestand aus einem winzig kleinen weißen Sandstrand.

Eine Zeitlang blieb ich am Meeresufer stehen und starrte in die Ferne. Das Meer rauschte leise, die Wellen umspülten sanft meine nackten Füße, und der frische Wind wehte mein langes Haar in alle Himmelsrichtungen. Ich schloss die Augen, atmete tief die frische, salzige Meeresluft ein und genoss die warmen Sonnenstrahlen auf meiner Haut.

Nach einer gefühlten Ewigkeit setzte ich mich, ließ den warmen Sand durch meine zitternden Finger rieseln, verzweifelt bemüht, das quälende Gedankenkarussell zu stoppen. Vergeblich! Wieder und wieder spulte die unwürdige Szene vor meinem geistigen Auge ab, und der Schmerz drohte mich zu überwältigen. Ich sah Tonys hämisch grinsenden Mund vor mir, seine gefühllosen Augen, und in Endlosschleife dröhnten seine grausamen Worte durch meinen Kopf …

»Weißt du, Süße, ich hab vor drei Monaten geheiratet. Patty und ich kennen uns schon seit unserer Schulzeit und waren seit über einem Jahr verlobt. Nun ja, gestern

Abend hat sie mich damit überrascht, dass sie ein Kind erwartet. Sie ist im zweiten Monat schwanger, und ich freue mich riesig auf unser Baby. Du wirst bestimmt einsehen, Kleines, dass ich unser Verhältnis jetzt beenden muss, nicht wahr?«

Seine Worte trafen mich wie Messerstiche mitten ins Herz. Was sagte er da?

Sekundenlang starrte ich ihn ungläubig an, bis ich begriff. Alles war nur Lug und Trug gewesen!

Tränen brannten in meinen Augen. »Warum hast du mir nicht von Anfang an die Wahrheit gesagt, Tony? Warum hast du mich die ganze Zeit über angelogen?«, schluchzte ich.

Er schnaubte und rollte mit den Augen. »Jetzt stell dich bloß nicht so an. Du bist halt ein süßes Ding, und ich wollte dich rumkriegen. Aber ich liebe meine Frau, und sie erwartet ein Kind. Wir sind eine Familie, verstehst du? Du bist noch so jung, Baby, und wirst unsere kleine Affäre schon bald vergessen haben, glaube mir.«

Angewidert spuckte ich ihm vor die Füße und stürzte wortlos davon. Weg, nur weit weg von ihm …

Ein leises Wimmern kroch aus meiner Kehle, und in wilder Verzweiflung schlug ich die Hände vors Gesicht. Er hatte mir Liebe vorgeheuchelt, nur um mich »rumzukriegen«. Unsere Beziehung, die *mir* alles bedeutet hatte, war für ihn nichts weiter gewesen als eine »kleine Affäre«. Und während ich mich auf eine herrliche

Zukunft mit ihm gefreut hatte, war es ihm einzig und allein darum gegangen, seinen Spaß mit mir zu haben.

Er hat mich belogen, ausgenutzt und weggeworfen wie ein kaputtes Spielzeug.

Ich ballte meine Hände zu Fäusten. Dieser erbärmliche Mistkerl war es nicht wert, dass ich ihm auch nur eine einzige Träne nachweinte. Ich musste ihn vergessen.

Aber wie sollte es jetzt weitergehen? Ich konnte doch nicht weiterhin zur Schule gehen, ihn täglich sehen und so tun, als wäre nichts geschehen. *Nein!! Unmöglich!*

Aber was sonst könnte ich tun? Etwa alles Mum erzählen? Das hätte nicht nur Konsequenzen für ihn, sondern auch für mich. Ich wäre das Gespött der ganzen Schule. Meine Mitschüler würden mich meiden, meine anderen Lehrer mich zutiefst verachten.

Ich griff in meine Schultasche, um mein Tagebuch herauszunehmen und alles hineinzuschreiben, was ich soeben erlebt hatte. Doch mitten in der Bewegung hielt ich inne, weil mich plötzlich das merkwürdige Gefühl beschlich, als stünde jemand hinter mir. Ich fuhr herum, konnte aber niemanden sehen. Stattdessen erblickte ich am Fuße der steilen Klippe eine kleine Öffnung. *Der Eingang einer Höhle?*

Mein Pulsschlag beschleunigte sich.

Merkwürdig! War dieser Eingang immer schon hier gewesen? Wahrscheinlich hatte ich ihn zuvor nur nie bemerkt, weil er durch den tief darüber hängenden

Felsen und die dichten Grasbüschel beinahe völlig verdeckt war.

Ich sprang auf, klopfte mir den Sand vom Kleid, schnappte meine Tasche und stapfte darauf zu.

KAPITEL 51

15. August 1957

Mit wild klopfendem Herzen stand ich vor dem Höhleneingang, der schätzungsweise höchstens einen Meter hoch und in etwa genauso breit war. Meine Handflächen wurden feucht. Ich wischte sie an meinem Kleid ab. Sollte ich hineinkriechen? Die Sonne stand noch hoch am Himmel. Bestimmt wäre es drinnen nicht stockdunkel, oder? Ich zögerte kurz, bückte mich dann aber und kroch ins Innere der Höhle.

Drinnen konnte ich zwar aufrecht stehen, aber der felsige Boden war rau und uneben. Ich zog meine Sandalen wieder an und schlurfte durch den Gang, der anfangs noch ziemlich breit war, nach einigen Metern aber schmaler und schmaler wurde. Außerdem wurde es mit jedem Schritt dunkler und feuchtkalt. Fröstelnd zog ich die Schultern hoch.

Mist! Ich seh gleich nichts mehr. Schnell raus hier!

Ich wandte mich um, aber … Halt! Wenige Meter vor mir schimmerte ein diffuses Licht. Mein Nacken kribbelte. Sollte ich nachsehen? Was hatte es mit diesem blassen Lichtschein auf sich? Ich holte tief Luft, schlich vorsichtig darauf zu und befand mich auf einmal in einem breiten Hohlraum. In dessen Mitte wuchs aus dem rauen Felsboden heraus ein Stein von beachtlicher Größe, der sich auffallend von dem grauen Gestein ringsum abhob. Er schimmerte in einem milchigen Weiß, hatte eine glatte und feine Struktur und erinnerte mich unwillkürlich an einen Schneequarz. Andererseits fragte ich mich, ob es solch riesengroße Schneequarze überhaupt gab.

Plötzlich befiel mich wieder dieses eigenartige Gefühl, nicht allein zu sein. Meine Nackenhaare stellten sich auf.

Puh, wie unheimlich! Besser, ich verschwinde.

Doch seltsam … irgendetwas hielt mich zurück.

Der weiße Stein zog mich magisch an. Wie unter Zwang schlich ich auf ihn zu, strich mit der Hand über die schimmernde Oberfläche. Währenddessen blitzte ungewollt wieder die Erinnerung an Tony und die erlittene Demütigung in mir auf und verursachte einen Schmerz, der sich wie eine Machete in meine Eingeweide bohrte. Tränen, die ich nicht mehr um ihn hatte weinen wollen, flossen über mein Gesicht, tropften hinunter und benetzten den Stein. Im selben Augenblick umhüllte mich ein Gefühl der Geborgenheit wie ein warmer Mantel.

»Ach, könnte ich doch nur von hier fortgehen«, rief

ich laut aus. Das Echo meiner Stimme hallte von den Wänden der Höhle um ein Vielfaches wider. »Weit weg von ihm und von allen, die mich kennen. Irgendwohin, wo ich glücklich sein könnte.«

Was ich dann tat, war äußerst merkwürdig. Ich verstand es selbst nicht, aber ich schüttete dem Stein mein Herz aus, so als wäre er ein lebendiges Wesen aus Fleisch und Blut. Und mit jedem Wort wurde meine seelische Last ein kleines bisschen leichter.

»Er hat mir das Herz gebrochen«, schluchzte ich. »Ich habe ihn über alles geliebt und fest daran geglaubt, dass das Schicksal uns beide füreinander bestimmt hätte.«

Kaum hatte ich die letzten Worte ausgesprochen, als mit einem Mal ein schneeweißes Licht erstrahlte und wie ein Kreisel um mich und den Stein herumwirbelte. Ein eigenartiges, fremdes Gefühl durchrieselte meinen Körper, und alles um mich herum schien sich kaum wahrnehmbar zu bewegen. Doch ebenso plötzlich, wie mich dieser furchterregende Spuk überfallen hatte, war er nach wenigen Sekunden wieder vorbei. Meine Hand strich noch immer wie in Trance über die weiß schimmernde Oberfläche dieses seltsamen weißen Steins. Blitzschnell, so als hätte ich mich verbrannt, zog ich sie zurück, griff nach meiner Tasche und flüchtete durch den schmalen Gang nach draußen.

Kapitel 52

15. August 1957

Wieder an der frischen Luft, stand ich minuten-lang schweratmend mit dem Rücken zur Höhle. Dann warf ich meine Tasche über die Schulter, hob mein Kleid bis über die Knie hoch und watete durchs Wasser um die Felsen herum ans Ufer. Tief in Gedanken versunken trottete ich mit gesenktem Kopf durch den Sand.

Plötzlich drangen von Weitem Stimmen und Geläch-ter an mein Ohr. Ich blieb wie angewurzelt stehen, hob den Blick und traute meinen Augen nicht. *Hier stimmt doch was nicht,* zuckte es durch mein Hirn. Voller Ent-setzen starrte ich auf die Szene zirka dreißig Meter vor mir.

Der Strand war einsam und verlassen gewesen, als ich vor nicht allzu langer Zeit hergekommen war – keine Menschenseele weit und breit. Nun aber lagen einige Leute halbnackt in der Sonne, während andere sich im Wasser tummelten. Ein eiserner Ring legte sich um mein Herz. Was in aller Welt war hier bloß los?

»Kann ich dir irgendwie helfen?«, sprach mich plötzlich eine angenehme männliche Stimme von hinten an.

Ich schnellte herum und blickte entgeistert in das Gesicht eines gut aussehenden jungen Mannes Anfang zwanzig, der mich freundlich anlächelte.

»Nein, nein. Vielen Dank, aber mir geht es gut.« Verlegen scharrte ich mit den Füßen im Sand herum. »Ich wundere mich nur, dass es hier auf einmal so belebt ist, und …« Ich zögerte kurz. »… vor ein paar Minuten noch kein Mensch hier war.«

Der junge Mann starrte mich an, als zweifelte er an meinem Verstand. »Wie meinst du das, dass niemand hier war?« Er betrachtete mich von oben bis unten.

Ich schüttelte meine Haare zurück und zupfte nervös an den Trägern meines Sommerkleides herum. »Was starrst du mich denn so an?«, knurrte ich unwillig.

Er ignorierte meine Frage, stellte stattdessen eine Gegenfrage: »Was machst du eigentlich hier? Zum Schwimmen oder zum Sonnenbaden bist du ja anscheinend nicht gekommen.«

»Das geht dich überhaupt nichts an! Einen schönen Tag noch.« Ich drehte mich auf dem Absatz um, stapfte zum Feldweg und hoch zur Straße. Oben angekommen, fuhr mir ein riesiger Schreck in die Glieder.

Wo ist mein Fahrrad? Ich habe es genau hier abgestellt!

Panisch rannte ich einige Schritte nach rechts, dann nach links. Mein Rad war nirgendwo zu sehen, es war spurlos verschwunden. Jemand musste es gestohlen haben. Was sollte ich jetzt tun? Ich konnte doch unmöglich den weiten Weg nach Hause laufen. Sollte ich den jungen Mann von vorhin bitten, mir zu helfen? Er sah um drei oder vier Jahre älter aus als ich und besaß vielleicht ein Auto, mit dem er mich nach Hause fahren könnte. Wenn nicht, würde er mir sicher Geld für ein Taxi leihen, denn eigentlich war er ganz nett zu mir gewesen, nur ich leider nicht zu ihm.

Ich eilte den Weg zurück und blickte mich suchend um. Glücklicherweise fand ich ihn ein paar Meter weiter. Er saß auf einem Badetuch und las in einer Zeitung. Erleichtert stürmte ich auf ihn zu.

»Ach bitte, ich brauche nun doch deine Hilfe. Mein Fahrrad wurde gestohlen. Ich hatte es oben an der Straße abgestellt, und nun ist es …« Der Rest des Satzes blieb mir im Halse stecken. Entsetzt starrte ich auf die Zeitung in der Hand des Fremden.

»Was ist denn bloß los mit dir?«, fragte er stirnrunzelnd. Sein Blick drückte gleichzeitig Erstaunen und Belustigung aus.

Statt einer Antwort riss ich ihm die Zeitung aus der Hand, hielt sie mir dicht vors Gesicht und schüttelte ungläubig den Kopf.

»Nein, das kann nicht sein«, stammelte ich ratlos. »Das ist völlig unmöglich!«

Der junge Mann sprang auf. »Willst du mir nicht endlich sagen, was mit dir los ist?«, rief er mit einem irritierten Ton in der Stimme. »Du siehst aus, als hättest du ein Gespenst gesehen. Was ist denn so unmöglich?«

»Das Da-Datum«, stotterte ich. »Das Datum ... es stimmt nicht.«

»Was stimmt denn damit nicht? Heute ist doch der 15. August, oder etwa nicht?«

»Natürlich, ja ... Aber das ... das Jahr ... Als ich vor ungefähr einer Stunde herkam, war noch ...« Ich holte tief Luft. »... der 15. August 1957.«

Sekundenlang starrte der junge Mann mich mit offenem Mund an. »Was soll der Unsinn?«, fuhr er mich dann an. »Hast du den Verstand verloren? Wenn das ein Scherz sein soll, vergiss es ganz schnell. Ich verschwende nämlich nicht gern meine Zeit. Und kannst du mir jetzt bitte meine Zeitung zurückgeben?«

Völlig verstört drückte ich ihm seine Zeitung in die Hand. »Klar, tut mir leid.« Tränen brannten in meinen Augen. Ich bemühte mich verzweifelt, sie zurückzudrängen, drehte mich um und schlich mit hängenden Schultern davon.

Was war mit mir geschehen? Ich konnte mich doch unmöglich im Jahr 1983 befinden. Das musste ein Albtraum sein! Oder? Schlagartig fiel mir ein, dass ich mich vorhin in der Höhle an einen weit entfernten Ort gewünscht, mir meinen Kummer von der Seele geweint und kurze Zeit später in einem gleißend hellen Lichtkreis gestanden hatte. Und dann war da diese fremdartige Strömung in meinem Körper gewesen, das Gefühl einer kaum wahrnehmbaren Bewegung.

Ich runzelte die Stirn. War es möglich, dass dieser weiße Stein magische Kräfte besaß? War er vielleicht das Tor in eine andere Zeit? Ich erinnerte mich an den Roman »Die Zeitmaschine« von H. G. Wells, den ich vor zirka drei Jahren gelesen hatte. Ich war von der Geschichte fasziniert gewesen und hatte das Buch in wenigen Tagen regelrecht verschlungen. Allerdings war mir niemals der Gedanke gekommen, dass es so etwas wie Zeitreisen wirklich geben könnte – bis jetzt. Vielleicht sollte ich noch einmal in die Höhle zurückgehen und …

»Warte doch mal«, hörte ich die Stimme des jungen Mannes hinter mir herrufen.

Widerwillig drehte ich mich um. »Was willst du denn noch von mir?«, fragte ich schnippisch und stemmte beide Hände in die Hüften. »Ich möchte mit meinem Blödsinn nicht deine wertvolle Zeit verschwenden.« Wütend funkelte ich ihn an.

»Tut mir wirklich leid, wenn ich etwas zu grob zu dir war.« Er sah zerknirscht aus. »Aber deine Behauptung hat mich im ersten Moment buchstäblich aus den Socken gehauen.« Er streckte mir seine Hand entgegen. »Ich bin Matthew Brown. Du kannst mich Matt nennen. Ich hoffe, du gibst mir noch eine Chance.« Er legte bittend seine Hände zusammen. In seinen braunen Augen lag aufrichtige Reue.

Ich zögerte kurz, bevor ich seine Hand ergriff. »Ich

bin Olivia Graham … Livy.« Ich lächelte. »Ist schon in Ordnung. Ich war ja auch nicht besonders nett zu dir. Und ehrlich gesagt, ist es kein Wunder, dass du mich für verrückt hältst. Ich verstehe nämlich selbst nicht, was mit mir passiert ist.«

»Da bin ich aber froh, dass mich das grüne Gift deiner Augen noch einmal verschont hat«, scherzte Matt.

Wir lachten beide.

»Komm, Olivia … äh, Livy, ich lade dich jetzt zu einem Drink ein«, schlug Matt vor. »Dann erzählst du mir ausführlich und in aller Ruhe, was du erlebt hast, okay? Gemeinsam werden wir dem Rätsel schon auf die Spur kommen, was meinst du?« Er lächelte strahlend und zwinkerte mir zu.

Ich nickte erleichtert. »Danke, Matt, das ist total nett von dir.« Mir plumpste ein riesengroßer Stein vom Herzen.

KAPITEL 53

Kitty

K ittys Augen hatten sich während des Lesens mit Tränen gefüllt. Sie war zutiefst erschüttert über die bittere Enttäuschung, die ihre Mum als blutjunges Mädchen erlebt hatte.

Livy hatte diesen Mann mit der ganzen Kraft ihres unschuldigen jungen Herzens geliebt. Einen Mann, der diese hingebungsvolle Liebe mit Füßen getreten hatte. Anthony Parker hatte nicht nur seine ahnungslose junge Frau belogen und betrogen. Er hatte auch ein junges, unerfahrenes Mädchen schamlos ausgenutzt und hintergangen, um es dann wegzuwerfen wie ein kaputtes Spielzeug, als seine Frau schwanger wurde. Andy hatte vollkommen recht mit dem, was er gesagt hatte; sein Vater war hinterhältig und feige gewesen.

Kitty ballte ihre Hände zu Fäusten. Auch wenn sie das Wesentliche dieser Geschichte bereits aus Andys Erzählungen gekannt hatte, war es für sie noch tausendmal schlimmer, sämtliche Details aus erster Hand zu erfahren, den Schmerz ihrer geliebten Mutter sozusagen hautnah mitzuerleben. Diese erste grausame Erfahrung als junges Mädchen hatte der jungen Olivia buchstäblich den Boden unter den Füßen weggerissen.

Kitty war voller Verachtung für diesen charakterlosen Menschen, der ihrer Mum das Herz gebrochen hatte. Zum wiederholten Male wunderte sie sich darüber, wie es einem so gewissenlosen Dreckskerl wie Anthony Parker möglich gewesen war, einen so guten und wertvollen Menschen wie Andy hervorzubringen.

Kitty seufzte und stützte ihren Kopf in beide Hände. Nun, nach dem Einfügen dieser letzten noch fehlenden Puzzleteile, lag das komplette Bild vor ihr. Endlich erschloss sich ihr der wahre Grund für das ablehnende Verhalten ihrer Mum, nachdem sie ihr damals von Andy erzählt hatte. Unwissentlich hatte sie alles in ihr wieder aufgewühlt: die Erinnerung an ihre erste große Liebe, ihre Verzweiflung, als sie erfuhr, dass Anthony schon zu Beginn ihrer Beziehung verlobt gewesen war, fünf Monate später geheiratet und ihr trotzdem noch weitere vier Monate die große Liebe vorgespielt hatte. Verständlicherweise hatte Mum gedacht, Andy wäre genauso mies wie sein Vater.

Eine Weile hing Kitty ihren Gedanken nach, bevor sie sich wieder dem Tagebuch zuwandte.

Sie hatte nun erfahren, wann und wie ihre Eltern sich kennengelernt hatten und wollte nun natürlich auch wissen, zu welchem Zeitpunkt die beiden sich nähergekommen waren. Mit hochroten Wangen las sie weiter

in den Aufzeichnungen ihrer Mum und spürte in jeder
Zeile die positive Vibration zwischen ihren Eltern ...

Wenig später saßen wir uns bei einer Tasse Tee gegenüber. Ich erzählte Matt die ganze Geschichte, allerdings
zunächst erst einmal von dem Augenblick an, als ich in
die Höhle gekrochen war. Er hörte mir mit ernster
Miene aufmerksam zu, ohne mich auch nur ein einziges
Mal zu unterbrechen. Zwischendurch schüttelte er nur
ein paarmal den Kopf und zog die Augenbrauen
zusammen.

Nachdem ich meine Erzählung beendet hatte,
herrschte ein paar Sekunden lang nachdenkliches
Schweigen. Dann sagte Matt leise: »Nun, du weißt
selbst, wie fantastisch sich deine Geschichte anhört.« Er
strich sich eine dunkle Haarsträhne aus der Stirn. »Aber
ich glaube dir.«

In seinen warmen, rehbraunen Augen konnte ich
lesen, dass er die Wahrheit sprach. Und seltsam ... aber
in diesem Augenblick hatte ich das untrügliche Gefühl,
angekommen zu sein ...

Kitty lächelte unter Tränen, als sie diese Worte ihrer
Mutter las. Im Geiste sah sie die jüngere Ausgabe ihrer
Eltern vor sich, und ihr wurde warm ums Herz. Sie
nahm noch einen Schluck Cola und las dann aufgeregt
weiter. Und die Geschichte der beiden wurde mit jeder
Seite spannender. Die Liebe zu ihrem späteren Mann,

Kittys Dad, beschrieb ihre Mum als ein langsam, aber stetig wachsendes Gefühl tiefer Zuneigung und inniger Verbundenheit zweier Herzen, das auf Treue, Loyalität, Freundschaft, gemeinsamen Interessen und Wertvorstellungen basierte.

»Unsere anfängliche Freundschaft wurde mit der Zeit immer tiefer und inniger. Wir vertrauten einander blind, waren unzertrennlich und immer füreinander da. Matt half mir, mich in seiner Zeit zu integrieren und mir eine Existenz aufzubauen. Und eines Tages funkte es zwischen uns, und wir verliebten uns ineinander. Ich war unsagbar glücklich und dankte dem Schicksal, dass ich durch Matt die wahre Liebe kennenlernen durfte«, las Kitty und erinnerte sich, dass ihre Mum etwas Ähnliches an jenem bedeutsamen Tag nach dem Familienurlaub in Cornwall gesagt hatte. »Das Schicksal hat mich vor Schlimmerem bewahrt und mich zu deinem Vater geführt, meiner wahren Liebe«, vernahm sie im Geiste Mums Worte.

Ihre Liebe zu Anthony Parker hingegen hatte sie einige Seiten davor als leidenschaftliches Begehren und wilde Zärtlichkeit beschrieben, ein Gefühl, das Körper und Seele gleichermaßen brennen ließ. »Erst viel später wurde mir klar, dass das, was ich für Liebe gehalten hatte, in Wahrheit ein Strohfeuer gewesen war, das ebenso schnell wieder erlosch, wie es zuvor aufgeflammt war«, schrieb sie.

Kitty stützte ihren Kopf in beide Hände. Konnte es

sein, dass die Liebe von jedem Menschen auf unterschiedliche Art und Weise definiert wurde? Wahrscheinlich war es so. Denn ihr eigenes Herz war sowohl erfüllt von tiefer Zuneigung und inniger Liebe als auch von heißer Leidenschaft und Zärtlichkeit.

Ein verklärtes Lächeln schlich sich auf Kittys Lippen. Ihre Liebe zu Andy war allumfassend! Es war ein Gefühl, das der Verstand nicht erklären und Worte nicht zu beschreiben vermochten. Sie war fest davon überzeugt, dass Andy das Gleiche für sie empfand und diese gegenseitige unerschütterliche Liebe der Grund dafür war, dass keine Macht der Welt sie jemals voneinander trennen könnte. Ihre Liebe konnte alles besiegen: Schicksal, Alter und Zeit … ja, selbst den Tod!

Als Kitty das Tagebuch endlich zuschlug, saß sie einige Minuten lang mit nachdenklich gerunzelter Stirn auf dem Sofa und grübelte.

Warum war Mum niemals auf die Idee gekommen, ihre fantastische Lebensgeschichte zu einem Roman auszuarbeiten? Sie musste doch gewusst haben, wie viel Potenzial darin steckte.

Warum, Mum? Warum hast du deine Geschichte niemals geschrieben und veröffentlicht?

Ruckartig richtete Kitty sich steil auf, denn wie ein Blitz aus heiterem Himmel durchzuckte ein Gedanke ihr Hirn. *Aber natürlich!* Sie schlug sich mit der flachen Hand gegen die Stirn, denn mit einem Schlag wurde ihr bewusst, dass sie hier den perfekten Stoff für *ihren* ersten Roman in den Händen hielt. O ja, sie war sich jetzt sogar vollkommen sicher, dass ihre Mum genau das gewollt hätte.

Kitty konnte es nun kaum erwarten, Andy von dem Tagebuch ihrer geliebten Mutter zu erzählen. Auch er musste unbedingt die ganze Wahrheit erfahren. Wie würde er auf diese tragische und zugleich aufregende und fantastische Geschichte reagieren?

KAPITEL 54

Kitty

M ein Vater war noch viel niederträchtiger, als ich es jemals vermutet hätte«, war Andys erster Kommentar, nachdem Kitty ihm die ganze Geschichte berichtet hatte. Er schüttelte den Kopf. »Trotzdem bin ich froh, dass wir beide endlich die Wahrheit kennen.«

»O ja, ich auch.« Kitty saß mit vor Aufregung heißen Wangen in ihrem Ohrensessel. »Und ich kann es immer noch nicht fassen, dass meine Mum mir ihr Tagebuch mit all diesen spannenden Aufzeichnungen hinterlassen hat«, plapperte sie munter drauflos und klatschte vor Begeisterung in die Hände. »Ich werde meinen ersten Roman schreiben! Kannst du dir das vorstellen, Andy?« Erwartungsvoll sah sie ihn an. Ihre Augen leuchteten wie die eines reich beschenkten Kindes.

»Das ist großartig! Ich freue mich so für dich. Sicher wird dein Buch ein Riesenerfolg werden«, erwiderte Andy lächelnd.

»Nun ja, wir werden sehen. Schließlich bin ich kein Profi. Noch nicht.« Kitty grinste spitzbübisch. »Viel wichtiger ist, dass es sowohl die Geschichte unserer Eltern als auch unsere eigene sein wird. Aber das Allerschönste ist, dass …« Sie sprang auf, hüpfte um den Tisch herum und hockte sich neben Andy auf die Sofakante. Sie nahm seine Hände in die ihren und blickte ihm tief in die Augen. »… wir beide dadurch unsterblich werden.«

Andy sagte nichts, drückte sie nur fest an sich. Eine Weile war es mucksmäuschenstill zwischen ihnen, bis Kitty erneut das Wort ergriff.

»Natürlich werde ich sämtliche Namen und Orte ändern. Trotzdem ist und bleibt es *unsere* Geschichte, nicht wahr?«

Andy küsste sie auf die Nasenspitze. »Selbstverständlich bleibt es das, mein Herz. Es ist eine außergewöhnliche Geschichte, wie sie sicher bisher von niemandem erzählt wurde. Ich wette, du kannst es kaum erwarten, mit dem Schreiben anzufangen. Habe ich recht?«

»Vollkommen! Heute bin ich allerdings zu müde. Pam hat mich mit Arbeit überhäuft, und das am Freitag! Aber jetzt ist ja Wochenende. Gleich morgen fange ich an.« Stürmisch küsste sie Andy auf den Mund. »Ich bin so froh, dass sich uns nun endlich der tiefere Sinn von allem offenbart hat. Das Geheimnis ist gelöst. Wir zwei waren von Anfang an unabänderlich füreinander bestimmt. Und nun kann uns keine Macht der Welt jemals wieder voneinander trennen. Ist das nicht wunderbar?«

Andy nickte. »Unbedingt.«

»Dann frage mich auf der Stelle noch mal, ob ich dich heiraten will!«, verlangte Kitty mit gespielt strenger Stimme.

Andys Stimme klang feierlich, als er nun zum zweiten Mal die bedeutende Frage an Kitty richtete: »Katherine Brown, ich liebe dich mehr als alles andere auf der Welt, und ich kann und will ohne dich nicht mehr leben. Willst du mich heiraten?«

»O ja, Andrew Parker, das will ich von ganzem Herzen. Und die ganze Welt soll nun endlich erfahren, dass wir zwei unauflöslich zusammengehören.«

KAPITEL 55

Andy

Andys und Kittys Hochzeit fand im engsten Familienkreis statt mit Joshua und Luke als Trauzeugen.

Andys Augen konnten sich nicht eine Sekunde lang von seiner schönen jungen Frau lösen. Kitty trug ein auf Taille gearbeitetes, cremefarbenes Seidenkleid mit zarter Spitze, das ihre zierliche Figur wunderbar zur Geltung brachte. Ihre langen blonden Haare waren mit einer Spange am Hinterkopf zusammengehalten und fielen in weichen Wellen bis zu ihrer Taille hinab.

»Du siehst bezaubernd aus«, hauchte er ihr ins Ohr. »Viel zu schön für einen alten Knaben wie mich.«

»Ach was, alt!« Kitty riss ihre Augen weit auf. »Du siehst super aus und locker zwanzig Jahre jünger mit dem neuen Haarschnitt.«

Andy schmunzelte. »Na, wenn du das sagst, dann wird es wohl stimmen.« Er zwinkerte ihr zu.

Selten zuvor hatten zwei Gesichter so vor Glück gestrahlt, als er und Kitty sich ihr Jawort gaben.

Nachdem jeder der anwesenden Gäste dem frisch vermählten Brautpaar seine Glückwünsche ausgesprochen hatte, nahm Andys Tochter Amelia Jane ihre junge Stiefmutter fest in die Arme und küsste sie herzlich auf beide Wangen.

»Ich weiß, dass du meinen Dad zum glücklichsten Menschen der Erde machen wirst, und dafür bin ich dir unendlich dankbar«, sagte sie.

»Das werde ich ganz bestimmt«, erwiderte Kitty und drückte Amy an sich, »denn ich liebe deinen Dad über alles.«

Josh umfasste Kittys Kopf mit beiden Händen und küsste sie abwechselnd auf Wangen und Stirn. »Werde glücklich mit ihm, kleine große Schwester. Ihr beide habt es verdient.« Und an Andy gewandt: »Ich freue mich für euch, Schwager. Du bist nun mal der Einzige, der meine Schwester wirklich glücklich machen kann.« Er zwinkerte ihm zu und hob scherzhaft den rechten Zeigefinger. »Dass mir jetzt aber keine Klagen kommen.«

Andy lachte und zwinkerte zurück. »Ich werde mich schwer in Acht nehmen.«

Als Josh weitergegangen war, kam Luke zu ihnen. »Werdet glücklich, ihr zwei.« Er nahm beide nacheinander in die Arme.

Andy sah die Aufrichtigkeit in den Augen seines Sohnes. »Danke, mein Junge«, sagte er gerührt und drückte ihn zärtlich an sich. Dann blickte er in die strahlenden Augen seiner Frau, in denen er seine eigenen Gedanken lesen konnte.

Endlich gibt es niemanden mehr, der an unserer Liebe Anstoß nimmt.

KAPITEL 56

CORNWALL, AUGUST 2010

Kitty

Einige Tage nach ihrer Hochzeit reisten Kitty und Andy in die Flitterwochen nach Cornwall und mieteten für vier Wochen ein kleines Cottage mit Blick aufs Meer. Es lag ganz in der Nähe des Strandes, an dem sie sich zum ersten Mal begegnet waren.

Freudestrahlend hüpfte Kitty durchs Haus und öffnete in jedem Raum weit die Fenster. Tief atmete sie die frische, salzige Meeresluft ein, die hereinströmte. Als sie die Tür zur Veranda öffnete, klatschte sie vor lauter Begeisterung in die Hände, nahm Andy bei der Hand und zog ihn mit sich nach draußen. Sie breitete weit ihre Arme aus, so als wollte sie das herrliche Panorama, das sich ihnen bot, umarmen. »Sieh doch mal, Andy«, rief sie voller Begeisterung, »ist das nicht atemberaubend schön?«

Das Meer glitzerte im Schein der Sonne wie flüssiges Silber, der Himmel war strahlend blau. Nur eine einsame, weiße Wolke zog langsam vorbei.

»O ja, es ist wundervoll«, bestätigte Andy, legte den

Arm um Kittys Schulter und drückte sie fest an sich. »Und mit dir an meiner Seite ist es einzigartig.«

Kitty kuschelte sich glücklich lächelnd an ihn und schloss die Augen. Aus der Ferne drang das vertraute Kreischen der Möwen an ihr Ohr. Der Wind strich sanft durch ihr Haar, die warmen Sonnenstrahlen liebkosten ihre Haut.

Überwältigt von der tiefen Liebe zu dem Mann an ihrer Seite gab Kitty sich mit all ihren Sinnen dem Zauber dieses unvergesslichen Augenblicks hin.

∞

Josh und Luke hatten ein Doppelzimmer in einer nur wenige Meter entfernten Pension gebucht, für den Fall, dass Andy gesundheitliche Probleme bekäme und sie den Urlaub vorzeitig abbrechen müssten.

Das späte Glück, das Andy mit seiner großen Liebe erleben durfte, schien ihn jedoch um Jahre verjüngt zu haben. Mit seinen blauen Augen, die mit der Sonne um die Wette strahlten, war er eine auffallend attraktive Erscheinung. Und so gesund und vital, wie er aussah, hätte niemand einen kranken Mann in ihm vermutet.

Kitty schöpfte von Tag zu Tag mehr die Hoffnung, dass Andy und sie noch viele schöne Jahre miteinander verbringen würden. Immerhin hatte sie schon von Fällen gehört und gelesen, in denen schwerkranke Menschen wie durch ein Wunder geheilt und wieder völlig gesund wurden. Sie glaubte daran, dass Liebe, Glück und eine positive Lebenseinstellung durchaus so etwas bewirken könnten und klammerte sich ganz fest an diese Hoffnung. Um jeden Preis wollte sie alles in ihrer Macht Stehende dafür tun, dieses Wunder mit ihrem geliebten Mann zu erleben.

Kitty hatte bereits vor dem Urlaub täglich am ersten Teil ihres Romans gearbeitet und bereits fünf Kapitel geschrieben. In diesem Teil wollte sie über die frühen Jugenderlebnisse ihrer Mum schreiben und später dann die Liebesgeschichte beider Eltern erzählen. Hier in Cornwall aber legte sie den ersten Teil vorerst beiseite und begann mit dem Schreiben des zweiten Teils, der ihre und Andys Geschichte beinhalten sollte. Nach einer Woche hatte sie sieben Kapitel fertig geschrieben.

Während sie Andy mit leuchtenden Augen daraus vorlas, fühlte sie sich zurückversetzt in den heißen Monat August des Jahres 2003, als sie beide sich kennen- und lieben gelernt hatten. Es war so, als durchlebte sie die wunderbare Zeit mit Andy noch einmal. Natürlich wurden auch die traurigen Ereignisse wieder in ihr lebendig; sie hatten jedoch ihren Schrecken verloren. Die versäumten Jahre schienen ausgelöscht zu sein, allein die glückliche Gegenwart zählte.

Die gemeinsame Zeit ihrer Flitterwochen schweißte Kitty und Andy noch enger zusammen. Endlich erlebten sie die Erfüllung ihrer leidenschaftlichen Liebe, nach der sie sich beide so lange gesehnt hatten. Und dass sie dies an dem Ort erleben durften, an dem sie sich damals ineinander verliebt hatten, machte ihr Glück vollkommen.

Aber die herrliche, unbeschwerte Zeit flog viel zu schnell dahin, und am Tag ihrer Heimreise war beiden ein wenig schwer ums Herz.

»Weißt du was?«, versuchte Kitty, Andy und sich selbst ein wenig aufzuheitern. »Wir kommen im nächsten Jahr einfach wieder her.« Sie hauchte einen zärtlichen Kuss auf seine Lippen und machte sich dann schnell ans Kofferpacken. Beim Blick in Andys traurige Augen wusste sie natürlich sofort, an was er dachte.

KAPITEL 57

Andy

Tatsächlich glaubte Andy nicht daran, noch einen weiteren Sommerurlaub mit Kitty erleben zu dürfen. Mit Wehmut dachte er daran, wie schön alles hätte sein können, wenn er im Sommer 2003 bei ihr geblieben wäre. Dann hätten sie jetzt noch beide ihr ganzes Leben vor sich. Er hätte Medizin studiert und befände sich jetzt in der Facharztausbildung. In ein paar Jahren würde er eine eigene Praxis eröffnen und seinen Traumberuf ausüben. Sie würden sich ein schönes Haus bauen, heiraten und später auch Kinder bekommen. Kitty würde sich daheim ein Büro einrichten, in dem sie als freie Schriftstellerin und Lektorin arbeiten könnte.

Andy malte sich in den prächtigsten Farben aus, wie wundervoll ihr gemeinsames Leben hätte verlaufen können, wie unbeschreiblich glücklich sie geworden wären.

Seine Augen füllten sich mit Tränen. Sie hätten zusammen alt werden können, denn vermutlich wäre er mit Kitty in seinem Leben niemals so krank geworden.

Was wäre, wenn …? Aber es gab kein Zurück! Das wusste doch niemand besser als er. Darum hatte er allen Grund, dankbar zu sein! Dankbar dafür, dass seine Kitty ihn immer noch genauso liebte wie damals, als auch *er* noch jung gewesen war; dankbar dafür, dass ihre Liebe noch eine Chance bekommen hatte, auch wenn es in den Sternen stand, wie lange ihr Glück dauern würde.

In Andys Kopf ertönte Kittys Stimme: »Unsere Liebe hat uns trotz aller Hindernisse wieder zusammengeführt, weil sie tausendmal stärker ist als Raum und Zeit. Wir haben eine zweite Chance bekommen, auch wenn unsere gemeinsamen Jahre begrenzt sein mögen.«

O ja, er sollte dankbar sein und die späte Erfüllung seiner leidenschaftlichen Liebe so lange wie möglich und mit allen Sinnen genießen. Energisch und entschlossen wischte er sich die Tränen von seinen Wangen. Ihm war klar, was Kitty tief in ihrem Herzen hoffte, und er wollte ihr diese Hoffnung nicht nehmen. Nein, denn er wollte sie glücklich sehen!

»Fertig!«, unterbrach Kitty in diesem Moment seine Gedanken. Sie setzte sich auf Andys Schoß, kuschelte sich an ihn und legte ihre Wange an die seine.

Zärtlich streichelte Andy ihren Rücken, vergrub sein Gesicht in ihren seidigen blonden Locken und atmete tief ihren zarten Duft ein. Dann küsste er sie mit einer Leidenschaft, als wäre es das letzte Mal. »Weißt du eigentlich, wie sehr ich dich liebe?«, flüsterte er an ihrem Ohr und drückte sie fest an seine Brust.

»Und ich liebe dich noch viel mehr.« Kitty liebkoste mit den Lippen seine Wange. »Trotzdem müssen wir jetzt vernünftig sein, mein Lieber. Luke und Josh müssten jeden Moment hier sein.«

Wie auf Kommando klopfte es an der Tür und Josh trat ein. »Na, seid ihr startklar, ihr Turteltäubchen?«, scherzte er mit einem spitzbübischen Grinsen im Gesicht.

»Aber klar doch!« Kitty zwinkerte Andy zu. »Wir haben uns gerade schon gefragt, wo ihr so lange bleibt.«

»Das glaube ich dir natürlich aufs Wort, Schwesterherz«, feixte Josh.

»Wo ist Luke?« Andy blickte suchend zur Tür.

»Er wartet unten im Auto auf uns. Warum fragst du?«

»Ach, nur so.« Andy musste plötzlich daran denken, wie sehr er seinen Sohn liebte. Er dachte an seine wunderbare Tochter Amy und an Bonnie, seine kleine anschmiegsame Enkeltochter. Sie alle liebte er von ganzem Herzen, und sie liebten ihn. Um nichts in der Welt würde er sie missen wollen!

Ein Lächeln erhellte Andys Gesicht. *Ja, was wäre, wenn ... ?*

KAPITEL 58

Kitty

Luke verkündete gleich nach der Rückkehr aus Cornwall, nach einer anderen Wohnung Ausschau halten zu wollen.

»Das kommt überhaupt nicht infrage, mein Sohn«, widersprach Andy. »Du wirst hier dringend gebraucht. Was meinst *du* zu dieser absurden Idee, Kitty?«

»Natürlich bleibst du hier!«, stimmte Kitty ihm zu. »Schließlich bist du ein erfahrener Schriftsteller und musst mir unbedingt beim Schreiben meines ersten Romans hilfreich zur Seite stehen. Ich kann bestimmt noch jede Menge von dir lernen.« Sie zwinkerte ihm fröhlich zu.

In Lukes Augen leuchtete es auf. »Na, dann habe ich wohl keine andere Wahl als hierzubleiben.«

»So ist es wohl«, erwiderten Kitty und Andy unisono und lachten.

Kitty hatte bereits vor ihrem Umzug den Arbeitsplatz im Verlag gekündigt. Sie schrieb mit Feuereifer an ihrem Buch und bekam so manchen nützlichen Tipp von Luke.

»Weißt du, Andy, Luke ist ein richtiger Schatz«, sagte sie eines Abends. »Egal, wie oft ich ihm mit meiner Fragerei auf die Nerven gehe, er bleibt immer ruhig und hilft mir, wo er nur kann.« Sie grinste. »Ganz der Vater.«

»Er mag dich eben.« Andy schmunzelte. »Alle mögen dich, und Bonnie betet dich buchstäblich an.«

Kitty nickte und lächelte glücklich. »Ja, Bonnie ist bezaubernd. Ich hab mich auf den ersten Blick in sie verliebt. Und auch mit Amy und Jake verstehe ich mich großartig.« Sie schmiegte sich an ihn. »Ach Andy, ich liebe deine Familie und bin unbeschreiblich glücklich, dass wir alle ein so harmonisches Verhältnis miteinander haben.«

Kitty und Andy verbrachten viele schöne Wochenenden im Kreise der Familie, unternahmen aber auch viel zu zweit. Sie machten tägliche Spaziergänge entlang des Eastbourne Pier und fuhren zum Lunch ins benachbarte Seaford oder nach Alfriston, ein malerisches kleines Dorf im Tal des Cuckmere River.

Ab und zu schloss Josh sich ihnen an, in Begleitung seiner Freundin Jessica, ein hübsches, burschikoses Mädchen mit streichholzkurzem, kastanienbraunem Haar und großen nussbraunen Kulleraugen, das er vor nicht allzu langer Zeit in der Uni kennengelernt hatte. Jessie, wie Josh sie liebevoll nannte, war eine Kommilitonin und studierte wie er Informatik. Mit ihrer natürlichen Art und ihrem herzhaften, ansteckenden Lachen hatte sie auf Anhieb alle Herzen im Sturm erobert und gehörte inzwischen schon zur Familie.

Andy schien vor Lebensfreude nur so zu strotzen, sodass Kitty den Gedanken an sein schwaches Herz immer mehr verdrängte und ganz fest an das von ihr ersehnte Wunder glaubte.

KAPITEL 59

Kitty

Darum traf es Kitty auch wie aus heiterem Himmel, als der gefürchtete Augenblick kam, in dem das Schicksal erbarmungslos zuschlug.

Es war ein Jahr später, an einem ungewöhnlich schwülen Spätsommertag im September. Sie hatten zuvor im *Bengal Palace* in Seaford zu Mittag gegessen und machten einen Spaziergang zu den weltberühmten Seven Sisters, eine zehn Kilometer lange schneeweiße Felsenkette aus sieben unterschiedlich hohen, dicht nebeneinanderliegenden Kreidefelsen.

Unterwegs setzten sie sich auf eine Bank am Hindover Hill und blickten hinab auf das wunderschöne Cuckmere Valley und den in Schlangenlinien hindurchfließenden Cuckmere River.

Andy sah müde und erschöpft aus. Auf seiner Stirn hatten sich Schweißperlen gebildet, und er war ungewöhnlich still. Besorgt betrachtete Kitty ihn von der Seite. Ihr war nicht entgangen, dass er während des Spaziergangs einige Male unauffällig nach Luft geschnappt hatte – darauf bedacht, es vor ihr zu verbergen.

In den letzten Tagen war es auch häufiger vorgekommen, dass Andy schon am frühen Abend todmüde ins Bett gefallen war, weshalb Kitty den Eindruck gehabt hatte, dass ihm manchmal im Ruhezustand das Atmen schwerfiel. Sie hatte ihm daraufhin den Vorschlag gemacht, den vierteljährlichen Check-up vorzuverlegen. Davon hatte Andy aber nichts wissen wollen.

»Mach dir doch nicht immer gleich so viele Sorgen, Sweetie. Ich vertrage nur dieses schwüle Wetter nicht. Das wird schon wieder«, hatte er gesagt und lächelnd abgewinkt.

Kitty seufzte sorgenschwer. Sie war unglaublich froh, dass am nächsten Tag nun endlich die gründliche Kontrolluntersuchung einschließlich EKG und Echokardiografie anstand. Sie würden schon früh am Morgen nach Brighton zu Amy und Jake in die Praxis fahren und hoffentlich beruhigt wieder zurück nach Hause.

In der Nacht war es wieder drückend heiß. Kitty und Andy lagen eng aneinandergekuschelt im Bett und schwelgten in glücklichen Erinnerungen an ihre wundervollen zweiten Flitterwochen, die nun fast zwei Monate zurücklagen.

Mit einem Mal wechselte Andy übergangslos das Thema. »Ich bin unbeschreiblich stolz auf dich, mein Liebling«, flüsterte er Kitty ins Ohr. »Du hast ein großartiges Buch geschrieben, das auf dem besten Wege ist, ein Bestseller zu werden.«

Kitty richtete sich auf und küsste ihn auf die Nasenspitze. »Jetzt übertreib aber mal nicht. Du weißt ganz genau, dass Luke einen nicht geringen Anteil daran hat. Hätte er mir nicht so viele wertvolle Tipps gegeben und mir nicht mit dem Marketing geholfen, wäre der Roman sicher kein nennenswerter Erfolg geworden«, wehrte sie lächelnd ab.

Andy ging nicht auf ihren Einwand ein. »Nun hast du uns beide unsterblich gemacht, mein Herz, so wie du es dir gewünscht hattest.« Ein glückliches Lächeln umspielte seinen Mund, und in seinen Augen lag ein entrückter Ausdruck.

Kitty lachte. Sie öffnete ihren Mund, um etwas Scherzhaftes zu erwidern, als sie sah, dass Andys Gesicht innerhalb weniger Sekunden aschfahl wurde. Er griff sich ans Herz, rang nach Luft und wurde kurz darauf von einem rasselnden Husten geschüttelt.

Furcht krallte sich wie eine kalte Faust um Kittys Herz. Wie elektrisiert sprang sie auf, riss ihr Handy vom Nachtschränkchen und drückte den Notruf.

»Bitte, bitte kommen Sie schnell in die Arlington Road. Mein Mann … das Herz … er bekommt keine Luft … bitte, beeilen Sie sich.« Ihre Stimme überschlug sich beinahe. Sie stürzte zurück und setzte sich zu Andy auf die Bettkante. Dicke Tränen kullerten ihr übers Gesicht. Die plötzliche Gewissheit, dass es mit ihrem geliebten Mann zu Ende gehen könnte, bohrte sich wie ein Schwertstich in ihr Bewusstsein. Mit zitternden Händen streichelte sie seine bleichen Wangen und hauchte einen zarten Kuss auf seine bläulichen Lippen.

»Das Leben mit mir war viel zu anstrengend für dich«, presste sie mit tränenerstickter Stimme hervor. »Es tut mir so leid. Vielleicht wäre es besser gewesen, wenn …« Sie atmete tief ein, ehe sie weitersprechen konnte. »… du mich nicht …«

»Pst …« Andy legte ihr mit letzter Kraft seinen Zeigefinger auf die Lippen. »Bitte nicht«, wisperte er. »Dir zu begegnen, war das Beste, das mir in meinem Leben passiert ist, hörst du? Ich liebe dich über alles.« Erschöpft hielt er inne, rang hechelnd nach Atem. »In der kurzen Zeit mit dir …«

Verzweifelt merkte Kitty, wie schwer ihm das Sprechen fiel und legte ihr Ohr dicht vor seine Lippen.

»… habe ich mehr Liebe und Glück erfahren, als es den meisten Menschen in ihrem ganzen Leben vergönnt ist.« Andys letzte Worte waren wie ein Hauch. Seine tiefblauen Augen blickten sie noch einmal voller Liebe und Zärtlichkeit an, bevor er sie mit einem friedlichen Lächeln auf den Lippen für immer schloss.

KAPITEL 60

Kitty

Andys Tod riss Kitty förmlich den Boden unter den Füßen weg. Tagelang starrte sie mit leeren Augen und ausgebranntem Herzen vor sich hin, konnte weder essen noch schlafen.

Nur einmal zuvor hatte sie sich so unendlich einsam und verlassen gefühlt. Das war vor beinahe fünf Jahren gewesen, als Josh und sie ihre Eltern zu Grabe getragen hatten. Und nun hatte sie die Bestattung ihres geliebten Mannes organisieren müssen! Am Ende ihrer Kräfte hätte sie sich am Tag der Beisetzung am liebsten in eine stille Ecke verkrochen.

Ihre Beine zitterten, ihr Herz weinte.

Mit versteinertem Gesicht schritt sie an der Seite von Luke, Amy und Jacob hinter dem mit Rosen geschmückten Sarg her.

Warum?, schrie ihr Herz. *Warum schon jetzt?*

Gleichzeitig wusste sie, dass es immer zu früh gewesen wäre. Als der Sarg in die Erde hinuntergelassen wurde, war es mit Kittys Beherrschung vorbei. Eine Flut von Tränen strömte aus ihren Augen. Leise schluchzend warf sie den kunstvoll gebundenen Strauß roter Rosen in Andys Grab. Ein letztes Zeichen ihrer tiefen, unerschütterlichen Liebe.

Die Stimme des Redners drang wie aus weiter Ferne an ihr Ohr. Ihre Umgebung verschwamm vor ihren Augen in dichtem Nebel.

Plötzlich drehte sich alles um sie herum, ihr wurde schwarz vor Augen. Halt suchend griff sie nach Lukes Arm. Er konnte sie gerade noch auffangen, bevor sie das Bewusstsein verlor.

In der folgenden Zeit versank Kitty immer tiefer in Depressionen. Sie verbarrikadierte sich, aß kaum etwas und weinte sich Nacht für Nacht in den Schlaf. Sie konnte und wollte sich einfach nicht mit Andys frühem Tod abfinden. War sie doch im letzten Jahr immer mehr zu der Überzeugung gelangt, er hätte seine Krankheit überwunden.

Unzählige Erinnerungen an die glücklichen Momente mit ihm durchfluteten ihren Kopf. Besonders ein Gespräch mit Andy hatte sich in ihren Gedanken festge-krallt – eines, das sie in ihrem letzten Cornwall-Urlaub geführt hatten.

Hand in Hand waren sie am Strand spazieren gegangen, während Kittys Gedanken sich unaufhörlich in eine bestimmte Richtung bewegt hatten. Nach einer

Weile war sie dann einfach damit herausgeplatzt. Sie erinnerte sich noch an jedes einzelne ihrer Worte …

»Meinst du nicht, Andy, ich sollte doch noch mal allein in die Höhle gehen und versuchen, zu dir …«

»Nein, auf gar keinen Fall!«, unterbrach Andy sie ungewohnt heftig. In seinen Augen stand das blanke Entsetzen. »Gib mir hier und jetzt dein Ehrenwort, dir diesen dummen Gedanken ganz schnell aus dem Kopf zu schlagen. Du weißt doch selbst um die geheimnisvolle Macht der Höhle; wir haben oft genug darüber gesprochen.«

»Ja, ja, ich weiß. Aber für mich wäre es das erste Mal, also eigentlich wie damals bei meiner Mum. Und vielleicht …«

»Um Himmels willen, nein! Versprich mir hier auf der Stelle, niemals wieder einen Fuß in diese unberechenbare Höhle zu setzen. Bitte, Kitty.« Andys Augen bettelten. »Ich werde sonst keinen Herzensfrieden mehr finden.«

»Okay, okay, ich verspreche dir hoch und heilig, nie wieder dort hinzugehen«, grummelte sie halbherzig …

Nachdenklich legte Kitty nun ihre Stirn in Falten. Dürfte sie unter den jetzigen Umständen ihr Versprechen brechen?

Nein, das darfst du nicht! Es wäre ein furchtbarer Vertrauensbruch, flüsterte die Stimme ihres Gewissens. *Hör endlich auf, darüber nachzudenken.*

Mit aller Kraft versuchte sie, diesen hartnäckigen

Gedanken in die hinterste Ecke ihres Bewusstseins zu verdrängen.

Würde er dort bleiben?

∞

Nach vielen Wochen der Isolation erkannte Kitty, dass sie etwas ändern musste. Schrittweise versuchte sie, wieder Nähe zuzulassen, weil sie merkte, dass die Familie sich große Sorgen um sie machte, allen voran natürlich Luke.

Josh kam fast täglich vorbei, um sich nach ihr zu erkundigen und brachte oft auch Jessie mit, die inzwischen für Kitty zu einer guten Freundin geworden war.

Amy kam jeden Samstag zu Besuch, obwohl sie unter der Woche vormittags in der Praxis arbeitete und sich nachmittags um Bonnie und das Haus kümmerte. Und eines Tages drang es endlich in Kittys Bewusstsein, dass *sie* nicht die Einzige war, die um Andy trauerte, sondern dass jeder in der Familie durch seinen Tod einen schmerzlichen Verlust erlitten hatte und sich dennoch unermüdlich um sie kümmerte. Sie erkannte, wie egoistisch sie gewesen war, den anderen durch ihre Haltung noch zusätzliche Sorgen zu bereiten.

»Ich werde eine Therapie machen«, verkündete sie eines Abends, als sie zusammen mit Luke, Josh und Jessica im Wohnzimmer saß. »Andy hätte nicht gewollt, dass ich mich völlig aufgebe.«

Die anderen stimmten ihr zu.

»Dad wollte dich immer nur glücklich sehen«, sagte Luke leise.

Kitty sah, dass seine Augen feucht schimmerten. *Ja, genau wie du,* dachte sie gerührt und dankbar, denn Luke kümmerte sich aufopfernd und liebevoll um sie. Er begleitete sie in die Stadt, um die nötigen Einkäufe zu erledigen, half ihr im Haushalt und achtete darauf, dass sie ausreichend Nahrung zu sich nahm. Jederzeit hatte er ein offenes Ohr, wenn sie das Bedürfnis hatte, sich ihren Kummer von der Seele zu reden, obwohl auch er seinen Dad schmerzlich vermisste.

»Ja, Luke, das weiß ich«, bestätigte sie und schenkte ihm ein herzliches Lächeln.

Von diesem Abend an verbrachte Kitty viele Abende mit Luke. Sie redeten und trösteten sich gegenseitig, manchmal bis spät in die Nacht hinein. Der gemeinsame Verlust schweißte sie im Laufe der Zeit mehr und mehr zusammen. Luke wurde wie ein Bruder für sie.

Trotzdem dauerte es ein halbes Jahr, bis Kittys tiefe Verzweiflung endlich einer stillen Trauer gewichen war. Sie wusste, dass sie diese schwere Zeit nach Andys Tod ohne Luke nicht überstanden hätte.

»Weißt du, dass ich es ohne dich nicht geschafft hätte, mich aus meinem Schneckenhaus zu befreien?«, fragte sie ihn eines Abends.

Eine tiefe Röte zog über Lukes Gesicht. »Ach was«, wehrte er ab. »Du bist stark, Kitty.« Er strich sich eine

Haarsträhne aus der Stirn. »Aber ich bin immer für dich da, wenn du mich brauchst. Vergiss das nicht.«

Kitty nahm seine Hand und drückte sie. »Danke, Luke. Danke für alles.« Ihr Herz war erfüllt mit Zuneigung und Dankbarkeit für diesen warmherzigen jungen Mann, der seinem Vater so unglaublich ähnlich war.

EPILOG

In stiller Trauer stand Kitty vor Andys Grab und betrachtete sein Bild auf der Gedenktafel, von der seine Augen sie liebevoll anstrahlten.

Der Himmel war bedeckt und spiegelte perfekt ihre trübe Stimmung wider. Trotz der schwül-warmen Witterung rann eisige Kälte durch ihre Glieder, und fröstelnd zog sie die Schultern hoch.

Es war Andys erster Todestag, und es kam Kitty vor wie gestern, seit sie sich in dieser unvergesslichen Nacht das letzte Mal in den Armen gelegen hatten.

Ihre Augen schwammen in Tränen, als sie sich zum wiederholten Male seine Worte ins Gedächtnis rief, die er ihr mit letzter Kraft ins Ohr gehaucht hatte. Sie sah noch immer den Ausdruck inniger Liebe in seinen Augen, bevor er friedlich lächelnd eingeschlafen war.

Ach Andy, ich vermisse dich so sehr!

Kitty konnte ihre Tränen nicht länger zurückhalten. In Strömen kullerten sie über ihr blasses Gesicht. Sie schniefte leise und versuchte, sie mit dem Handrücken wegzuwischen.

Luke, der schweigend neben ihr stand, reichte ihr fürsorglich sein Taschentuch.

Dankbar lächelnd nahm sie es entgegen, trocknete die Tränen von ihren Wangen und putzte sich die Nase. Dann wanderte ihr Blick sofort wieder zurück zu Andys Bild.

Ein Jahr lag diese Nacht mit ihm nun zurück, und der Schmerz war im letzten halben Jahr erträglicher geworden. Dennoch … er fehlte ihr an jedem einzelnen Tag.

Würde sie ohne ihn jemals wieder richtig glücklich werden?

Kittys Gedanken flogen zurück zu einem Gespräch, das Andy und sie wenige Monate vor seinem Tod geführt hatten …

»Du bist noch so herrlich jung, mein Liebes«, hatte er gesagt, »und hast noch viele wundervolle Jahre vor dir. Bitte, versprich mir, dass du dich dem Leben nicht verschließen wirst. Es ist mein größter Wunsch, dass du wieder glücklich wirst, wenn ich einmal nicht mehr bin.«

»Du wirst noch lange leben, Andy! Amy hat mir bei ihrem letzten Besuch noch versichert, dass du tipptopp in Schuss bist. Und sie als deine Ärztin muss es schließlich wissen.«

»Na, wie kann's auch anders sein, mit einer so wunderschönen jungen Frau an meiner Seite.« Andy hatte geschmunzelt und ihr fröhlich zugezwinkert. »Ich

weiß aber auch, dass es außer mir noch jemanden gibt,
der dich liebt und den auch du sehr gern magst.«

Sie stieß einen tiefen Seufzer aus, als sie jetzt daran zurückdachte, weil sie ahnte, was Andy sich gewünscht hätte. Aber was war mit *ihr*? Könnte sie überhaupt jemals wieder einen anderen Mann lieben? Geschweige denn, so lieben, wie sie Andy geliebt hatte? Sie konnte es sich nicht vorstellen.

Ihr Blick ruhte unverwandt auf dem geliebten Gesicht mit den warmherzigen Augen, in denen sie eine stumme Bitte zu lesen glaubte.

Kitty drehte den Kopf und blickte geradewegs in Lukes Augen, die sie zeit ihres Lebens an Andy erinnern würden. Ein warmes Gefühl der Zuneigung und Verbundenheit durchflutete ihr Herz. Aber das, was sie für Luke empfand, war die Liebe einer Schwester zu ihrem Bruder. Darum war sie auch unendlich froh und erleichtert darüber, dass Luke vor einigen Wochen auf einem Presseball eine junge Frau kennengelernt hatte, mit der er sich seitdem regelmäßig traf.

Kittys Blick wurde von Andys Augen magisch angezogen. Sie starrte wie hypnotisiert auf die Gedenktafel und – wie so oft in letzter Zeit – tauchte die kleine einsame Bucht in Thorpestone vor ihrem geistigen Auge auf. Die verborgene Höhle, der geheimnisvolle Stein. Konnte sie es wagen? Durfte sie ihr Versprechen brechen?

Sie hob den Blick und betrachtete die unzähligen grauen Wolken, so als stünde in ihnen die Antwort geschrieben. Im selben Augenblick öffnete sich wie von unsichtbarer Hand bewegt eine dichte Wolkendecke, und die Sonne strahlte verheißungsvoll vom Himmel.

Das muss ein Zeichen sein, jubelte Kittys Herz. Ein hoffnungsvolles Lächeln erhellte ihr Gesicht. Aber ja, natürlich! Die Liebesgeschichte ihrer Eltern und vor allem ihre eigene waren der Beweis dafür, dass die wahre Liebe immer siegen würde und dass kein Opfer groß genug sein könnte, für diese Liebe zu kämpfen.

Entschlossen hob Kitty ihr Gesicht der Sonne entgegen. Ihre Augen glänzten feucht.

Ja, Andy, ich werde es versuchen!

Ohne Anfang und Ende fliegt die Zeit,
hält nicht an, es gibt kein Zurück.
Ein Augenblick wird zur Ewigkeit,
die Ewigkeit zum Augenblick
im weiten Zelt der Unendlichkeit.

E. A. Freyer

NACHWORT

LIEBE LESERIN, LIEBER LESER,

ich danke Ihnen, dass Sie mein Buch gelesen haben, und hoffe, dass es Sie gut unterhalten hat.

Diese Geschichte zu schreiben, lag mir schon lange am Herzen. In den letzten Jahren gab es aber einige Rückschläge in meinem Leben, sodass es zuerst die eine oder andere Hürde zu überwinden galt, bevor ich mich wieder dem Schreiben widmen konnte.

Natürlich sind wieder sämtliche Personen und Ereignisse in dem Buch frei erfunden, und auch bei der Beschreibung der Örtlichkeiten in Cornwall habe ich mir einige Freiheiten genommen. Dagegen sind alle Orte und Straßen in Eastbourne und Umgebung authentisch.

Wenn Ihnen die Geschichte von Kitty und Andy gefallen hat, würde ich mich sehr über eine kurze Rezension bei Amazon freuen.

IHRE EDINA DAVIS

Danksagung

Nun möchte ich mich bei all den lieben Menschen bedanken, die mich auf meinem Weg begleitet haben, und mit deren unermüdlicher Ermutigung und Unterstützung es mir gelungen ist, die Geschichte in die Welt hinauszuschicken.

Allen voran danke ich meinem Mann David, der mit mir durch dick und dünn geht und mir immer treu zur Seite steht. Davey, du bist mein Fels in der Brandung. Ich liebe dich über alles!

Ich danke meinen treuen Freunden, die auch in dunklen Zeiten immer für mich da sind, mir Trost und Kraft geben.

Weiterhin danke ich meinen vier wunderbaren Kolleginnen und lieben Freundinnen, die mich nach der schwierigen Zeit wieder zum Lachen gebracht haben.

Von ganzem Herzen danke ich meinen Testleserinnen Charlotte Charonne und Cookie Ellerdahl, zwei bezaubernde Autoren-Kolleginnen, die mich unglaublich motivieren und immer ein offenes Ohr für mich haben. Mit ihrer konstruktiven Kritik und ihren kreativen Anregungen und Ideen haben sie mir geholfen, die Geschichte runder und lebhafter werden zu lassen.

Ein herzliches Dankeschön geht an meine Lektorin Anne Abdinghoff, eine wunderbare Autorin, mit deren Hilfe der Roman noch eine Spur gefühlvoller wurde und den letzten Feinschliff bekommen hat.

Ein weiterer Dank geht an meine großartige Cover-Designerin, Florin Gabor, für das wundervolle Cover.

Und last but not least danke ich ganz herzlich meiner lieben Autoren-Kollegin, Marie Döling, für das zauberhaft gestaltete Innendesign meines Buches.

Euch allen danke ich von ganzem Herzen!

EURE EDINA

Heart To Heart

written by E. A. Freyer

© *All rights reserved*

All the time I recall that sunny day
when we planned to go a common way
when you said I love you so
when you said I'll never let you go
in my mind I still see your tender look
feel your loving touch, I love you so much

I remember that you kissed me
that you hugged me, that you loved me
And I recall your words,
I know you belong to me, heart to heart
I want you to wait for me, heart to heart
One day I'll be with you, heart to heart
Please remember that I love you
that I need you, that I want you
I replied, Love, I belong to you, heart to heart
Love, I'll wait for you, heart to heart
Love, I believe in you, heart to heart

Only you will always hold my heart
You're my life, I knew it from the start
I know you are my destiny
soon you'll be always close to me
Night by night I will feel your caressing hands

see your loving eyes, hear your tender voice

Refrain …

I always hear your voice,
I know you belong to me, heart to heart
I want you to wait for me, heart to heart
One day I'll be with you, heart to heart

Danny

written by E. A. Freyer

Danny, I just think about you
Oh, Danny, I know you told me the truth
Sometimes I recall your smile
that made me forget for a while
that man who has broken my heart
Oh, Danny, you're my friend!
Yes, I know you told me the truth

When I met you, all was hazy
I closed my eyes to what's true
You said, That's life, take it easy
Wake up and try to start new

Refrain …

You said, Girl, hear what I'm saying.
You have your fate in your hands.
Now stop grieving, forget him.
Stand up and take your new chance

Danny, I just think about you
Oh, Danny, I know you told me the truth
Sometimes I recall your smile
that made me forget for a while

that man who has broken my heart
Oh, Danny, you're my friend
Yes, I know you told me the truth
Danny … you saved me, Danny, you saved me
Danny, you saved me, Danny, you saved me

ÜBER DIE AUTORIN

Edina Davis lebt mit ihrem Ehemann, einem englischen Pop-Musiker, in einem kleinen Ort im Ruhrgebiet.

Seit ihrer frühen Kindheit hat sie das geschriebene Wort geliebt und verbrachte bereits im Alter von acht Jahren den größten Teil ihrer Freizeit in der Stadtbibliothek. Ein paar Jahre später begann sie mit dem Schreiben kleiner Geschichten und Gedichte.

Als sie im Januar 1997 ihren Mann David kennenlernte, komponierte und textete sie eine Reihe englischsprachiger Songs.

»Höhle der gestohlenen Zeit« ist ihr zweiter Roman. Schauplatz der Handlung sind das traumhaft schöne Cornwall und Eastbourne, eine der schönsten Städte an Englands Südküste.

Mehr von Edina Davis

Wie viel familiären Druck kann ein Mensch ertragen, bevor seine Psyche ernsthaften Schaden nimmt?

Seaford ... eine kleine Stadt in East Sussex, an der Südküste Englands. Hier werden in den frühen sechziger Jahren die Zwillingsschwestern Carolyn und Carina Harris geboren.

Die stille Carolyn steht von Kindheit an im Schatten ihrer selbstsüchtigen Schwester, die von der Mutter mit Liebe überschüttet wird. Carolyn fühlt sich ungeliebt und zurückgestoßen.

Die Ungerechtigkeit der Mutter, die boshaften Demütigungen der Schwester und die Ignoranz des Vaters führen dazu, dass aus kindlicher Eifersucht bitterer Hass wird.

Als Carolyn sich in Ben verliebt, plant die intrigante Carina, die zarte Liebesbeziehung zu zerstören.

Es kommt zu einer folgenschweren Konfrontation zwischen den Mädchen, und fortan wird Carolyn fast jede Nacht von einem schrecklichen Albtraum gequält.

Kurze Zeit später geschieht ein Unglück, und Carolyns Albtraum wird grausame Realität …

LESEPROBE

SIE STAND GERADE unter der Dusche, als das Telefon klingelte. Ihr schlanker Körper drehte sich wohlig unter dem prickelnden Strahl des heißen Wassers. Das dichte goldbraune Haar, das ihr sonst in weichen Wellen bis weit über die Schultern fiel, war jetzt von einer Schaumkrone bedeckt. Sie war eine hübsche junge Frau von einunddreißig Jahren. Ihr fein geschnittenes Gesicht, in dem zweifellos die großen braunen Augen dominierten, wirkte fast immer eine Spur zu ernst. Die schmale Nase passte gut zu dem vollen Mund, um den bei näherem Hinsehen ein bitterer Zug zu erkennen war.

Als sich der Anrufbeantworter einschaltete und sie durch das Rauschen des Wassers die aufgeregte Stimme ihrer Mutter hörte, runzelte sie unwillig die Stirn. Sie hatte sich so sehr auf dieses Wochenende gefreut, es geradezu herbeigesehnt. Alles würde sich schon bald für sie ändern, ihr ganzes Leben, das endlich wieder einen Sinn bekäme! In diesem Leben aber war kein Platz für ihre Mutter, zu der sie vor einer halben Ewigkeit den Kontakt abgebrochen hatte.

Ihre ambivalenten Gefühle für die Mutter reichten

bis in ihre frühe Kindheit zurück. Die lieblose und ungerechte Behandlung im Elternhaus hatte sich tief und unauslöschlich in ihre Seele eingebrannt und sie für den Rest ihres Lebens geprägt.

Ihrem Vater, den sie als kleines Mädchen innig geliebt hatte, war es immer wichtiger gewesen, seiner Frau alles recht zu machen, als sich für das Wohl seiner vernachlässigten Tochter einzusetzen. Auch er hatte sie nur selten unterstützt, auch er hatte sie im Stich gelassen, und von ihrer Liebe zu ihm war im Laufe der Jahre nur Verachtung übrig geblieben ...

Mit einem leisen Fluch auf den Lippen sprang sie aus der Dusche, riss ein Handtuch vom Haken und rannte ins Wohnzimmer zum Telefon. Schnell nahm sie den Hörer ab und fragte mit einem deutlich ironischen Unterton: »Mutter, was verschafft mir die Ehre? Wenn du mich nach zehn Jahren am frühen Morgen anrufst, und deine Stimme klingt, als stünde der Weltuntergang kurz bevor, dann muss es ja wirklich ernst sein. Was ist denn los?«

»Wie gut, dass du zu Hause bist!«, stammelte ihre Mutter. Sie zögerte kurz und sprach dann weiter: »Etwas ganz Schreckliches ist passiert. Du kannst es dir nicht vorstellen!« Sie stieß einen tiefen Seufzer aus. »Ach, deine arme Schwester! Ich kann es immer noch nicht fassen.«

Augenblicklich versteinerte sich ihr Gesicht, und ihre Augen bekamen einen kalten Glanz.

Das ist ja wieder einmal typisch! Nichts hat sich in all den Jahren geändert. Noch immer dreht sich alles nur um sie!

»Was hat sie denn wieder angestellt, Mutter? Und was in aller Welt habe ich damit zu tun?«, fragte sie mit einem bösen Lächeln auf den Lippen.

Mit zitternder Stimme erzählte ihre Mutter, was geschehen war und fing dann laut zu schluchzen an.

Das soeben Gehörte war so unfassbar und grauenvoll, dass sie vor Entsetzen wie gelähmt war. In ihrem Kopf begann sich alles zu drehen, Schweiß trat auf ihre Stirn, und bunte Blitze tanzten vor ihren Augen.

»So sag doch endlich was«, jammerte ihre Mutter.

Aber sie saß vor Schreck wie erstarrt und war einer Ohnmacht nahe ...